錦繡榮門 3

風文創 543

灩灩清泉 著

目錄

第六十章

第二天，錢三貴還是疲累，繼續待在屋裡歇息，也不讓兩個孩子出門，說他們長得太好，怕被人惦記。

萬大中要去別間銀樓買東西，錢亦繡就託他幫一猴三狗打四個銀項圈，又將尺寸和銀錠子給他。

屋裡悶熱，小兄妹與其他人來到院子裡。大樹枝繁葉茂，又有微風，伴著隔壁的吵鬧、點心房的聲響及樹上的知了鳴叫，錢亦繡和最小的姑姑錢滿亭打絡子，錢亦錦教小叔叔看書、寫字，而錢四貴則拉著錢華學管鋪子的經驗。

看著這逼仄小屋，錢亦繡無比懷念自家那個有湖的大院子。

看到時不時出來擦把汗、透口氣的楊氏和魏氏等人，還有那兩個十二歲的小學徒，錢亦繡更是同情。小學徒的年紀，前世還在上小學六年級，現在卻要在這種惡劣的環境中打工。因為是學徒，一個月只象徵性地給六十文。壓迫啊！剝削啊！

昨天她問錢三貴，能不能給他們加點錢？可錢三貴搖頭，說這是業內的規矩，不好破壞。

不過錢四貴兩口子還算良善，每天準備許多綠豆湯供他們消暑；中午的吃食也不錯，都有肉。聽他的兒子錢滿坡說，那兩個小學徒非常能吃，肯定是早飯和午飯一起吃了。

錢亦繡待得實在無聊，便問錢亦錦。「哥哥，你說梁公子會不會在西州府？如果他在就好了，咱們找他玩去。去年他到村裡，咱們好吃好喝招待一天，他應該在這裡盡盡地主之誼啊。」

錢亦錦道：「妹妹真是想一齣是一齣的。此時梁公子肯定還在大慈寺裡，跟著悲空大師學武呢。」

錢亦繡聽見這話有些失望，只好繼續跟錢四貴的女兒錢滿亭打絡子解悶。

小兄妹不知道，此時梁錦昭正在省城。他剛剛送完人，和表哥宋懷瑾一起從城門外回宋府。換過衣裳，洗了臉，便直接去宋老太太的院子。

正房側廳裡，宋老太太坐在羅漢床上，宋二夫人、宋四爺、宋四奶奶正陪著她說笑。

「潘駙馬走了？」宋老太太問。

梁錦昭點點頭。「走了，孫兒把他的車送出城門外。」

宋四奶奶道：「聽說，潘先生去寶吉銀樓買珍珠的事情一下子傳遍西州府，從昨天下午開始，去寶吉銀樓的人便絡繹不絕。哎喲喲，都覺得買一件寶吉銀樓的物飾，自己也變得風雅了。」

宋老太太不以為然。「潘駙馬就算把世間所有珍珠收齊，全擺在他女兒的房裡，珍月郡主就能活過來？哼，人活著時不知道疼惜，死了卻弄這些沒用的，還不是做給活人看！」

梁錦昭說：「孫兒倒覺得，以潘爺爺的性情，不會在意別人怎麼看他，定是真的心生悔意，覺得珍月郡主在世時沒有多加疼惜，才會在她死後自責痛心，想彌補一二。」

宋老太太一聽，更是生氣，諷道：「會沽名釣譽的人多得是，但能做到潘駙馬這種程度的，卻不多見。」

宋四爺笑道：「奶奶這話在家說說就好，要是被外人聽見，人家不敢惹奶奶，八成會把孫子揍一頓。」

這話把宋老太太逗笑了。「你們沒見過珍月郡主，那個小模樣真真漂亮。十八年前，我陪老太爺去京城述職，進宮拜見太后，恰巧看見她。那時小珍月只有四歲大，哎喲，我活這麼大歲數，沒見過如此漂亮的孩子，就像天上的仙童……」

宋老太太跟當今太后是表姊妹，待字閨中時異常要好，雖然後來一個進宮為妃、一個嫁給在外地當官的宋老太爺，還是偶有書信來往。宋老太太的大女兒，也就是衛國公夫人，梁錦昭的祖母，正因太后作了大媒，才嫁給當時的衛國公世子。

宋老太太說著，紅起眼圈。「沒想到，她去給她娘紫陽長公主上香時出了事。我聽見這個惡耗，哭了好幾天，更別提太后，她的眼睛差點沒哭瞎。」

眾人聞言，一陣唏噓。宋老太太每每說到這些事就氣憤難平，要念叨好久，而且說一次，難過一次。

宋二夫人見狀，遂開口道：「這次公爹終於得了潘先生的圖，樂得跟什麼似的。」

宋四爺也道：「聽外書房的小廝說，昨晚爺爺賞圖直到子時，今兒一大早又起來看。」

宋老太太搖頭。「我倒不覺得那潘子安的圖有什麼好，偏老太爺喜歡得很，年年託人找他索畫。這回終於花幾千兩銀子買了一幅，還覺得到大便宜似的。」

宋懷瑾笑著說：「太奶奶定是不喜潘先生，才覺得他的畫不好。孫兒看過他給爺爺當場畫的那幅『溪山茶園』，大氣磅礴，簡直是神來之筆。」

宋老太太一聽，氣又來了。「畫得再好有什麼用？也不知道你們喝了什麼迷魂湯，都在幫他說話。前幾年我進京拜見太后時，她老人家一說起紫陽長公主和珍月郡主，還哭得跟淚人兒一樣，若非長公主死前拉著她的手，求她善待潘子安，不然他的日子可沒這麼好過。」

「真是婦人之見！」隨著聲音，宋老太爺進了屋。「婦人們看的永遠是小節。潘子安有大才，最得清流推崇，就算太后要尋他的不是，皇上也不會同意。」

眾人起身向他行禮，宋老太爺坐到羅漢床上，梁錦昭和宋懷瑾移至下首。

宋老太爺喝了口茶，對宋老太太道：「我知道妳因為太后的緣故，憐惜紫陽長公主和珍月郡主過早仙逝，但那是意外，怪不著潘子安，況且，別人的家事，咱們外人知道的畢竟不多，不好妄加評論。潘子安能為亡女做到這一步，已經不易。」

眾人聞言，見宋老太太又有些不自在，再說幾句話，便退下了。

梁錦昭和宋懷瑾回了院子，宋懷瑾對他說：「太奶奶是疼惜珍月郡主，才會那樣說潘先生，表弟別往心裡去。」

梁錦昭擺手。「我怎麼會生太姥姥的氣。其實，我娘也不願意被稱為潘家姻親……」話未說完，隨即覺得不妥，嘿嘿笑著，沒繼續說下去，想了想才道：「聽高良說，錢家小兄妹來了西州府，下午去找他們玩吧。」

宋懷瑾愣了一會兒，才想起他說的是誰。昨天高良來過宋府，還特地帶上錢家送的酒釀和蛋糕。「那兩個就是孩子，跟他們有什麼好玩的？」

梁錦昭道：「去年咱們去花溪村那個農家小院，多好玩啊。平民起居自有他們的樂趣，況且那對小兄妹也好玩得緊，咱們去找些樂子。」說完便哈哈笑了起來。

錢亦繡不知道自己成了某人口中的樂子，正喜孜孜地擺弄萬大中買回來的聘禮。有銀頭面、金鐲、牛角梳子、兩面一大一小的銅鏡、兩疋綢緞。動物之家的銀項圈因為是訂製，要兩天後才能拿到。

錢亦繡笑道：「萬大叔還是頗有些家底嘛。」

萬大中也笑。「我爹在北方時當過護院，救下主子的命，得了賞。我娘嫁給我爹之前，是大戶人家的一等丫鬟，嫁人後才除奴籍，所以我們的確有些家底。」

沒看出來萬大中還挺憨厚，問他一句就交底了。

錢亦繡大樂。「真是烏龜有肉在肚裡，小姑姑肯定想不到自己嫁了個土財主。」

這時，梁錦昭和宋懷瑾帶著小廝與高良到了錢四貴家。院子太小，除了兩個主子，下人們都沒進去。

錢亦錦與錢亦繡看見，連忙上前招呼他們。

宋懷瑾笑道：「小錦娃、小丫頭，這麼久沒見，長高了。尤其是小丫頭，胖了不少。」

又瞧在樹下打磕睡的奔奔。「呀，這狗都長這麼大了，威風又好看，可怎麼有些像狼呢？」

錢亦錦回答：「牠爹就是白狼，偶爾會下山來看牠們。」順便講了白狼報恩給家裡送野物的事。

梁錦昭和宋懷瑾聽了，一揚眉，極感興趣。「那下回我們再去你家玩，看看能不能遇到白狼？」

兄妹倆自是點頭答應。

錢四貴和楊氏聽到動靜，趕緊出來，迎他們進屋，上茶和點心。

錢三貴也從床上爬起身，準備招待貴客。

梁錦昭和宋懷瑾看看小院子，再看看低矮的小房間，沒進屋，也沒有坐。這個地方實在又擠又悶，遠比不上花溪村好玩，遂對小兄妹道：「咱們到霧溪茶行去，那裡寬敞又涼快。」

錢亦繡和錢亦錦早想出門玩，卻不想因此麻煩其他人，聽見邀請，都點頭道好。

錢三貴見有這麼多人陪著，便點頭同意了。

宋懷瑾提議把奔奔帶去。半大小子對這種凶悍的大狗極感興趣。

萬大中見狀，厚臉皮地說：「我待在這裡也無事，跟你們一起出去玩吧。」

錢亦繡又看到錢滿亭和錢滿坡羨慕的眼神，自然也把他們帶上，坐車出門。

來到繁華的街上，幾人便下車，邊走邊玩。

城裡比鄉下熱得多，加上此時正值下午，奔奔熱得把長舌頭伸出來，嚇得行人躲開老遠，讓幾個半大小子樂得直笑。

他們往前走，看見路口圍著一圈人，好奇不已，擠過去看，竟然有個六、七歲的小姑娘跪在地上，一個婦人抱著兩、三歲的男孩坐在她身後。

小男孩滿臉通紅，眼睛要睜不睜，嘴唇乾得脫皮。

聽圍觀的人說，好像是小男孩生病了，但家裡拿不出錢給他治病。當娘的為救兒子，只得把女兒賣了。

過去在電視裡看到的畫面再度真實出現，錢亦繡有些不忍心，道：「當娘的得多心狠，才捨得把親生女兒賣掉。」

婦人聽見，抬起蠟黃的臉，紅腫的眼睛已經哭乾。「孩子的爹得病死了，家裡該賣的全賣完，從昨天起，我們便粒米未進……若能把女兒賣進好人家，我們有銀錢給她弟弟看病，她也有口飯吃……」

錢亦繡想起自家正好想再買下人，小娘親還特地要給她挑個貼身丫鬟，看這姑娘雖面黃肌瘦，但五官清秀，便問：「我家要買下人，不過，我家在鄉下，妳願意去嗎？」頓了頓，又說：「吃飽肯定沒問題，但想像大戶人家那樣天天吃肉、穿綢子衣裳，就不行了。」

小姑娘一聽，馬上答道：「我願意。小姐一看就是好人，跟著小姐，是我的福氣……」

一般來說，買這麼小的丫頭需要三到四兩銀子，錢亦繡取出四兩給婦人。

接著，小姑娘跪下向錢亦繡磕三個頭，正式認了主。

大乾朝戶籍管得嚴，買了下人，必須上衙門辦奴契。宋懷瑾遂讓高良拉著小姑娘去府衙，辦完後，直接送回錢四貴家。

這時已是夕陽西下，眾人也不想去霧溪茶行了，梁錦昭便請他們去附近的醉仙居吃飯。

醉仙居是西州府最好的大酒樓之一，天還未黑透，樓外的紅燈籠已高高掛起。這裡的客人非富即貴，還有些穿著錦衣華服的女客。

一行人直接上二樓，進了包廂，剛點完菜，就見一個身著華服、年約四十多歲的中年男人走進來。

錢亦繡樂了，這人正是冀安首富黃萬春，也是張央的準岳父。

梁錦昭和宋懷瑾也認識黃萬春，請他坐下說話。

黃萬春聽說兩位貴公子來吃飯，趕緊來露臉，說了一大堆好話，最後告辭時道：「相逢不如偶遇，今天黃某作東，算是賠罪。」

他走後，一道道菜不斷往屋裡送，盤子重重疊疊，把桌子擺得滿滿的，還上了兩罈極品青花釀。

梁錦昭見狀，也讓幾個下人在角落的小几旁吃飯。

這些人把肚子撐得圓滾滾，還是有些菜沒動，一罈青花釀沒開，真是朱門酒肉臭，路有凍死骨，太浪費了！

錢亦繡看見，想起在錢四貴家吃飯時，桌上擺了在外面買的滷味，孩子們饞得口水直流，還是不敢動筷子，那明顯是給客人吃的。她幫小姊弟挾了些，他們瞧瞧父親的臉色後，才敢吃。便道：「還有這麼多菜沒動，多可惜啊。亭姑姑，咱們把那幾樣沒動過的滷菜包回去，給我爺爺和四爺爺下酒。」

還有那罈沒開的青花釀。這種酒，一罈要賣二百兩銀子，就算把錢三貴敲暈，他也捨不得買。

兩位貴公子還不知道有打包這一說，但既然錢亦繡提出來，包回去就是了。

小廝去找酒樓夥計討油紙，把沒動過又好帶的滷雞、滷鴨、滷蹄膀包起來。夥計又識相地送了個布口袋，讓他們把吃食放進去。

收拾好，錢亦錦、錢亦繡及梁錦昭等人出了包廂，萬大中一手提酒、一手提著裝滷菜的布口袋跟在後面。

大家剛走下樓梯，迎面便碰上幾個官員模樣的中年人。哪怕他們未著官服，也能看出官威。

走在中間的男人風度不凡、儀態端方，著緒色圓領長袍，頭戴四角方巾，正是錢亦錦等農民子弟的偶像——翟樹翟大人。

錢亦繡當鬼時曾經見過翟數，翟樹難得上酒樓吃飯，今天是特地與幾個同僚宴請從京城來的官員。

梁錦昭和宋懷瑾看到他，趕緊站定，躬身抱拳。「翟伯父。」

翟樹認識這兩個公子，知道他們是宋老大人的重孫子和重外孫，宋二老爺領著他們去翟府拜訪過，便笑道：「兩位賢姪也來用飯？」

兩人還沒回答，只見錢亦錦從後面走上前，先用手撣了撣身上的灰，才作長揖道：「小子錢亦錦參見翟大人。」抬起頭，激動地說：「小子日裡夢裡都想著能見大人一面，沒想到，今天終於實現這個願望。」說到後面，都帶了哭音。

雖然錢亦錦沒見過翟樹，但柳先生見過他，還跟學生們講起好幾次，所以聽梁錦昭等人喊翟大人，直覺這個人就是他和同窗們的偶像翟樹。

偶像近在咫尺，他當然要抓住機會，說說心裡話了。

為鄭重起見，錢亦錦沒以鄉音開口，說的是柳先生教的、不太標準的官話。

錢亦繡第一次聽他講官話，梁錦昭和宋懷瑾也呆在那裡。

翟樹也愣住，問道：「你是……」

錢亦錦定了定心神，又朗聲道：「小子錢亦錦，乃溪山縣花溪村人，極為仰慕大人之才華和風骨，從小立志以大人為榜樣，刻苦讀書，長大後走科舉之路，做個好官，為皇上分憂，為朝廷效力，為民作主……」

錢亦錦的一通長篇吹捧，讓本不喜人拍馬屁的翟樹有些傻了，雖覺得他好像沒有那麼好，但一個幾歲孩子能發自內心這麼誇他，還是高興不已。

錢亦繡覺得這馬屁拍得實在太肉麻了，但看到小哥哥激動的樣子，也想幫幫他，便也走上前，開口道：「我哥哥一上學，便聽他們先生講了翟大人的奮鬥之路，不僅我哥哥，他的所有同窗都極崇拜翟大人，對您的敬仰之情，如那滔滔江水，連綿不絕……」又再次偷偷用了前世有名電影的台詞。

她雖會說口音純正的官話，但為了不引起注意，還是跟錢亦錦一樣，說得南腔北調。

小兄妹的話不僅把幾個官員逗樂了，連梁錦昭和宋懷瑾及一群看熱鬧的人都笑起來，有些人還笑得直捶胸口。

端方的翟大人難得朗聲大笑，感慨道：「本官只不過做了分內之事，就得百姓們如此讚譽，慚愧啊。你們這些話，本官便當成是百姓對我的勉勵，定會時時警醒，鞭策自己。」又對錢亦錦說：「你叫錢亦錦是吧？我就當你是小友，以後若有學問上的問題，可隨時來府裡找我。」

錢亦錦聞言，激動不已，趕緊作揖。「小子有不通之處，定當前去請教大人。」

這就算是攀上偶像翟大人？他實在太高興、太幸運了！

直到翟樹帶著其他官員離去，眾人向梁錦昭與宋懷瑾道別。上了驢車，錢亦錦的小臉仍是紅彤彤的，感覺夢還沒醒。

萬大中疼惜地看著他。「錦哥兒，那翟樹雖然是個好官，但還當不起你如此對他。」

錢亦錦搖頭。「萬大叔說錯了，翟大人能從一個農家子弟做到三品大員，靠的全是自己努力。我佩服他，不只因為他考上探花或當了大官，而是他既端方守禮，又能靈活變通……唯有當了更大的官，才能為百姓做更多的事。」說到最後，捏了捏拳頭，一臉的躊躇滿志。

萬大中聽了，眼眶裡竟然浮起淚水，馬上把頭轉過去，不讓人看見。

他沈默了一會兒，道：「錦哥兒，萬大叔在北邊出生長大，學問雖然不行，但官話說得倒不錯。以後，萬大叔不只教你武藝，還教你說官話，怎麼樣？」

「好。」錢亦錦點頭。「來了省城才知道，說一口標準的官話，才能好好與人往來，這也是一門本事。」又問錢亦繡：「妹妹沒跟先生學過官話，怎麼也會說啊？」

錢亦繡糯糯地道：「我跟娘親學的。」

錢亦錦恍然大悟。「哦，對，娘親也說官話的。可惜，她平時很少開口……」

眾人說著話，不一會兒，就到錢四貴家了。

第六十一章

回到錢四貴家，剛剛買的小姑娘就被送來了。

楊氏讓她洗澡，找套錢滿亭的舊衣裳給她穿上，魏氏又給她講了些當奴才該做的事和該說的話。

萬大中把酒和滷菜拿出來。酒肯定捨不得喝，但滷菜卻不能久放，這屋裡又悶又熱，放到明天，肯定要壞。幾個男人遂在院裡撐起桌子，把滷菜擺上，打算在這裡吃晚飯；楊氏去街口的小鋪子沽了兩斤燒酒回來。

洗完澡、吃飽飯的小姑娘看起來清秀不少，出來見了錢亦繡。或許在陌生的環境裡有些害怕，說話的聲音微微發抖，遠不像下午跟親人在一起時的機靈。她已經聽錢三貴說了，以後主要服侍錢亦繡，況且又是錢亦繡買下她的，所以更是恭敬。

錢亦繡看看她，說道：「我給妳取個新名字，就叫紫珠吧。」希望以後能把白珠、粉珠、藍珠都湊齊。

紫珠已經聽魏氏講過當奴婢該有的規矩，便跪下磕頭。「奴婢紫珠謝小姐賜名。」

說著話，楊氏帶著燒酒回來，眾人就著滷味吃過豐盛的晚飯後，就各自去歇息。

第二天上午，錢四貴出門把那罈青花釀賣掉，賺得二百兩銀子。

錢三貴聽見，高興不已，讓他定要找間好些的院子做點心和賣點心，不能光想著省錢。錢四貴點頭應是。

一會兒後，崔掌櫃坐著馬車來了，說是接錢三貴去牙行買人。車後還另跟著一輛馬車，原來是梁錦昭想請錢亦錦兄妹去霧溪茶行聽書，特地派車來接。

小兄妹很是歡喜，帶著錢滿亭姊弟上了車。

令人意外的是，這時萬大中居然不乘機對未來岳父獻殷勤，反而厚著臉皮跟上去，說他也喜歡聽書，結果只有錢華陪著錢三貴去買人。

家裡需要什麼樣的下人，錢三貴和小兄妹早已說好，所以錢亦繡很放心地去玩了。

馬車從錢四貴家出發，要走過逼仄陰暗的巷子，還要通過市場，才能走到街口。路過市場時，錢亦繡突然發現有個老太太正在賣蓮子，趕緊叫馬車停住。

她跳下車，走到老太太面前，跟她低語幾句，說好價錢後，把她的蓮子全買下來，捧著走回馬車。

錢亦錦納悶道：「妹妹，咱們家的荷花就會結子，妳還買這些做什麼？」

錢亦繡笑著說：「錢華大叔說咱們家的藕是紅花藕，可我聽說白花藕更好吃。剛才瞧見老婆婆手裡的蓮子長得有些像白花藕，本想問問是不是，結果她說這蓮子是她兒子在番人手裡買的，因她家沒有水塘，才想賣掉這些蓮子。我看著稀奇，就全買下了。」

其實還有另一個用處，金花藕種出來後，必然引起騷動，正好用這些蓮子來分散注意力。

她說著，轉過頭問萬大中。「萬大叔，番人是什麼人？跟洋人一樣嗎？」

萬大中也笑。「應該是。」這小女娃果真有眼力又精明，番人手上常有好東西的。

錢亦錦曉得自家爺爺從洋人手裡買的珍珠賣了大錢，番人手裡的蓮子肯定也不差，便抿嘴笑了起來，覺得妹妹真聰明，連這樣好的東西都能買到。

不一會兒，幾人到了霧溪茶行。

西州府的霧溪茶行是西州最好的茶肆之一，與寶吉銀樓離得不遠。

梁高正站在大門口等他們，見人來了，上前笑道：「我們少爺和表少爺正在聽書呢，說書先生講『三國』，極好聽。」

他把幾人帶到二樓大廳裡，只見最前方有座高檯，中間放著高桌，後面站著一個說書人，正講得起勁。臺下有許多位置，許多男人悠閒地一邊喝茶吃點心，一邊聽書。

梁錦昭和宋懷瑾坐在一張桌旁，聽得帶勁，見人來了，只示意他們坐下，繼續聽著。

錢亦錦一看，可高興了。他只聽過說書先生，還沒瞧過呢，況且說的又是他最感興趣的「三國」，遂連眼睛都不眨地聽起來。

但身為看了那麼多經典連續劇的現代人來說，哪還耐煩聽這些？沒一會兒，錢亦繡便打起哈欠，乾脆離座，低聲跟錢亦錦說：「你們繼續聽，我想去寶吉銀樓逛逛。」她想給程月買樣首飾。昨天只替錢滿霞辦嫁妝，竟然忘了幫程月挑一件。

梁錦昭聽見，低聲吩咐候在一旁的梁高。「你陪小丫頭去一趟。」見他有些不樂意，又說：「明天讓你來聽一天。」

梁高聽了，這才眉開眼笑，準備陪著錢亦繡出去。

錢亦錦見狀，悄聲對錢亦繡道：「哥哥的銀子放在妹妹身上，記得也幫哥哥買樣好東西送娘親，別捨不得銀子。」

錢亦繡與梁高一出霧溪茶行，便能隱隱看到寶吉銀樓，沒半刻鐘便走到了。

錢亦繡在銀樓裡買了支珠簪，離開後，又去了不遠處的胭脂鋪子。程月曾因為女兒沒有買香脂而哭過，所以錢亦繡想給自己買些，也代錢亦錦給程月挑樣禮物。

這胭脂鋪子是冀安省最上等的，裡面不僅賣自己生產的香脂、香露，還賣從京城、江南運來的胭脂水粉，竟然還有西域、波斯的，價格十分昂貴。

錢亦繡幫程月挑了一小瓶清蓮香露，為自己選了盒孩子用的木樨香脂，想到愛美的錢滿亭，又多買一盒，才跟梁高回霧溪茶行。

晚上梁錦昭作東，去酒樓吃完飯，萬大中帶著四個孩子，叫了驢車回錢四貴家。

不說錢亦繡感慨有錢人的生活，連錢滿亭都道：「有錢真好，不僅可以天天吃館子，還可以天天坐茶樓聽說書。」一眼睛放光，嚮往得不得了。

眾人到家後，早到一步的錢三貴因為太疲倦，已經睡下了；錢華沒回來，錢四貴說自家沒地方住，所以錢華帶著新買的僕人去客棧住。

今天下午，錢四貴出門逛，看中一座院子，本想跟錢三貴商量商量，但見三哥的臉色都有些青了，只得先讓他去休息。見小兄妹回來，遂拉著他們，興味盎然地說起來。

那座院子雖不在最熱鬧的地方，卻不偏僻，旁邊挨著一間族學，離西州府書院也不遠。院子挺大，前面可以當鋪子和點心房，後面可以住人，院子裡還有一口井。

錢亦繡聽了，點點頭。「四爺爺，您真能幹。點心鋪挨著族學和書院，生意肯定好做。這麼好的地方，得趕緊租下來，過了這個村，可就沒有那個店了。」

錢四貴道：「院子是好，可租金太貴，一個月要十五兩銀子，四爺爺有些拿不定主意。」

錢亦錦笑了。「捨得多才會有大收穫啊，該捨得的時候，就要捨得。」

經過小兄妹的一陣攛掇，錢四貴恨不得馬上把院子租下來，心急火燎的，盼著天快些亮才好。

第二天早飯後，錢三貴就被錢四貴急急忙忙地拉出門，去看鋪子了。

萬大中則帶著好奇的小兄妹去客棧，瞧瞧新買的僕人。

客棧離錢四貴家不遠，走兩刻多鐘就到。

找著錢華的房間，錢華迎他們進去，說起買人的經過。

幾個月前，冀安省處置了一個與土匪勾結的官員，官員被砍頭，家人流放嶺南，下人就被發賣。

由於價錢不貴，還不用調教，錢三貴就買了兩房人家，共計十一人。

錢亦繡聽了，擔心道：「官家的下人，雖然不需要調教，但也是錦衣玉食的，他們真願意跟我們去鄉下嗎？」

錢華笑道：「這兩家人看著不錯，錢爺說了家裡的情況，他們還是願意來。他們覺得，只要一家人能在一起，哪怕清苦些也高興，何況，錢爺一看就是和善的人。」

許是想到當初他們被賣的情景，錢華深深嘆了口氣，便出去把那兩家人叫過來，給小主子磕頭。

一家姓蔡，蔡老頭帶著兒子蔡和及兒媳婦，還有大孫女蔡小花跟小孫女蔡小葉。另一家姓蘇，是蘇銘與他的媳婦，還有四個兒子，分別是蘇大武、蘇二武、蘇三武和蘇四武。

看見這兩家人，錢亦錦和錢亦繡都樂了。這兩家人曉得小主子為什麼笑，不好意思地紅起臉。

這兩家的差別實在太大了些，蔡家的人矮小白淨，蘇家的人卻魁梧黝黑；蘇家唯一一個女人，也是又高又壯，比蔡家的男人還高大。

小兄妹跟他們說了會兒話，兩家人對小主子十分恭敬，至少表面上看來還不錯。

錢華和魏氏要領著這些人坐牛車先走一天，明天啟程。到了溪山縣，讓這些人住在客棧，暫時不回花溪村，因錢三貴讓錢華在縣裡找鋪面和宅子，一個給錦繡行用，一個作為錢家人去縣城的住處。

考慮到錢三貴需要有人貼身照顧，錢華讓萬大中把蘇四武帶回去，以後由他專門服侍錢三貴。

　　幾人步出客棧，回家途中經過專賣各種枴棍的鋪子，錢亦錦想起走路不便的錢老太，遂買了根松木枴杖，當作禮物。

　　幾天後，錢三貴處理好錢四貴租院子的事，掙扎許久，還是去了鏢局。

　　鏢局可謂他的傷心地，當初躊躇滿志，想跑鏢為父母妻兒掙份好生活，結果自己的命差點搭進去，被弟兄們當死人抬回鄉下。

　　可現在，他不僅活下來，還有了錢，過上好日子。

　　錢三貴覺得，他應該去鏢局讓他們瞧瞧，不在鏢局，他照樣活得好好的。同時，他也想那幾個好兄弟了。

　　於是，他特地換上綢料長袍、戴好頭巾，也給小廝蘇四武買身新衣裳，帶著六盒老兄弟點心，坐驢車去了鏢局。天黑透後，才滿身酒氣地被鏢局的人送回來。

　　另一邊，晚飯後，錢亦錦穿上小長袍、頭戴方巾，拿了四盒老兄弟點心，在萬大中的陪同下，興高采烈去了翟府。

　　他準備了幾個問題，有書本上的，也有他平時想不通的。既然翟大人肯讓他去翟府，那他就上門，不僅能解惑，還能拉近跟偶像的距離。

　　但錢亦錦回來時，卻遠不如前天見到翟大人後的激動，甚至還有些沮喪。

　　錢亦繡問道：「怎麼了，是門房沒讓你進門，所以沒見到翟大人嗎？」

「不是。」錢亦錦搖頭。「我見到翟大人了……柳先生說翟大人品性高潔、嚴以律己，一心撲在公事上。他雖身居高官，卻從沒想過休棄患難與共的糟糠之妻，跟那些滿嘴仁義道德，卻說一套做一套的人比起來，實在大不一樣，值得我們尊敬和學習。

「可是，翟大人在給我講學問時，翟老夫人來了書房，說她脖子痛，讓翟大人給她捏脖子。翟大人請她先回內院，等會兒便回去幫她捏。

「可老夫人不願意，說我一個男娃怕什麼？就在我旁邊坐下來。翟大人只好起身給她捏了半刻鐘，邊捏她還邊哼哼，那個樣子，實在是……」粗鄙兩個字沒好說出口，那畢竟是偶像的老娘。

錢亦錦頓了下，又繼續說：「翟老夫人走時，還賞一個裝十文錢的荷包給我，之後，翟大人像沒發生什麼事一樣，繼續為我解惑。哎，他真不容易……」

他很糾結，既覺得翟老太太粗鄙不講婦德，又不能說偶像這麼縱容老娘不對。兒不嫌母醜，狗不嫌家貧嘛。

錢亦錦想來想去，怎麼說都不好，只得跑去一邊發呆。還是萬大中催促他快些歇息，明天回花溪村，要早起的。

翟樹的老娘也是個讓人頭疼的人物，守寡把兒子拉拔大，又勒緊褲帶讓他讀書。兒子也爭氣，被欽點探花當了官，還越做越大，直到三品。

翟老太太得意，仗著年紀大，經常會在客人面前炫耀炫耀，讓大家看看她有多享福、兒子有多孝順。她不會犯下大奸大惡之事，但粗鄙、隨興、吝嗇，又沒見識，經常做些讓人笑話的舉動。

翟樹也知道自己老娘就是個笑話，試圖改變她，可他一說，翟老夫人便一把鼻涕一把淚，數著她的不易。

翟樹無法，只得由著她。

他也不喜歡大八歲的童養媳夫人，卻又不像其他男人一樣納妾、養外室，甚至連他夫人主動提出幫他納小，也沒有要。兩口子相敬如賓，連最原始的本性都壓抑住。

翟樹是所有人口中的大好人，甚至連政敵都找不出他品格上的污點。他極其注重形象，太想做個品性高潔、嚴以律己的好官，所以才會活得那麼累。

錢亦繡覺得，想做個大家都說好的人，實在太難、太辛苦，代價也太大了。

第二天辰時，高良趕著馬車來接人。

錢三貴帶著孫子孫女與奔奔上車，萬大中坐外頭，揮別錢四貴一家，向城外去了。

馬車駛過護城河，梁錦昭、宋懷瑾、崔掌櫃等人的馬車已經在那裡等著，見他們來，就把錢亦錦兄妹及奔奔叫過去坐前面那輛豪華馬車，送他們一程。馬匹快跑也不覺顛簸，十分舒適。

快日落時，馬車進了溪山縣城，與梁錦昭幾人分手後，小兄妹又坐回高良駕的車，趕在關城門前出去。

天色黑盡，星星灑滿天際，馬車終於到了大榕村口，萬大中卻不下車，道：「先把錢三叔送回家，我再走回去。」

高良笑著對錢三貴說：「錢三叔，你找了個好女婿。」

錢三貴也笑，點點頭。「是，大中是個好後生。」

馬車來到花溪村西頭，星光下的荒原上鮮花朵朵，花香襲人。荒原盡頭，聳立著大大的院子，院子後面是神秘的溪石山。

出去不到十天，錢亦繡卻是如此思念這裡。

還差五、六十尺才到家門時，一個紅色身影從牆上跳下，向他們跑來。到了馬車旁，牠竄上坐在車前的萬大中的肩頭，借勢翻進車裡，撲進錢亦繡懷裡，又摟又抱、又叫又樂。

錢亦繡捏著猴哥的後脖子，咯咯笑道：「猴哥想我了，我也想你哪。」

金窩銀窩，不如自己的狗窩。省城再繁華，還是覺得花溪村最好。

第六十二章

到了家門口，聽見動靜的吳氏和黃鐵趕來開門，跳跳也跑出來。蘇四武把錢三貴扶下車，小兄妹跟著下來。

程月站在院中，或許因為天黑，也或許因為有高良和萬大中在的關係，她不敢出來，只靜靜地站在那裡望著他們。可即使離得這麼遠，也能聽見她啜泣，還有叫著「繡兒、錦娃」的哽咽聲音。

小兄妹叫著娘親，朝她狂奔過去，撲進她懷裡。

程月緊緊摟住兒女，抽抽噎噎道：「繡兒、錦娃，你們怎麼現在才回來？娘想你們，想得睡不著覺，吃不下飯。娘怕……娘怕你們像江哥哥一樣，再不回家了。若是那樣，娘可怎麼活……」

說到後面，她索性蹲下身，把頭埋進他們懷裡，哭出聲來。

錢亦繡也哽咽了。「娘親，我們不會不回家的。繡兒也想娘親，捨不得美美小娘親。」

錢亦錦不好意思那麼肉麻，只反覆道：「兒子也想娘親，兒子也想娘親。」

等這一家三口哭完、肉麻完，錢三貴已經進屋，東西也都被拿進來，並關上了院門。

晚飯後，被錢華領去大院子吃飯更衣的蘇四武和紫珠過來，要給沒見過面的其他主子磕頭。

程月見果真給女兒買回一個小丫鬟，而且長相清秀討喜，十分滿意，高興起來，說道：「紫珠以後要好好服侍姊兒。」

說完後，她卻有些不自在，手足無措。

錢亦繡知道小娘親想打賞，但手頭又沒有錢，便偷偷把準備好的紅包塞進她手裡。

程月這才不著急了，把紅包遞給紫珠。「把姊兒服侍好，還有賞。」

紫珠恭恭敬敬地接過紅包。「奴婢遵命。」

錢三貴已經累壞，遂讓大家回去歇息，有什麼事，明天再說。

錢亦錦和錢亦繡一邊一個摟著程月，走出堂屋，卻看見動物之家站在門口，巴巴地望著錢亦繡，眼睛裡似乎流露出失望。尤其是猴哥，還能隱隱看到淚光。

錢亦繡一拍腦門。光想著小娘親，怎麼把動物之家忘了，牠們肯定覺得又被她欺騙！馬上道：「你們等著，我去拿銀項圈。」立刻折回堂屋，在帶回家的那堆東西裡，把銀項圈找出來。

「瞧瞧，還刻了花紋呢！」錢亦繡拿著銀項圈給牠們看，挨個兒幫牠們戴上，驚喜地說：「呀，好漂亮，比我想像的還漂亮！」

大山高興地率先往門外衝去，猴哥和跳跳緊隨其後。沒人幫牠們開門，猴哥就自己把門閂拔起來，一眨眼工夫，一猴兩狗便消失在夜色裡。

奔奔也要跟去，錢亦繡喊道：「你玩了那麼多天，該守在家裡看門了。」

奔奔聽了，雖然極想讓白狼看看牠漂亮的樣子，但聽見小主人吩咐，只好乖乖留下。

錢亦繡回了左廂房，見錢亦錦已經把清蓮香露找出來，遞給程月。

「娘親，這是兒子買給您的，看看喜不喜歡？」

昏黃的油燈下，裝香露的彩釉小瓶子顯得更加精緻好看。

程月打開瓶子上的小木塞，放在鼻下聞聞，笑得眉眼彎彎。「嗯，真好聞，娘喜歡。」

錢亦錦見程月如此喜歡他送的禮物，眼睛都笑瞇了，直用小胖臉蹭她的肩膀。

錢亦繡見狀，也把那根簪子拿出來。「娘親，繡兒為您買了珠簪。喜歡嗎？」

令人始料未及的是，程月看見簪子，竟立刻沈了臉，冷聲道：「娘不喜歡，把它拿去賣了。」

錢亦繡一愣，有些受傷，嘟嘴道：「怎麼能拿去賣呢？這是繡兒特地在寶吉銀樓給娘親買的禮物啊。娘親仔細看看，這蓮花打得多精緻，這顆珍珠多大……」

「月兒不喜歡珠子！」程月的眼睛有些直了，還湧上一層水霧。

透過水霧，她依稀看見一個小小的女孩，羨慕地看著滾圓潤澤的珠子，而那顆珠子臥在一隻修長白皙的大手上。

程月忽然覺得心好痛，眼淚奪眶而出，哭著說：「不喜歡珠子、不喜歡珠子……月兒好想做他手上那顆珠子，想讓他看著月兒笑，可是他不願意，他不喜歡月兒……」話說得顛三倒四，莫名其妙。

錢亦繡一看，一顆珍珠竟把程月鬧得犯病，嚇得不輕，更不敢探究她說的那個「他」究竟是誰，趕緊把簪子塞進荷包。

「好，娘親不喜歡就算了，咱們把它賣掉，以後繡兒再給娘買樣別的禮物。」

程月越哭越傷心，反覆說著：「月兒不喜歡珠子……月兒想做那顆珠子……」

見她這樣，錢亦錦和錢亦繡嚇得摟住她，不停地勸，錢亦繡也跟著哭了。

程月見女兒落淚，伸手捧起她的小臉。「乖乖不哭，繡兒是娘的珍寶，娘喜歡妳，喜歡你們。」這幾句話像是說給女兒聽的，又像是說給那個已經遠去的小女孩聽的。

最後，娘兒三個乾脆抱在一起，哭了起來。

錢滿霞正待在右廂房，關起門看萬大中送她的那套胭脂水粉。這些東西比鎮上賣的好太多，漂亮精緻的包裝，是她從沒有看過的。

她想到那張黑黑的俊臉，心中溢滿甜蜜，此時突然聽見隔壁廂房傳來嗚嗚的哭泣聲，嚇得趕緊跑出小屋。

吳氏也出來了，母女倆敲著左廂房的門，問道：「你們怎麼了？出了什麼事嗎？」

錢亦繡邊抽噎邊回答：「沒事，我和哥哥好久沒看到娘，高興才哭的。」

吳氏母女哭笑不得，嘟囔幾句，又回了各自的屋子。

程月跟孩子們哭完，出去洗漱，才進屋睡覺。

今天錢亦錦也要賴皮，不回自己房裡，跟她們睡在一張床上。

程月睡著前，不是摸摸兒子的前額，就是摸摸女兒的小臉，一直念叨著：「娘喜歡繡兒，喜歡錦娃，喜歡江哥哥，娘離不開你們，你們也不要再離開娘……」

聲音越來越低，娘兒三個漸漸睡著了。

清晨，錢亦繡是被一陣嘰嘰喳喳的鳥叫聲吵醒的。

錢亦錦已經去外面練武，程月正坐在床邊，滿臉慈愛地看著女兒，神色如常，好像已經忘記了那根珠簪。

錢亦繡見狀，當然不會主動提起那些不愉快的事，翻身起床，抱著程月親了一下。「娘親早。」

紫珠已經候在小主子的屋外，聽見她起身，便進來服侍。

早飯後，錢亦錦拿著送柳先生的禮物及給同窗的糖果去了私塾。

錢亦繡把自己買的繡線、素綾、頭花等物分送給吳氏、程月、錢滿霞和錢曉雨，她們都十分高興。

程月守著女兒分派完禮物，才牽著她，拿起繡線去了東廂房。

窗下的繡架被一條薄絹覆蓋著，程月走過去，把薄絹揭開。

哪怕只繡好二分之一，精美的樣子也讓錢亦繡驚嘆不已。

程月呆呆地看了一會兒，便坐在繡架前分線。

錢亦繡曉得今天別想離開程月半步，遂坐在旁邊打起絡子。現在她的手指還不靈活，不想動繡花針。

程月低頭做做手上的活兒，又抬起頭來，靜靜地看女兒，錢亦繡便回以燦爛的笑容。

程月見了，抿著嘴笑笑，才低頭做活。

一會兒後，錢亦多聽說錢亦繡回村，來找她玩。

錢亦繡想了想，帶著錢亦多坐在程月仰脖即能看到的樹蔭下。見程月從小窗裡望向她，就笑著招招手。

錢亦繡覺得，如此行徑，更像小娘親在向她撒嬌。

三天後，程月似乎確認女兒不會離開自己了，錢亦繡才有機會出去走走。先領著紫珠在自家院子周圍走一圈，又去錢家大院找錢亦多玩。

經過錢華的貨比三家，回來稟報後，錢三貴決定好，在縣裡買下一個鋪面跟一座宅子。鋪面專給錦繡行用，前面有兩層小樓，後面一座小院，花了五百二十兩。

宅子是小四合院，一進院落，四間上房，東西廂房各三間，院子裡也有口井，離錢香家不遠，用去一百一十兩。

接著，錢亦繡畫了設計圖，與錢三貴討論後，一邊裝修鋪子、一邊招兵買馬，用一百兩銀子收購那製作蓮花香脂的小作坊，仍沿用原班人馬，並給製出清蓮香露的榮師傅高價，讓他做出更好的胭脂水粉。之前在鎮上，無意間買了他們做的蓮花香脂給程月，竟出乎意料的好用，便留心著，有機會定要招攬他們。

榮師傅以前在有名的胭脂鋪裡做過學徒，老實木訥，因此不討管事的喜，被人排擠出來；回鄉後，被二柳鎮的小作坊聘去，用最簡陋的工具製出品質上乘的清蓮香露。

小作坊改名為蓮艾香坊，生產的妝黛與香品也以蓮艾為名。

至於錦繡行，主營茶葉、藕、妝黛，副業是一切賺錢的行當。

錢三貴是東家，錢華是掌櫃，蔡和是帳房，錢亦繡雖無職，卻時常出主意，想些賺錢的辦法。

錢華真是個人才，能全盤領悟主子的用意，並完整實行。這回能買到適合的鋪面與宅子，他功不可沒。

一晃到了八月初十，錢三貴滿面春風地從縣城回來，還帶了兩個衙役，是過來劃地的。

汪里正聽說後，趕緊跑來，陪著他們忙碌。

從錢家三房的院子東院牆再往東推進五十里，到花溪村北邊齊平，南至距石溪山腳二十里處往西延伸，除去她家原來的十幾畝地，又劃出一百畝地。

接著，在這塊地對面，就是挨著洪河的那片地，再買了五十畝，中間隔著一條東西延伸的路。

這片地是黃鐵領著人事先探勘好的。越往西邊的荒地，土質越差，有些地方挖下去五尺多了，還是碎石與沙土，這樣的地買來沒多少用。

地劃好後，黃鐵陪著衙役回縣衙辦契書，但契書上的名字是誰，汪里正自始至終沒看到。

錢三貴的說法是，這地是他家跟別人家合買，打算種蓮藕，大半的錢是別人家付，他們家給得少，就要出力氣。

另外，錦繡行的鋪面也不敢說是買的，只說租的。開錦繡行和買宅子及下人的錢，是跟霧溪茶行做生意，賺了些銀子，才勉強足夠的。

這就是發橫財的苦衷，有錢不敢讓別人知道。總不能說賣珍珠、賣茶葉、賣人參掙了大錢吧？

事情辦好後，錢三貴請錢老頭夫婦、錢大貴父子、錢二貴父子、萬大中父子來家裡吃晚飯喝酒。

錢三貴暗示他們，這片荒地極便宜，因為「荒蕪」，每畝才賣一兩五錢銀子，別處的荒地，每畝至少要賣二兩銀子。

他已經派人探過，這片土地下，並不如表面這麼貧瘠，適合挖塘造山，把好的土翻出來用。挖塘能養魚、養藕，用土堆起來的山包可種果樹。

錢老頭也這麼覺得，鼓吹其他兩個兒子多買些荒地。

聽著父親和三弟的勸，錢大貴買十五畝，錢二貴買了十畝。南邊已經沒有好地，他們就在三房那二十畝荒地的西邊買了二十五畝；萬家則在大房、二房的西邊買了二十畝地。

現在農忙，勞動力少，只有三房出高價請了十幾個人幹活。眾人商議好，等秋收過後，再多請人挖塘。

完成錦繡行和宅子的裝修工作後，蔡、蘇兩房下人也回了花溪村。

蔡老頭接了錢華的班，算是總管，還要負責看門；蘇銘跟黃鐵一起，管挖塘造山的事，以及蒙溪村那八十畝地；蘇二武、蘇三武侍弄湖裡的蓮藕和魚，兼趕車及護院。

蘇銘的媳婦管家裡的廚房，買菜、做飯都由她負責；蔡小花主要服侍錢滿霞，再幫家裡幹些洗衣、打掃的活兒。

錢華夫婦與錢曉風，還有蔡和兩口子帶著小女兒蔡小葉及蘇大武仍然留在縣城，打理錦繡行與宅子。

錦繡行的工作已經穩下來，錢華又那樣稱職，錢亦繡便撂開手，開始想著怎麼改變居住環境。

她已經跟錢三貴、吳氏、錢亦錦說好，自家小院子前到村口的那片荒地暫時不要動。因為程月天天要眺望等候，若把那片地挪作他用，改變錢滿江回家的路，那她不得哭死過去？

自家現在有錢、有靠山，又窩在鄉下，就該過過土財主的小日子。她還想給程月修棟漂亮的繡樓，程月坐在樓上繡花，累了便可站在雕花窗邊，看荒原上的爛漫野花，看那條夫君回家的小路，不需要再去門邊眺望，也不再擔心壞人看到她美麗的容顏。

在錢亦繡心裡，其實更害怕程月被想害死她的人發現，把她藏深點，杜絕一切隱患。

這天，錢亦繡去找錢三貴提了修繡樓的事，沒講仔細，只泛泛把想法說了說，就把吳氏的眼睛嚇得瞪圓了，揪著胸口的衣襟道：「哦，天哪，咱們家不過區區農戶，還住什麼繡樓？那是大戶人家的小姐住的，笑掉人大牙了。」

錢滿霞已經能夠接受新鮮事物，笑著說：「娘，咱們家現在可不就是大戶人家？聽說附近地主家的小姐正是住繡樓，咱們家也可以呀。」

吳氏想想，那些地主家的銀子還不見得比她家多，便也笑起來。

錢亦繡道：「多蓋些院子，爺爺奶奶住一個，哥哥與姑姑各一個，娘親則住繡樓。」

幾人正說得開心，在簷下玩著的猴哥突然大叫起來，接著跳上院牆，衝了出去。

能得猴哥這樣歡迎的只有兩個人，一個是錢亦繡，另一個就是弘濟小和尚。

看樣子，是弘濟來了。

第六十三章

錢亦繡像隻快樂的小鳥跑出去應門。她已經好久沒看到弘濟了。打開門，她卻張開嘴愣在那裡。

這次，不只弘濟上門，梁錦昭、宋懷瑾、張央也來了，竟然還有兩個不認識的公子。那兩個公子長得又黑又高，一個壯實，一個偏瘦。

除了弘濟和張央外，這些公子包括小廝，都穿著騎裝，腰間佩刀劍，馬背上還掛著弓箭。

宋懷瑾開口笑道：「小丫頭，不歡迎我們來嗎？」

錢亦繡把嘴閉上，跟著笑。「怎麼會呢，你們是稀客，快請進。」說完，回頭瞧瞧東廂房那扇小窗，小窗已經關上了。

梁錦昭為她介紹兩位公子。「這位是小俞公子，這位是小霍公子。」

錢亦繡先打了招呼，再聽梁錦昭說，原來兩人是有工作的軍爺。

小俞公子還好，很給面子地對錢家祖孫點點頭；那小霍公子卻極是傲慢，只用鼻孔嗯了聲。

幾位公子沒進屋，在院子裡坐下。

錢亦繡領著紫珠倒了茶，拿出點心擺在桌上待客，梁錦昭才笑道：「我們今天想去山裡打獵……」

壯實的小俞公子打斷他，搶著說：「不是說她家有白狼，還有狼的兒子嗎？怎麼除了一隻猴子，沒看到狼跟狗呀？」

錢亦繡答道：「白狼回山裡，沒過來；大山和奔奔、跳跳倒是在家，正在後院裡玩呢。」說完，讓紫珠去後院把三條狗叫來。

幾位公子聽說白狼不在，有些失望，等看到健壯漂亮的奔奔和跳跳，還有雖然醜卻健碩凶狠的大山，又來了興致，個個摩拳擦掌，帶著狼的後代和媳婦進山打獵，或許感覺會同以往大不相同吧。

錢三貴見這幾位公子年紀都小，最大的兩位也不會超過十七歲，怕他們出事，便讓蘇四武去大榕村叫萬大中。

不一會兒，萬大中便趕來，見過梁錦昭等人後，想了想，道：「如果不騎馬，可順著溪景山的後山往裡面走，那裡野物多，有野豬、熊、老虎、狼等等，但要花的工夫長，至少得兩、三天。

「如果騎馬，就穿過大墳包進去，那一帶山勢平緩，但草木不豐，多是野兔、野雞這些小獵物。要是運氣好，也能逮到野豬或鹿。」

幾位公子商量一番，決定騎馬去，帶著動物之家，找到大獵物的機會大得多。

現在已是巳時，即使再快，回來也是晚上了。於是他們接著商量，打算在這裡住一宿，明天再回省城。

錢三貴讓吳氏帶人準備水囊和吃食，給他們帶在路上吃。

除了弘濟和張央，梁錦昭一幫人騎著馬向大墳包馳去。萬大中騎了一匹小廝的馬，領著大山、奔奔、跳跳跑在最前面。

因為弘濟來了，猴哥就在家裡陪他。猴哥也會撒嬌，一直窩在弘濟的懷裡，不肯下來。

自從這些人說起打獵開始，弘濟就抱著猴哥躲去一邊，不停地唸佛。「阿彌陀佛，罪過，罪過……阿彌陀佛，罪過，罪過……」直到那些人走後才住嘴。

錢亦繡笑著遞上一碗水。「小師父的嘴唸乾了吧？」

弘濟笑著接過碗，一飲而盡。

程月見那些人走了，才從東廂房裡走出來，她不怕張央，還對他微微笑了笑。

張央也點頭笑道：「錢嫂子。」

弘濟見程月出來，笑著過去拉她的裙子。「嬸子，貧僧想您了。」

程月笑得眉眼彎彎。「嬸子也想你。」

程月像牽兒子一樣，牽著弘濟來到棗樹下坐了。弘濟也像她兒子似的跟程月撒嬌，嬸子、貧僧的一通亂說，頗有喜感。

棗樹上掛滿青青紅紅的棗子，濃濃的甜香味不時讓弘濟抬頭望。

程月見狀，起身摘下幾顆紅棗，用帕子擦擦，餵進他的嘴裡。

弘濟吃著棗子，覺得香甜無比，看程月的眼神充滿欣喜和孺慕，拉著她裙子的小手捨不得放開。

錢亦繡瞧見，故意吃味地說：「娘，還有繡兒呢，繡兒也要吃。」

程月又笑著餵了女兒幾顆。

弘濟看到吃醋的錢亦繡，笑得更歡快了。

沒多久，錢亦錦被蘇四武叫回來，跟張央打過招呼後，便找弘濟說話。

兩個小子講得眉飛色舞，程月坐在旁邊，靜靜地看著他們。

張央給坐在房簷下的錢三貴把脈，說他的身體好多了，這個冬天會比往年好過，讓錢三貴和吳氏高興不已。

錢亦繡問張央：「那小俞公子和小霍公子究竟是誰？」

張央道：「我跟他們不熟。昨天他們突然去大慈寺，說特地請幾天假來陪梁公子玩玩。我和我爹正好在大慈寺燒香，這才遇見。梁公子說，他們都在軍中任從七品的副尉，原是京城人，前年戰爭結束後，換防來西州。聽聞妳家有白狼，他們便想來看看，順道進山打獵。」

錢亦繡感嘆。「不過兩個毛孩子，怎麼就當了七品官？」

她的小爹爹出生入死，打了那麼多年仗，死前也只是個七品騎尉，還是整個溪山縣去打仗的壯丁裡升得最快的。

張央笑著說：「小俞公子是俞總兵的兒子，小霍公子的父親則是參將。」

錢亦繡早猜到他們是軍二代，仗著老爹當了官，不過，還是覺得升官的速度太快些。他們看起來頂多十七歲，模樣跟老成的梁錦昭差不多大。

張央看出她的心思，解釋道：「可別小看他們，都是上戰場歷練過的。」

錢亦繡吃驚。「他們那麼小，開戰時，應該還不到十歲吧？」

張央點頭。「他們是戰爭結束前一年去的。」

錢亦繡撇嘴。「那肯定是曉得仗要打贏了，所以去撈軍功的。」他們的功勞簿裡，或許就有小爹爹的功績。

張央猜到她想起死去的爹，嘆口氣，沈默下來。

坐在一旁的吳氏悄聲道：「既然那兩位小公子去過戰場，又是當官的，會不會認識滿江，知道滿江到底是怎麼失蹤的？」

錢三貴嘆氣。「前線十萬人馬，哪會那麼湊巧？」又遲疑道：「要不，等他們回來後，咱們打聽打聽？」

小神醫難得來一趟，錢亦繡又請他給程月把把脈。自她從省城回來後，程月便經常在夢裡哭醒，還「繡兒、繡兒」的叫。

錢亦繡把程月牽到房簷下坐，張央為她把了脈。

張央說她身子沒有大問題，就是有些思慮過度，引起氣虛、脾虛，又問她是不是睡得不好？

還真是神醫！錢亦繡剛想應話，卻見程月張了張嘴，瞅她一眼，再看看張央，欲言又止。

這是要背著她跟張央說話了？小娘親什麼時候這麼有心眼，竟然還知道背人？還是背著她，這種感覺很不爽。

錢亦繡極其不情願地嘟著嘴，走到一邊去。

張央低聲笑道：「錢嫂子有話請直說。」語氣溫和輕柔，笑容和煦得像暖暖的春陽。

程月猶豫著，輕聲開口。「公爹和婆婆都說小張大夫是神醫，我想問問，我是不是生了什麼病？」見張央認真聽她說話，又繼續道：「晚上睡覺時，我經常會看到繡兒坐在屋裡繡花，但那間屋子不是我們的小屋啊。繡兒身上的衣裳也好漂亮，可她的手指被扎出好多針眼，卻還是要繡，我在一邊勸啊勸啊，她都不理我。」

程月說著，大眼睛裡湧起淚水。「我看得好心痛……可是，怎麼會這樣呢？白天繡兒明明不繡花的呀。我不敢跟他們說，怕他們以為我又犯病……月兒沒有病，月兒不傻，這些都是真的。」

程月講完，愣愣地看著張央，生怕他不相信她，或認為她有病。

張央垂首想了片刻，抬頭低聲笑道：「錢嫂子當然沒有病。晚上看到繡兒在繡花，那不是真的，也不是幻覺，是妳在作夢。每個人都會作夢，我會作，錢三叔、繡兒、錦娃他們也會。所謂日有所思，夜有所夢，白天時妳或許想過教繡兒繡花的事，所以晚上就夢到繡兒繡花的情景。」

程月聽了，笑起來。「可不是，我白天的確想過教繡兒繡花哪。」

張央也笑。「這就是了。白天想得多，晚上便作這個夢，是正常的。繡兒年紀還小，怕她扎傷手指，晚兩年再教也不遲。錢嫂子且不想這件事，我再給妳施針，開幾服好睡覺的湯藥，以後就不會作這個夢。」

程月聽小神醫這麼說，可見她沒生病，笑得一臉輕鬆，十分痛快地讓張央施針。

之後，張央悄悄跟錢亦繡說了程月的話，又開好藥方，讓他們明天派人去保和堂拿藥。

錢亦繡覺得程月的夢好奇怪，她從來沒繡過花呀。再想想，不一樣的屋子、不一樣的衣裳，八成是她小時候的事。程月的繡技這麼好，肯定是很小就開始繡了，可看她的項鍊，她應該生在富貴之家，怎麼會那麼小便讓她繡花呢？還扎得手指滿是針眼……

轉眼到了飯時，因為弘濟和梁錦昭都喜歡吃糯米蜜汁藕，錢三貴讓蘇三武去湖裡拔了幾十根蓮藕回來。

目前家裡種的是紅花藕，要等到十一月後，蓮藕才粗壯粉糯，現在雖然小些，但還是能吃。

吳氏親自下廚，為弘濟做了幾道他愛吃的素食。

下午，錢三貴和吳氏開始為貴人的住處發愁。弘濟可以跟錢亦錦睡一間房，張央住過錢家，也能騰出屋子給他休息，但那幾位公子就不好安排了。

錢亦繡道：「可以住萬大叔家啊，他家有十幾間房，卻才住兩個人，那些人去他家，一人一間都夠了。」

錢三貴跟吳氏聞言都點頭。這倒是個好安排。

傍晚，吳氏帶人做了素菜，一家人陪弘濟和張央吃飯。

飯後，他們請弘濟去錢亦錦的房間休息，吳氏再領著人進廚房忙碌，煎炸滷燉，為那幾位公子和小廝準備飯菜。他們打獵辛苦一天，不可能不吃肉喝酒，遂讓弘濟先迴避了。

天色已暗，圓月高掛，如水月光傾瀉而下，把大地照得亮堂堂的。

突然，門外傳來一陣狼的長嗥，接著是馬蹄聲，還有幾個公子的說笑。

蔡老頭把門打開，大山母子先衝進院子，後面還跟著白狼，接著，那些人馱著戰利品進來了。

公子們個個笑逐顏開，小俞公子咧著大嘴道：「太爽了，下次還來這裡打獵！」

他們把戰利品扔在院子中央，還真不少，有十幾隻野兔、十幾隻野雞、一隻野山羊，居然還有一頭大野豬。

弘濟站在窗邊，往外瞅了一下，隨即閉上眼睛，雙手合十唸道：「阿彌陀佛，罪過，罪過……阿彌陀佛，罪過，罪過……」

眾人洗了臉，酒菜已端上桌，幾個主子和萬大中坐一桌，錢亦錦身為主人，也上座陪他們吃飯，小廝們另坐一桌。

梁錦昭還請錢三貴來，被他婉拒，說自己晚上不能多食。

大山一家四口已經在山裡吃飽，被蘇三武幾人洗乾淨後，回自己的小房子歇息。

這時，猴哥從廂房裡鑽出來。中午和晚上都沒吃葷，牠不舒坦了。

牠拖了張凳子，擠在錢亦錦和萬大中中間，爬上凳子吃起肉，還不時搶過萬大中的酒碗，喝上一大口，舒服得直咂嘴，逗得幾位公子大笑不已。

錢亦錦怕猴哥喝醉耍酒瘋，出言相勸。猴哥卻當成耳邊風，繼續搶著喝，萬大中不給，竟還想用蠻力搶。

錢亦錦見狀，喝道：「你再搶，我就喊妹妹了。」

猴哥聽了，才老實下來。

另一邊的小屋裡，昏黃油燈下，程月在一塊小素綾上繡著花，探索新的針法。

錢亦繡坐在她身邊，靜靜地看著。

儘管小屋的窗戶關得死死的，還是能聽到堂屋裡那幾位公子逗猴哥的笑鬧聲一陣高過一陣。尤其是小霍公子，不停地逗著猴哥，嗓門比誰都大，一聽就是個愛惹事的二愣子。

可猴哥只怕她和弘濟，連錢亦錦都不放在眼裡呢。

錢亦繡想了想，怕這些半大小子不知輕重，把猴哥惹毛，到時候不好收場，便跟程月說一聲，起身去了堂屋。

錢亦繡剛走進堂屋，就看見猴哥手裡的醬肉飛了出去，所有人沒防到猴哥會來這一手，包括萬大中。

結果，醬肉砸在小霍公子的腦門上，又掉進他的酒碗裡，他的前額也多了塊黑色油漬。

眾人先是愣住，繼而爆發出一陣大笑聲。

猴哥抓起一把花生米，又要扔，錢亦錦趕緊攔住牠。

這下，小霍公子也來了氣性，起身要打猴哥，嘴裡叫嚷道：「你這潑猴，居然敢打老子，老子這就劈了你！」

小俞公子攔住他。「瞧你這點出息，怎麼跟猴子一般見識。」

猴哥聽見，更是生氣，滿臉紫脹，嘴裡怪叫著，站在凳子上，又要拿碗砸小霍公子，被錢亦錦和錢亦繡死死抱住安撫著。

梁錦昭對大聲叫嚷的小霍公子道：「猴子不懂事，難道你還不懂事？別說我沒告訴你，這猴子可是我師父救下，養了兩個多月，又讓我師弟託錢家幫著照顧的。」

小霍公子聽了，只得氣哼哼地坐下。

宋懷瑾給他斟滿一碗酒，解圍道：「霍大哥如今可是七品官，哪會跟猴子一般見識呢。」

錢亦繡也把猴哥勸到羅漢床上坐下，又拿碗裝些牠喜歡吃的肉菜放在小几上，哄著牠吃。

如此，一人一猴總算消氣，一場鬧劇才結束。

第六十四章

酒足飯飽後，小俞公子看看猴哥，又瞥了眼後宅，壓低嗓門問梁錦昭。「梁兄弟，弘濟小師父的身世，真如傳言那樣？」

小霍公子不生氣了，眼裡閃光，也望著他。

梁錦昭笑道：「你都說是傳言了，還能是真的嗎？我師弟是我師父雲遊時，在山裡撿的。那時他剛剛出生幾天，躺在草地上，旁邊還有隻斑斕猛虎看護著他。我師父把他抱起來，他竟然伸手抓著他脖子上的佛珠不放，因此我師父甚是喜歡他，又覺得他與佛門有緣，便收為關門弟子。」

「真是這樣？」小霍公子還有些不相信。

梁錦昭點點頭。「事實就是如此，你們不相信，我也沒辦法。」

小霍公子壓低聲音問道：「梁兄弟、宋兄弟，聽說現在朝中有人開始出頭為寧王翻案，是不是真有這回事？」

小俞公子也說：「如今我們遠離京城，有些消息根本聽不到，就請兄弟透露透露唄。」

梁錦昭搖頭。「我也不太清楚。之前在京城，好像聽說有人上奏，試圖為寧王殿下說話，但又有很多大臣反對，說寧王『弒兄』證據確鑿……」

「屁的確鑿，不過是寧王殿下岳家不顯，後臺不硬，被推出來頂缸了。」小霍公子罵道：「要我說，皇上肯定也知道那幾家皆有害死先太子的可能，無奈沒找出凶手，又惱怒寧王殿下護兄不力，才下狠手懲罰寧王殿下。如今氣消，又想把寧王殿下召進京了。」

梁昭錦聞言，趕緊道：「霍大哥切莫亂說，這話若被有心者聽到，要砍頭的。你父親曾為寧王殿下效過力，皇上仁慈，沒有清算，你還要大放厥詞，豈不是替霍參將招禍？」

小霍公子嘿嘿笑。「我不就是當著你們的面說說嘛，出去不會亂講的。」但他還是閉上了嘴巴。

小俞公子說：「可惜先太子了，英年早逝。如果他能活著順利登基，將是大乾百姓之福。」

宋懷瑾道：「皇上聖明，肯定也是這麼認為，先太子歿後，才會那麼震怒，處置寧王殿下，還殺了罪臣。」

萬大中喝得有些多，不僅臉通紅，連眼睛都冒出血絲，喝乾碗裡的酒，打著哈哈道：「我雖是小老百姓，也知道莫談國事。看來，各位公子今天是喝得太高興了。」

小俞公子也笑。「我們有兩、三年沒見到梁兄弟和宋兄弟，一高興，就多喝幾杯。」

幾個人一聽，便哈哈笑著，轉了話題。

他們的談話中，錢亦繡對別的都不感興趣，唯獨聽見寧王這個稱謂，又讓她想起馬面的提點。

她覺得這個稱謂跟自己沒有任何關係，不過，屋裡這些人中，或許有人會因為站隊，將來前程似錦。

她仔細看了看小霍公子，這個彆扭熊孩子的爹，眼光滿準嘛。聽他的話，父子二人對寧王還是死忠。

剛剛錢亦錦受了錢三貴和吳氏之託，有件事一直沒來得及說，見這些人安靜下來，終於逮著機會開口。

怕隔壁的程月聽到，他壓低了嗓門，問小俞公子和小霍公子。「兩位公子，聽說你們也去北邊打過仗？」看他們點點頭，便紅著眼圈說：「我爹爹也去北邊打仗，卻沒有回來。聽回來的鄉親說，我爹爹在最後一次大戰中失蹤了……我們想知道我爹爹是怎麼失蹤的？我爹爹的名字叫錢滿江……」

小俞公子道：「最後一次大戰，指的應該是松江之戰吧？若是那場戰爭，倒真有好些人失蹤。那場仗是趙將軍帶兵打的，你爹爹應該是在趙將軍麾下。我和立仁在另一個營裡，所以不認識你爹爹。」

見錢亦錦眼淚汪汪，極其失望，小俞公子又說：「那場戰爭極其殘酷，因為韃子想通過這場仗挽救頹勢，派的是精兵強將，特別凶狠。戰場在松江邊，還突降暴雨，我們的援兵又遲遲未到。仗打了三天三夜，終於堅持到援兵來，擊敗敵人，殺死大金國的主將。不過，因為暴雨，有些將士的屍首被沖進了松江……」

小霍公子撇撇嘴。「有些人的確是死後被沖進松江，但也有逃兵因為害怕，故意跳江逃亡。不過暴雨中的松江，跳進去也是死……」

錢亦錦一聽，眼淚流出來，提高嗓門道：「我爹爹因為作戰勇猛當了官，他不會跳江逃跑，定是戰死後被江水沖走的！」

錢三貴兩口子一直待在隔壁的小間裡，就是想聽聽有沒有兒子的消息，聽見這話，也哭出了聲。

小霍公子話裡有兩個意思，一是錢滿江死後被江水沖走，一是當逃兵跳了江。兩條路都是死，只不過，一個是有尊嚴的死，一個是沒有尊嚴的死。

想想那殘酷的場面，錢亦繡的眼淚也掉下來，過去拉著錢亦錦。「咱們的爹爹是英雄，肯定是戰死沙場的。以後哥哥若有機會去北邊，就到松江給爹爹燒紙磕頭吧。」

錢亦錦點點頭，兄妹倆抱頭痛哭。

小霍公子見自己嘴快惹了禍，趕緊道：「是、是，你們爹爹作戰勇猛，沒有跳江逃跑，定是戰死後被江水沖走的。」

其實，梁錦昭回京城後，已經去打聽過，猜測錢滿江應是被沖進了松江。但他一直不敢告訴錢家人，覺得太殘酷，不知道真相或許比知道要好得多。

見把人家的孩子說哭了，連小間裡都傳來抽泣聲，幾個人不好多留，草草吃完飯，便跟萬大中去萬家歇息。

走之前，梁錦昭跟錢亦錦說，給他們留八隻野兔、八隻野雞，其他野物都送錢家。

等院子歸於平靜，蔡老頭把大門關好，插上木栓。

錢三貴和吳氏相攙著從小間走出，錢滿霞也從右廂房來了堂屋，幾個人傷心地抹著眼淚。

誰都沒有說話，只有輕輕的啜泣聲。

程月見人都走了，也來到堂屋。只是，她沒有一點難過之情，還滿臉堆笑，眼睛都笑成了月牙，腳步也無比歡快，像隻快樂的小鳥，從來沒有如此得意忘形過。

見她這樣，眾人有些慌了，擔心她是不是聽見小霍公子的話，又犯了病。

錢亦繡和錢亦錦忙過去拉著她。「娘，您怎麼了？笑什麼呢？」

程月牽著一雙兒女，咯咯笑道：「江哥哥定是當逃兵，跳江逃跑了。娘就說嘛，江哥哥答應娘會回來，就一定會想辦法的。好孩子，快別難過，過些日子，你們的爹就會回來了。」

她的話讓屋裡的人嚇一跳。

錢三貴沈下臉，厲聲喝道：「滿江怎麼可能當逃兵呢？兒媳婦切莫亂說話！」

程月見公爹吼自己，委屈得嘴都癟起來，眼圈也紅了。

吳氏也道：「月兒，這話可不是混說的，如果讓外人聽到，我們要被罵死，錦娃以後也不能出仕。」

錢亦繡拉著程月坐下，勸著她。「娘，爹爹當逃兵，還有跳江逃跑這樣的話，以後萬不可以再說，被有心人聽到，說不定會告咱們家欺騙朝廷，爺爺和哥哥要被抓去坐牢。」

程月委屈道：「娘又不是傻子，怎麼會說給外人聽呢？娘只是高興，跟家裡的人說說而已。」又不高興地看著眾人。「你們不會為了讓江哥哥當英雄，就盼望他不跳江，盼著他戰死吧？若是這樣，月兒會傷心的。江哥哥那麼聰明，肯定會跳江逃跑。」說完，很倔強地微微昂起頭。

真是有理講不清，也不可能講清。

錢亦錦見狀，只得哄道：「娘，我們都不希望爹爹死，只是，娘有這種想法，不要說出來，自己在家偷偷高興就好，哪怕在家裡，也不要再說。被太爺爺和太奶奶聽見了，他們不僅要罵娘，還要罵爺爺和奶奶。」

程月看著一家人期待的目光，點頭答應。「娘不傻，娘不說，只偷偷在心裡想想。」

眾人這才放心，各自回屋歇息。

夜涼如水，月光透光窗櫺灑進屋內，把小屋照得朦朦朧朧。

程月和錢亦繡躺在床上，兩人都沒睡著，只是一個人心情輕鬆，另一個心情沈重。

看著一直傻笑的小娘親，錢亦繡又心疼又難過。

可憐無定河邊骨，猶是春閨夢裡人。

這就是小爹爹和小娘親真實的寫照吧。

程月睡著了仍在笑，一夜好夢到天明。

錢亦繡就有些慘了，睡得不踏實，還作惡夢。

夢中，大雨中的江水洶湧湍急，血跡把整條江都染紅。江岸上，猙獰的面孔、帶血的刀劍、淒厲的嘶喊、殘酷的肉搏……

英俊的小爹爹倒下，一個浪頭沖上岸，被捲進巨浪之中……

第二天，錢家人早早就起來。雖然都有些疲倦，還是打起精神來，準備招呼貴客。辰時，梁錦昭等人來吃過早飯，拿著野兔和野雞騎馬走了。走之前，梁錦昭對錢亦繡兄妹說：「過幾天我們就要回京城，等明年來冀安省，再到你家玩。」

宋懷瑾遺憾地道：「明年，我恐怕來不了，回京後，我就要入國子監讀書。」

錢亦錦聽說他要進國子監，羨慕得都紅了眼。

錢亦繡笑道：「那就預祝宋公子學業有成，金榜題名。」

宋懷瑾哈哈笑道：「小丫頭就是討喜。好，小爺承妳吉言了。」又對錢亦錦說：「若你想考取功名，還是得找名師。你們私塾的先生，啟蒙還行，做大學問卻是差得遠。再過一、兩年，你長大些，想辦法去西州府讀書，那裡的好先生多；或找我家幫忙，有些族學的先生不錯，去那裡讀書也行。」

錢三貴看看孫子，也點點頭。「確是這樣。名師教導的學生，要強些。」看看弘濟就知道，比錢亦錦小半歲，學問卻比他好得多。

弘濟沒走，說要再玩一天，明天回大慈寺。

幾位公子告辭完，一陣塵土飛揚，十幾匹高頭大馬絕塵而去。

從昨天起，這些騎馬的貴人就引起村民的議論紛紛，聽說他們是進山打獵，回來還會去錢家三房住下，便不敢過去打探。今天見他們走了，汪里正等人便邀著錢老頭，前來三房探消息。

於是，錢老頭、錢老太、錢大貴夫婦、錢二貴夫婦等人浩浩蕩蕩往村西頭走去，錢亦多也跟來了。

他們剛走到村口，正好碰到錢三貴。

錢三貴已經猜到親戚朋友會到家裡探究竟，家裡還有個貴客弘濟，不方便招待他們，便讓蘇四武拎著一隻兔子、一隻雞，一條野豬腿、一條羊腿，還有一些豬下水去大房。

錢大貴見他們拎了這麼多東西來辦席，高興地領著眾人回頭往他家走去。

大隊人馬回了村，只有錢亦多堅持去三房。

錢亦多進了三房的屋子，錢亦錦和弘濟正在樹下看書，錢亦繡領著她去後院看熱鬧。

蔡老頭和蘇二武、蘇三武正在處理昨天打來的野物，要留些自家吃和送人，還要賣掉一部分。

快中午了，錢亦多還不走，大概要像往常一樣，留在三房吃午飯。

錢亦繡笑道：「弘濟小師父要在我家吃飯，所以沒有肉吃喔。」

錢亦多嘟嘴。「招待客人不都要煮肉的嗎？不煮肉，客人會怪罪。再說妳家有這麼多肉，不趕緊吃了，要放壞的。」

錢亦繡搖頭。「和尚不能吃肉。」

錢亦多聰明地說：「和尚在寺裡不能吃肉，但可以在外面偷偷吃啊，反正菩薩又看不到。」

接著，她跑去對弘濟道：「小師父，你正好可以趁著不在寺裡，偷偷嚐嚐肉，可香了。菩薩瞧不見，不會怪罪的。」說完，吸了口口水。她很想說服弘濟吃肉，因為只有他肯吃肉，她才能吃上。

弘濟聞言，趕緊放下書本，雙手合十。「阿彌陀佛，罪過，罪過。」又不高興地對錢亦多說：「以後小施主切莫再對貧僧說這種話，貧僧是不會偷偷吃……哎喲，罪過，罪過。」

錢亦繡和錢亦錦看弘濟糾結得快哭了，極為不忍。

錢亦錦皺眉，對錢亦多說：「如果大伯知道妳攛掇小師父偷偷吃肉，定會打妳的。」

錢亦多一聽，頓時覺得小屁股一陣陣的痛，翹著嘴，不敢再亂說話。

於是，吳氏親自下廚，做出幾道色香味美的素菜，大家吃得高興，直誇她手藝好。

可無肉不歡的錢亦多還是提不起興致。在她看來，沒有肉，煮再多菜都是怠慢客人。

第二天，一個年輕和尚來接弘濟回大慈寺。

弘濟帶著錢家給他做的秋衣、一小罈蜜汁糯米藕、幾盒素食點心、一口袋棗子，被年輕和尚抱上馬，坐在前面，東西則吊在兩側。

弘濟走之前，還邀請錢亦錦和錢亦繡去寺裡看菊花，說金秋時節，大慈寺裡的菊花最好看，順便讓悲空大師幫錢亦錦指點指點學問。因為他也聽到了宋懷瑾的話，便想幫幫錢亦錦的忙。

小兄妹應了，這才揮手向弘濟道別。

一晃到了九月二十七，二房的小楊氏生下兒子，錢二貴終於有了孫子。錢老頭高興，也給孩子取了名。

農忙後，錢家和萬家都要找短工挖塘。因為需要的人多，不只花溪村、大榕村、二柳村這些離得近的村子有人來，消息還傳到鄰鎮去。

一共招了近八十人，又招花大娘子等幾個婦人，專門給這些挖塘的短工做飯。幾家人按短工人頭，湊錢交給花大娘子，也讓她負責採買，在她家做好飯後，用車推去給大家吃。

那邊熱火朝天地挖著塘，錢家三房湖裡的藕也長熟了。這時候的藕最好吃，味甜粉糯，一採上來，就被錦繡行的人拉出去賣。其實，八月中就開始陸續採嫩藕，只是量少而已。

年底，崔掌櫃回京，不僅捎去香腸，錢家又送幾百斤蓮藕給衛國公府作為年禮；又各送四百斤蓮藕到張家、宋府、翟府，還有一些香腸和臘肉。

張家的年禮是錢亦繡去送的，宋、翟兩府則是錢亦錦特地請假送去。

張家和宋府很高興地送了回禮，都是布疋、文房四寶之類的東西，比錢家送的要貴重些。

翟大人不在府中，但家裡的總管曉得錢亦錦是翟大人的小友，不僅很給面子地收下年禮，還送了同等價值的回禮。

可兩天後，翟老太太派身邊婆子找到溪山縣的錦繡行，說家裡人十分喜歡吃他們送的香腸和蓮藕，想再買些，拿了五錢銀子給錢華。

錢華看著手裡的五錢銀子，想了想，讓人拿了五十斤香腸、兩百斤蓮藕給他們，然後，趕緊差人給錢三貴送信，說他做虧了一筆生意。

錢三貴得信，讓來人回去傳話，說他做得對，這筆生意就算虧也要做。

但錢亦錦聽說這件事後，又糾結了，不知該不該跟翟大人說一聲？翟老太太也太過分，雖然就是一點吃食，值不了幾個錢，即使送她也算不上索賄，但她這麼做，對翟大人的官聲實在不好。

錢亦繡勸道：「翟大人那麼聰明，肯定知道他娘的行徑，該怎麼辦，就看他吧。這點東西也不多，權當是咱們的心意。」又說：「翟老太太可能還是鄉下人的老觀念，覺得五錢銀子就是五百文錢，能買很多東西，不是故意給少的。如果華大叔只給五錢銀子的東西，翟老太太也不會生氣。」

錢亦錦聽了，心裡才好過些。翟樹畢竟是他的偶像，自是不希望偶像的老娘給偶像抹黑。

幾天後，從京城回來的翟大人知道了這件事，讓他的幕僚來錦繡行找錢華。

幕僚說，香腸和蓮藕很好吃，謝謝他們有心，又拿出翟大人提前送給錢亦錦的紅包，請錢華幫著轉送。

錢華笑著接過，與幕僚相視一笑，心照不宣，這件事便這樣過去了。

第六十五章

臘月二十，私塾放了假，要等到正月二十才開學。

錢亦錦想去縣城住一晚，試試當縣裡人的滋味；萬大中正好要去縣城買些年貨，就由他帶著錢亦錦去縣城。

錢亦錦在縣城玩了三天，回來時，竟帶回一個老者。這位老者從北邊來溪山縣尋親，親戚沒找著，身上盤纏卻用光了，在路過錢家宅子時，居然餓暈過去。

錢亦錦起了惻隱之心，讓萬大中把老人扶進屋，給他吃飯洗澡，還留他住了一宿。

老者嘆道：「說來慚愧，老夫年輕時還曾中過舉，之後便教書育人，無奈妻子早逝，又無兒女，晚年來這裡投親，錢囊被偷，又沒找到親戚……」又自報姓名，姓余，單名修。

旁邊的萬大中聽了一喜，提醒錢亦錦。「錦哥兒，這位余老先生中過舉，學問肯定比柳先生好許多。不如把他接去你家，老先生一邊教你學問，一邊打探親戚下落，既解他的困，又能教導你，兩全其美。」

錢亦錦想想，對啊，柳先生雖是位好先生，但只能啟蒙，再繼續往深裡教，就有些力不從心。

余修也覺得，眼下似乎沒有比這更好的出路了。

於是，兩人便說定，萬大中作證，錢亦錦當場磕頭拜了余修為師，帶他回錢家。

錢三貴見孫子領來一個中過舉的人給他當先生，趕緊讓吳氏去幫余修準備房間。正房沒有空屋子，就在旁邊挑一間出來，家具、床鋪都是新的，又讓錢曉雨趕緊做兩身新衣裳給余修換著穿。

余修年約五十幾歲，頭髮稀疏、其貌不揚，薄襖裹著皮包骨的身子，若非剛剛見錢三貴時露了一手——寫出幾個剛勁大字，錢亦繡會認為他是來騙吃騙喝的。

錢亦繡把錢亦錦拉到院子裡問：「余先生除了寫得一手好字外，學問怎麼樣？」

「好！」錢亦錦讚道：「他解釋文章後，讓哥哥有茅塞頓開之感。」

見錢亦繡的大眼睛仍是充滿懷疑，他受傷地說：「妹妹不能懷疑余先生，這不僅是對余先生的不尊重，也是對哥哥的不信任。」

孰料，這余修還傲得很，當錢三貴提出，能不能再多教一個學生時，他竟毫不猶豫地拒絕，還口出狂言。

「想給老夫當學生，得看他有沒有這個本事。不過，老夫敢斷言，在這個地方，除了錢亦錦，沒有老夫願意教的娃兒。」

錢三貴聞言，只得訕笑著住了嘴。他是想幫也上私塾的錢亦善爭取爭取，見余修如此，遂不敢再提。

萬般皆下品，唯有讀書高。哪怕余修要靠錢三貴供吃供喝，但因他是中過舉的讀書人，錢三貴照樣對他有敬畏之意。

雖然余修說找到親戚就走，不需要給束脩，但錢三貴仍堅持要給。一般請西席是一年給二兩銀子，包吃、包住、包衣裳，還包小廝。他全照辦，只是自家下人有限，就讓蘇三武、蘇四武換著去服侍余修，還說年節將至，且先歇息，正月十日再講課。

余修卻不同意。「人生天地之間，若白駒過隙，忽然而已。不能再耽擱了。」

第二天早上，余修便正式幫錢亦錦上課。

課堂設在大院子裡，點心房也在大院子裡，嘈雜聲不斷。好在一個專心育人、一個專心求學問，受的影響倒不大。

錢三貴見狀，更下定決心，打算積極說服大房、二房，明年開年就把作坊搬去縣城。花費或許高些，但掙得會更多，錢亦錦也能有個安靜地方念書。

沒幾天，錢三貴特地給孫子請了教書先生的事就在花溪村裡傳開。

錢家三房發了，錢家三房出錢請西席，錢家三房要改換門庭了！

柳先生聽說有位落難舉子到錢家三房當西席，便拎著糖果來瞧瞧。但余修堅持上完課後才請柳先生進屋，讓他枯等了半個多時辰。

經過一番交談後，柳先生竟然起身，給余修鞠躬，還自稱學生。

這讓錢三貴更高興。柳先生已是這一帶最有學問、最受尊敬的人，能被他當作先生的人，肯定有真才實學，自家真是撿到寶了。

另一邊，錢家大院裡，汪氏有些不爽。三房請了位好先生，怎麼不把錢亦善帶著一起教呢？這事不用她提，錢三貴應該主動說啊。

她對錢老頭道：「公爹，余老先生學問那麼好，讓善娃也跟著他念書吧，大不了，我們跟三叔一起分擔束脩。」

錢老頭也是這麼想的，點點頭。「分擔束脩倒不用，三貴不是這麼小器的人。我去三房跟他說說。」又抬頭看看回家過年的錢四貴。「年後你就不要帶孩子去省城，讓他留在這裡跟著余先生讀書，有了名師指點，會更強些。」

錢四貴趕緊點頭稱是。

下午，錢老頭、錢老太相攜著來了錢三貴家。

蔡老頭打開堂屋門請他們進去，再掀開大厚門簾，一陣暖氣撲面而來。老倆口坐定，錢老頭便把想讓余修教其他錢家男娃的意思說了。

錢三貴無奈道：「余先生來的當晚，兒子就提過這件事，但被他拒了。」

錢老頭道：「晚上多做幾道好菜，咱們父子陪先生喝幾盅，好好跟他說說，再多加點束脩，他定會同意。」

錢三貴苦笑。「除了第一天兒子跟他吃過飯，談了一會兒外，之後我們連面都沒見過。請他到堂屋吃飯，他也不來，說是不習慣人多。」

錢老太不高興了，歪嘴罵道：「他拿你家銀子、吃你家的飯，怎麼還不聽招呼呢？辭了，再重新找一個，有錢還怕找不到好先生？」

錢老頭沈下臉罵道：「妳這鄉下婆子懂個屁！余先生是舉人，是天上的文曲星，想找就能找得到？他能來教錦娃，那是咱們錢家祖墳冒了青煙，老祖宗保佑。」又對錢三貴說：

「既然余先生不願意就算了，萬不可為善娃他們得罪了他。」

錢三貴應是，又留老倆口吃晚飯。

錢老太被錢老頭罵，心裡有氣又不敢發，瞪了吳氏好幾眼，又找不出她的錯處，見到手牽手進來的程月和錢亦繡，終於有了發洩的地方。

她歪嘴罵錢亦繡。「一個小丫頭片子還穿什麼綢子衣裳，打扮得比地主家的小姐還光鮮。喲，嘖嘖嘖，還戴銀簪子，真是有錢沒地方花了呀。」

說著，又用枴杖指著吳氏數落。「妳這敗家婆娘，有錢也不是這樣浪費的。有那麼多錢，可以給我兒多買些補藥，給錦娃多吃些肉補身子，幹什麼全堆在小丫頭身上？」

錢老太的身子骨好多了，雖然說得慢，聲音卻是中氣十足。

吳氏和錢亦繡還沒說話，程月不高興，回嘴道：「繡兒就是要穿綢子衣裳，我女兒就是要穿得這樣好看。」

錢老太聽程月頂嘴，更氣了，想罵人，嘴又不聽使喚，氣得拄著枴杖起來，想衝上去打人，被吳氏和錢滿霞攔住。錢亦繡也把程月拉出了堂屋。

錢三貴勸道：「娘，滿江媳婦有病，您千萬別跟她一般見識。繡兒的衣裳和簪子都不是花錢買的，是省城的宋老太太送的，那料子，不是還送了幾尺給多多和亭兒嗎？」

錢老太聽了，才氣哼哼地坐下。

「太爺爺、太奶奶。」錢亦錦聽到動靜，趕緊笑咪咪地進了屋。

他的到來如一縷春風，吹散了錢老太臉上的嚴冬，立即大地回春，春暖花開。

轉眼到了大年三十，三房一家人又要去錢家大院吃團圓飯，還要給錢家先人和錢滿江上墳。

程月不去，在兒女走之前，還悄悄囑咐他們。「別去給那個假墳磕頭，你們的爹就快回來了。」

小兄妹只得點頭答應。

錢亦錦再三邀余修，錢三貴也去請他，他仍堅決不去錢家大院吃飯，說不喜歡人多，一個人過年習慣了。

錢三貴見狀，只得吩咐蘇三武兄弟把老先生服侍好。

一大家子人從大墳包回來後，換上喜氣的新衣，聚在錢家大院吃團圓飯。今年的菜色更豐富，雞鴨魚肉樣樣全，盤子疊盤子地擺了滿桌。

飯後，錢家男人商議老兄弟點心鋪去縣裡開張的事。

錢亦繡、錢滿亭跟錢亦多在屋裡玩翻花繩。

錢滿亭小聲問錢亦多。「昨天我似乎聽見蝶姊姊的哭聲，大伯母好像在罵她，是怎麼回事？」

錢亦多翹起嘴巴道：「聽說又有兩家人來向姑姑提親，我奶奶看上一個後生，還託人打聽，說是極好。但姑姑不願意，說她不想嫁人，奶奶就罵了她，還掐她兩下。」

怪不得今天錢滿蝶的眼睛紅紅的，錢滿霞一去，就被她拉進小屋說悄悄話。

錢亦繡道：「蝶姑姑不願意就算了唄，大奶奶幹麼那麼著急？」

錢亦多搖頭。「這次太爺爺和爺爺都說那個後生好，想勸姑姑嫁過去。姑姑被逼急了，說要剪了頭髮當姑子去，他們才沒有繼續說。」

商議完鋪子的事，錢三貴領著家人回了自家過年。

今年三房的年夜飯擺在堂屋裡，旁邊還特地設了張小桌，讓錢華和蔡老頭坐在那邊吃飯，以示恩寵，其他下人則在大院子裡吃。

錢三貴又同錢亦錦去了余修的小屋，再三邀請他去堂屋吃年夜飯。余修推辭不過，只得勉為其難地去了。

天還未黑，便開始吃年夜飯。

飯桌上，余修是第一次見到程月，不由愣了愣，覺得真是不可思議，區區農家竟能娶到如此相貌風度的兒媳婦，而且，他總覺得程月有些面熟，卻不知在哪裡見過？

接著，他看出她的眼神有些異於常人，定是腦筋不太清醒。

他聽錢亦錦說過，他娘的身子不太好，原來是腦子不好，否則，這隻鳳凰無論如何也落不到這個窩裡來，真真可惜了。

轉眼過了正月十五，錢家繼續請人挖塘。

三房大院子裡的湖已經挖好，把從洞天池拿回來的蓮子撒進去。

錢三貴和錢亦繡已經商量好，先將這蓮子育種，明年再多多栽種。而其他的塘，還是去外面購種藕種植，還要試種從番人手裡買來的蓮子。

由於請的人多，二月底，塘已經全部挖好，挖出來的土還壘起一座小山包。

小山包喚小香山，這片塘為荷風塘，自家院裡的湖叫秀湖，都是錢亦繡取的名字。

接著，三房請了五個長工打理藕塘，三個長工照顧果樹，另外幾房也各請一個長工。

錢二貴捨不得花錢，想自己弄，被錢滿河一狀告到錢老頭那裡。錢老頭把錢二貴一通罵，這才請了長工。

現在，三房的幾個下人又重新分工，黃鐵主管荷風塘，蘇銘主經營小香山，蘇三武和蘇四武主要看著家裡的湖，再幫著做些雜事。

之後，三房買種藕栽進藕塘，撒了蓮子，還投入魚苗，又買下八百株桃樹苗和一百株梨樹苗種在山上。

這段時日，錢亦繡跟著忙上忙下，想把荷風塘和小香山建成集農業、養殖、觀景、度假為一體的綜合觀光農場，這就是她的創意。

起初錢三貴還不同意，覺得將剩下那些地方拿來建房子、亭子、花園，實在不划算。

後來，錢亦錦無意中跟余修說了這些話，余修極感興趣，便去瞧瞧，聽錢亦繡解釋後，極力支持，遂去幫忙說服錢三貴。

錢三貴見最有學問的先生都覺得這樣好，才同意下來。

第六十六章

忙完這些事情，已經到了四月初二，還有幾天就是小兄妹的八歲生辰了。這個日子，對錢亦繡還有另外一個意義——她穿越過來的兩週年紀念日。

短短兩年，家裡發生翻天覆地的變化。這跟她當了七年的鬼有直接關係，也跟聰明威武的猴哥有關係，跟當家人錢三貴願意聽孫女的話更是有關係。

看到這一切，錢亦繡非常非常有成就感。

錢亦繡剛看完荷風塘和小香山回來。那兩個地方，哪裡該建什麼房子跟亭子、修什麼樣的路，她都給了意見，以後讓錢華他們去監工，她可以撂開手不管了。

錢亦繡輕快地走過大院子和小院子之間的側門，想回小屋把自己收拾乾淨，再去東廂房陪程月，卻瞧見程月站在門口，愣愣地看著她。

這幾個月，程月的繡品正做到關鍵，天天帶著錢曉雨忙，少有工夫關心錢亦繡。

剛剛她終於把最難的挑花針繡完，到門口透透氣，卻發現女兒已經成了小瘋婆子。

錢亦繡的頭髮凌亂，上面還黏著草屑，滿臉汗漬，鼻尖上有黑灰，衣裳、裙子、鞋子上，都沾了土和草；走路也不像個姑娘，不是跑就是跳，人還在前院裡，喊紫珠的大嗓門就傳進了小院子。

程月看到女兒這模樣，愣了一下就用帕子搗著臉，大哭起來，一邊自責沒管教好女兒，一邊念叨對不起娘、對不起江哥哥。還讓錢曉雨打紫珠十下手心，扣她兩個月的月錢。

美人的哭泣是楚楚可憐的，嗚咽聲讓錢亦繡極為不忍，趕緊過去拉著程月認錯，保證絕對不再犯，卻哄不好她。

程月跑回左廂房，坐在床上繼續哭，根本不聽女兒的解釋。

見她哭成這樣，家裡其他人也嚇壞了。吳氏、錢滿霞進廂房勸，錢三貴站在窗戶外面安慰，統統沒用。

程月鑽起了牛角尖，覺得自己失職，沒管好女兒，越哭越傷心，幾近暈厥，嚇得錢亦繡抱著她一起哭。

動靜鬧得有些大，驚擾了正專心上課的余修和錢亦錦，也趕過來。

錢亦錦一到，就跑進小屋勸程月。

余修聽了這些人的勸解，大概弄明白程月為何如此難過，她是自責把女兒養粗糙了。精緻養女兒，這是富貴人家的做法。

之前他一直覺得程月不像農家姑娘，現在更加堅定自己的想法，只不知是哪戶富貴人家把如此美貌的姑娘弄丟了，還把消息瞞得死緊？最有可能的，是程月乃某家罪臣之女，在逃亡的路上，不慎摔壞腦子，被錢家人救下來。

雖然程月傻了，但生個女兒卻聰明得很。

經過這些日子的相處，錢亦繡太合余修的心意了，聰明伶俐，還古靈精怪，連自己的小徒弟都經常著了她的道，尤其是造山修塘的事，這小女娃很有想法和見解。還有那幾個地方的名字，雖是直白，仔細一想，卻別有韻味。一個不滿八歲的小姑娘能想到這些，已經非常不易。

余修想了想，遂隔著窗戶道：「錢家娘子，繡兒這小丫頭聰慧、有靈氣，老夫惜她是塊璞玉，想調教她一番，妳覺得如何？不敢保證她今後定能成為一代才女，但總比在鄉間放養強得多。」

程月看過余修的字，也曉得錢亦錦在他的教導下進益神速。聽了他的話，便停止哭泣，放下捂著臉的帕子，露出淚眼問：「余先生當真嗎？」

余修點點頭。「當真。」

余修願意，可錢亦繡不願意，把頭搖得像撥浪鼓。

「我又不考舉人，不用學經濟學問。況且，我只是個鄉下小妞，也不想當才女啊。」

余修哼道：「妳一個小女娃教經濟學問做什麼？我是要教妳寫字。書，心畫也，人品高，書品自然高雅，反之亦然。」又氣鼓鼓地說：「不是老夫狂妄，想讓老夫心甘情願教導的人可沒有幾個，如今起了愛才之心，偏偏小丫頭還不願意。」

學寫字，那不就是書法嗎？況且余修的字的確寫得好。

錢亦繡便道：「光學寫字，就不需要像我哥哥那樣，一天得學四個時辰吧？」

「妳想學那麼久，老夫還不耐煩教。」余先生道。「一天只上半時辰的課，但妳自己要練習一到兩個時辰。」

只有半天拘在書房裡，錢亦繡還能接受，點頭答應，程月也沒再鬧騰了。

錢三貴見狀，張開好久的嘴終於合上，簡直喜瘋了，這真是令人意外的結果。連錢亦善那樣的男娃都不願意教的余修，竟然肯教他的孫女，便笑著請余修進堂屋坐，等孫女收拾妥當，就來磕頭拜師。

程月則帶錢亦繡進堂屋，看紫珠服侍她洗淨手臉，穿好水紅色繡折枝桃花交領上衣、朱紅色長裙，小包包頭繫了兩根紅色絲帶，又套上玫紅色小繡花鞋。

見閨女美得如三月初綻的桃花，程月才滿意地點點頭。

錢亦繡見小娘親臉色放晴，上前抱著她說：「以後娘生繡兒的氣，罵就是了，千萬別這樣哭，我心疼。」

程月一聽，眼淚又湧上來。「娘好好說，繡兒聽了嗎？」

好像是沒聽。

錢亦繡訕笑道：「以後一定聽。」

安撫好程月，錢亦繡便進堂屋，磕頭敬茶，拜了師父。

拜完師出了堂屋，錢亦繡瞧見站在外面的紫珠哭得臉都花了。雖然錢曉雨只用手打打她的小手，但她還是哭得傷心，覺得冤枉得不得了。

錢曉雨正在教訓她。「小主子犯了錯，妳不加勸導，就是妳的錯，有什麼冤枉的？姊兒不聽勸，可以來跟孀子說啊，可見這打挨得一點都不冤。這是孀子心善，若換了別的主子，氣得這樣，不把妳的屁股打爛才怪呢。」

紫珠聞言，嚇得一哆嗦，哭道：「曉雨姊姊，紫珠知錯了。下次姊兒不愛乾淨，紫珠一定勸著她。」

錢亦繡抱歉地看著哭花臉的小姑娘，挺不好意思。她這麼大個人闖了禍，卻讓八歲小丫鬟代為受罰。

等錢曉雨走了，錢亦繡才走過去，拿出一顆小姑娘最愛吃的老兄弟糖果，塞進她嘴裡。

糖果好甜，讓紫珠瞇起眼睛，一邊吃、一邊說：「姊兒以後聽話，奴婢也能少挨些打。」

這話把錢亦繡的老臉說紅了，只得訕訕地嗯了聲。

堂屋裡，余修也高興自己又收了位女弟子，在錢三貴再三邀請下，決定留下來吃晚飯，也不回去上課了，跟錢三貴說話。

經過余先生幾個月的教導，錢亦錦已不似之前那樣跳脫，坐在一旁聽他們談話，很有眼色地續續茶，不時找出話題接上，屋裡幾人倒也相談甚歡。

正說得高興，萬二牛和萬大中來了，手裡還拎了鎮上買的滷肉和酒，說是來這裡跟親家公喝幾盅。聽說余先生收錢亦繡當弟子，又是一陣恭賀，直說今天來巧了。

錢三貴高興，趕緊讓吳氏領人多整治幾道下酒菜。

晚上，錢三貴領著小兄妹陪余修、萬大中父子在堂屋吃飯，其他幾個女人在錢滿霞的小屋裡吃。

桌上有余先生百吃不厭的清蒸鱸魚、萬二牛最喜歡的梅花扣肉、萬大中愛吃的爆炒豬大腸，還有錢三貴惦念的張飛滷牛肉，酒則是遠從京城來的鐵鍋頭。

幾人吃得高興，喝得就有些多了。

尤其是萬二牛，或許是喝多的關係，都紅了眼睛，話比以往都多，又衝著錢亦錦直點頭，笑道：「錦娃，還有繡兒，你們都滿八歲了，時間過得真快。」

錢三貴也呵呵笑。「可不是，小娃子向來愁生不愁養。再一晃眼，他們就該娶媳婦、嫁人了。」

萬二牛點點頭，又喝了口酒。「你們長大，我們就老了。萬爺爺提前祝你們歲歲有今朝，福壽如天齊。」

錢三貴聞言，趕緊笑道：「他們是小輩，萬親家如此，他們當不起。」

萬二牛擺著大手。「當得起、當得起。錦娃以後要中進士，就是天上的文曲星下凡，我這麼說沒錯。」

錢三貴聽了他的讚譽，激動得臉更紅了；余先生和萬大中也頻頻點頭。

萬二牛又對錢亦錦說：「好孩子，余先生有大才，好好跟著他念書，發憤用功，為你的父親爭氣，讓他在那邊安心。」

錢亦錦知道他指的「那邊」是天上，紅著眼圈點頭。「我會好好跟著先生學，讓我爹爹安心。以後我長大了，會去松江祭他。」

萬二牛張張嘴，點點頭。

說到錢滿江，屋裡的氣氛又壓抑起來，錢三貴祖孫都有些難過。

萬二牛見把主人說難過了，又趕緊轉移話題，拍著錢三貴的肩膀道：「親家公，霞兒是個好孩子，是十里八村最賢慧、最能幹的好姑娘。我家大中有福，能娶得這麼好的媳婦。」

聽見這話，錢三貴立刻樂起來。「不是我自誇，這附近再找不出比我家霞兒更溫和勤快的閨女了。」

萬二牛點點頭，又誇起錢亦繡。「萬爺爺還要謝謝繡兒，上次妳偷偷進山，若非順口說去找我家大中，我們兩家還不會這麼快結親。」

余修問道：「這其中莫非有什麼緣故？」

萬二牛就把那件事講了，逗得余修哈哈大笑。「老夫的學生果然有大才。」

錢亦繡紅著臉呵呵傻笑，心道原來不愛說話的萬二牛竟是個悶騷男，把家裡的孩子誇了個遍，說得爺爺的眼睛都笑成一條縫。

趁著幾人說得熱鬧，錢亦繡偷偷問萬大中。「萬爺爺的意思是，我是萬大叔和姑姑的小媒婆？」

萬大中露著白牙，笑道：「嗯，算是。」

錢亦繡又問：「那你怎麼沒謝媒呢？」

萬大中一愣。「繡兒想要什麼？」

錢亦繡想了想。「現在還沒想好，等想好了，再告訴你。」

後來萬二牛真的喝多了，走得歪歪倒倒，錢三貴便讓蘇三武趕牛車送父子倆回去。

回到家，萬大中把萬二牛扶上床，幫他洗漱乾淨，又在院子裡檢查一圈，確定沒有可疑的人，才去廚房煮了碗醒酒湯，服侍萬二牛喝下。

他一邊餵萬二牛喝湯，一邊埋怨他。「喝多誤事，爹差點就說漏嘴了。」

萬二牛道：「爹不是又把話圓過來了嘛，他們聽不出來……哎，爹高興，幾天後就是小主子的生辰，八年了，咱們第一次能替他慶祝。」

萬大中哼道：「反正，以後爹不要再喝這麼多酒。」

萬二牛瞪眼。「小兔崽子，還敢教訓你爹！」見兒子不服氣地看著他，只得道：「好，爹不喝這麼多了。」

第二天，吃過早飯後，錢亦繡穿戴整齊，跟著錢亦錦去上課。

兩個小主子手牽手走前面，錢曉雷和紫珠拿著文房四寶走後面。

如今點心房已經搬去溪山縣城，錢滿川和錢滿河也跟著去做事。錢滿川是大掌櫃，錢滿河是二掌櫃兼帳房。因小楊氏要帶孩子，許氏又懷了孕，都住在村裡，所以錢滿川和錢滿河每天還是會趕驢車回家。

點心房遷走後，這邊變得極清靜，加上余修住這裡，下人們都不敢大聲說話。

講堂和余先生的臥房是個套間，上課時是講堂，不上課時，就是余先生的書房。裡面有書櫃、書案，中間還擺了四張小桌子。前面兩張是錢亦錦和錢亦繡用的，後面兩張則給錢曉雷和紫珠，是昨天蔡老頭帶著人趕出來的。

每天第一節課是書法，錢亦繡上完半個時辰就走，錢亦錦留下來繼續學習其他課業。

余先生見錢亦繡集中精力的工夫比錢亦錦還多，也能更快領悟他的講解，很是訝異。

時辰一到，錢亦繡起身給余先生鞠躬，領著紫珠出了講堂。

她們信步來到秀湖湖畔，湖面上已經長出碗口大的荷葉，像一片片綠色的翡翠，隨著水波微微起伏。

蘇二武正在給湖裡的魚投食，對錢亦繡笑道：「姊兒來了。」

錢亦繡對他笑笑。「荷葉真香。」

蘇二武道：「真是奇怪，這次長的荷葉比其他荷葉香得多，難道番地的蓮藕真跟大乾的不一樣？」

錢亦繡笑著，不點破其中玄機。「有可能。聽說西域種出的葡萄，就比大乾種的好吃呢。」

蘇二武聽了，深以為然地點點頭。

四月初六，是錢亦錦和錢亦繡的八歲生辰。

吳氏依然如往年一樣，早飯時，給他們一人煮了一顆白煮蛋。

錢亦錦敲開蛋殼說：「不知為什麼，總覺得過生辰的白煮蛋比別的蛋都好吃。」

錢三貴笑道：「那是因為心境不同。大一歲，就離男子漢的距離更近了一步。」

錢亦錦兩口把雞蛋吃進肚，點點頭。「嗯，我是大男子漢了，能保護咱們這個家，護住娘親和妹妹。」

錢滿霞聽了，卻有些吃味。「小沒良心的，全家數我給你洗的尿片子最多。原來還說要保護姑姑，現在連句話都沒了。」

錢亦繡笑道：「我哥哥是不敢跟萬大叔搶功勞。」

這話讓大家都樂起來，錢滿霞羞得直跺腳。

畢竟還是孩子，錢三貴和吳氏沒想著要給他們大辦，晚上自家人吃頓好的就行。但他們沒想到，住縣城的李屠夫和錢香一直記得錢亦繡教他們做香腸發財的情，竟然帶著孫子虎娃來了。

他們先去三房把禮放下，又去錢家大院陪錢老頭與錢老太吃午飯，說好晚上來吃酒，再回大院住一宿。

他們送的生辰禮物是一人一把沈甸甸的銀鎖，外加一筐豬肉。

錢三貴見狀，想了想，乾脆把親戚都請來吃席。

下午，錢香等人跟錢老頭、錢老太來了，除了在縣城的錢滿川和錢滿河要晚些時候到，大房、二房的人幾乎都來了，獨獨汪氏沒出現。

錢大貴的說詞是她身子不好，躺在床上歇著。

可錢亦多卻悄悄向錢亦繡告密。「我奶奶沒生病，是生氣了。」

錢亦繡問：「生什麼氣？」

錢亦多搖搖頭，表示不知道。

錢滿蝶是守望門寡後第一次出門作客，臉上稍稍有了些喜氣。聽見錢亦多的話，瞪她一眼，嗔她多嘴，才對錢亦繡笑道：「我娘是跟我生氣，歇歇就好了。」

錢亦繡暗哼一聲。汪氏肯定是在為余修收她做弟子，卻不收錢亦善做弟子而生氣，覺得三房自私，幫自家的孫女，卻不幫大哥家的孫子。

錢老頭和錢老太也不高興，一來就數落錢三貴。

錢老頭說：「善娃把書讀好了，將來考舉人，也是錦娃的助力。能不能跟余先生好好說說，再多收一個學生？一隻羊是趕，兩隻羊也是放嘛。」

錢老太罵道：「丫頭學再多有什麼用，將來還不是別家的人？」用枴杖拄了拄地，豪爽地說：「別讓她去了，在家繡繡花、做做家務才是丫頭該做的，讓善娃頂替她去上學。」

錢三貴極為頭疼，嘴都解釋乾了，奈何老倆口就是聽不進去。

最後他想到一個法子。「這樣行不行，張老爺說過要幫錦娃在縣城尋個好先生，可現在錦娃不必去縣城了，就勞他替善娃找。明天我正好要去保和堂看病，請他幫幫忙。」

錢老頭聽了，點點頭。「也行。張老爺人脈廣，定能尋到好先生。善娃去縣城讀書，總比在鄉下好些，結識的人多，更能開拓眼界。」

錢香得意地笑道：「先生的好壞真是太重要了。我家冬子，原來的先生說他不行，腦子笨，可自從崔掌櫃幫忙找到現在的先生教導他，不到一年，今年就考上了童生。」

打從李家灌的李記香腸得了衛國公府的喜愛，時時供應後，李家也跟崔掌櫃有了交情，想幫孫子尋個好先生，自是小事一樁。

錢大貴也面露喜色。「是極。讓善娃每天跟他爹去縣城，下午再一起回來。」解決這件事，眾人才又高興起來。

下午，錢三貴親自去請余先生來吃酒，余先生藉口累，拒絕了。

昨天萬二牛喝得太多，身子不爽，也沒來，只有萬大中到場。

因為有李姑爺和萬大中兩個外男，程月、錢滿蝶、錢滿霞就沒上桌，迴避出去。程月待在自己的房裡吃飯，錢滿霞則領著錢滿蝶去她的小屋，倒也吃得開心。

第二天，錢三貴要去保和堂，便跟錢香和李姑爺一起上縣城。回來後，就去了大房。張仲昆果然依言幫忙，真給錢亦善找了位好先生。

那位先生早年也中過舉，因無錢打通官路，才做了教書先生。據說他執教二十幾年間，考上秀才的學生有幾十個，還有五人中舉、一人奪得進士，是溪山縣城頂級好先生之一。

許多人家都想把孩子送去他那裡讀書，但他收學生頗為嚴格，必須通過考核才行。因張仲昆曾經救他一命，方破例直接收了錢亦善。

汪氏一聽，喜瘋了，趕緊親自下廚張羅飯菜，請錢三貴在這裡吃飯喝酒，還讓錢亦多去把三房其他人請來。

錢老頭也滿意三兒子的做法，錢亦善放學後，讓他給錢三貴磕頭道謝。

第六十七章

之後，錢家三房開始討論建房子的事。

現在農忙，村裡沒人有閒工夫，再加上錢亦繡提議要建好些的房子，要雕梁畫棟，還要修棟兩層繡樓給程月住。這麼複雜的房子，農人蓋不了，得要找專門的人才行。

錢三貴真是寵孫子的好爺爺，算算錦繡行賺的錢和賣藕、賣魚、賣糧的進項，加在一起也有個幾百兩，就算全用完，家裡那四千兩銀子的老底也動不到，便同意孫女想住好房子的要求。

接著，他囑咐家裡人，要建什麼樣的房子先不要跟別人說，尤其是錢老頭跟錢老太，知道後肯定要鬧騰，就住不上好房子了。

吳氏有些不願意，但錢三貴開口，也只能聽他的。

聽說要建房子，余修還過來跟錢三貴提意見，希望蓋些有特色的亭臺樓閣，能跟那些荷塘與小山渾然一體，也不枉那麼好的景致。

至於招工和談價，都交給錢華去辦，沒幾天就找來了沐師傅。沐師傅手下有二十幾人，專接大戶人家的生意，在整個溪山縣，他們就是蓋房子的第一把交椅。

錢亦錦又提議：「咱們家建好後，這一帶肯定很美，再叫村西頭不好聽，取個雅致些的名字吧。」

錢亦繡覺得主意不錯，小兄妹便摳著腦袋想了許多名字，比如西園、荷園、馨園、望荷園、聽風園、臨湖園等等，卻都被余修否定。

余修走到書案前，提起筆，在一張宣紙上寫了兩個大字——歸園。

他已聽錢亦錦說過他娘是如何天天盼他爹回家的事，頗為感動，才想出這個名字。

小兄妹看了後，一致點頭，這個名字最貼切。

錢亦繡回到左廂房，跟程月說了，余先生把他們家這一帶取名為歸園。

程月聽了，竟潸然淚下，輕聲啜泣。「連外人都知月兒天天盼他歸來，這麼些年了，江哥哥為什麼就不回家呢？」

見小娘親傷心，錢亦繡無奈又不忍，只得拿話哄著她，讓她別多想了。

京城裡，梁錦昭約休沐的宋懷瑾上酒樓吃飯。他又要去冀安省了，而入了國子監的宋懷瑾卻不能再陪他前往。

他們商量著帶些什麼東西去孝敬宋老太爺和宋老太太，還要給那裡的親戚朋友帶禮物，其中也包括討喜的錢亦錦小兄妹。

兩人商議好，宋懷瑾低聲問道：「姑爺爺真打算辭了大都督的缺，還要把爵位傳給你爹？」

梁錦昭點頭。「是啊，不過，被皇上駁回來了。但我爺爺準備再上摺子，最終皇上肯定會准的。」

宋懷瑾遺憾。「姑爺爺才五十多歲，辭官多可惜啊。看看潘次輔，都六十六歲了，還穩穩坐在那個位置上。」

梁錦昭沒言語。這就是文官和武官的區別，都是權臣，武官卻要比文官小心得多。

飯後，他們走出酒樓不遠，就聽一名男子高聲叫道：「錢將軍！」

但那人沒聽到，男子只好又提高嗓門，叫了聲：「錢滿江！」

這三個字把梁錦昭和宋懷瑾嚇一跳，站住望去，只見不遠處一個身穿戎裝的武官轉過身來。

此時天色將暗，朦朧中，只見那武官長身玉立、俊朗不凡，眉宇間還有一股浩然正氣，身著六品官服。

喊人的男子身穿低級官服，跑到他面前抱拳，喜道：「錢將軍，真的是你呀。」又上下打量他一番，低聲說：「出來了？還當上六品官，可見那些苦頭沒白吃。以後發達，可別忘記拉兄弟一把。」

那武官愣了愣，才朗聲一笑。「兄弟，真是多年不見了。走走走，到我家裡喝酒去。」

男子高興地應好，兩人轉身離去。

宋懷瑾看梁錦昭還愣在那兒，笑道：「你該不會懷疑這人是錢家小兄妹的爹吧？人世間，同名同姓的人多了。」

梁錦昭也笑，可不是，遂跟宋懷瑾回去。

離去的武官領著男子走進一處逼仄的小胡同內。

接著，他突然翻了臉，幾拳把喊他的男子打倒在地，提腳踩在他身上，低聲罵道：「找死的東西，竟敢胡言亂語！我奉勸你，嘴巴閉緊點，否則，我會讓你死無全屍，葉侯爺會讓你全家死無葬身之地，不信就試試看。」

那個男子被打懵，只得道：「好、好，我不認識你，你之前做過什麼，我都不曉得。」

武官聽見這話，才鬆開腳走了。

出了胡同，武官仰頭望望南邊的天際。

那片星空下，他的家人，還有那個美美的、傻傻的她，都還好嗎？

天上的星星似墜入他的眼底，亮晶晶的泛著水光。

他深吸一口氣，逼退眼中的淚，大步向前走去。茫茫夜色中，跟兩個俊朗的少年公子擦肩而過。

兩位公子正是宋懷瑾與梁錦昭。

梁錦昭望著他的背影，低聲說：「咦？他不是請那男子去他家喝酒嗎，不到一刻鐘就喝完了？」

宋懷瑾笑道：「他們喝不喝酒，關我們什麼事？」繼續問梁錦昭：「你也別跟我轉移話題。那葉三姑娘可是京城四大美人之首，愛慕她的人排了兩條街，難道你完全不動心？」

梁錦昭嗤了聲。「就算她是天上的仙女，我爺爺也不會跟葉家聯姻。」又道：「別說我，說說你。聽說，舅爺爺和舅奶奶已開始給你議親……」

宋懷瑾聞言，也哼著講起自己對此事的不滿。兩個少年邊走邊說，與武官的距離越拉越遠了。

此時，錢亦繡也坐在院子裡望天。璀璨星光照入院裡，在枝葉間投下斑駁影子，將窩在樹下休息的動物之家照得明一陣、暗一陣的。

這段時日，錢亦繡要求動物之家每晚都必須回來，因為歸園太雜亂了。建房子的期間，最好搬去縣城裡的宅子暫住，好清靜些。可程月就是不願離開這裡，也不敢出門，無論家裡人怎麼勸說，都是哭著搖頭。

全家人無奈，只得留在這裡陪她。他們住的幾間房子先不拆，先建其他地方。前院蓋起四合院，以後錢三貴理事、接待客人，都會在這裡，正門也開在這裡。而現在錢三貴和吳氏住的地方也加以改建，算是正院。

正院和前院後面是一道牆，隔了狹長的花圃，就是兩個小院子。中間建一座小樓，就是錢亦繡心心念念給小娘親修的繡樓，還言明繡樓要稍稍高些，以利於眺望。

兩個小院子都不大，只有三間正房、三間偏房，是給錢滿霞和錢亦繡住的。

錢亦繡早在心裡挑了靠西的小院子，因為緊鄰秀湖。她一點都不喜歡庭院深深的感覺，但住在這個院子裡，出門便可看到寬闊的秀湖，還有遠處的小香山。

小院子後面是一片竹林，竹林盡頭又是一道牆。牆外兩排房子，是廚房、倉庫、下人們歇息的地方，四周有抄手遊廊相連。

秀湖前的一大片空地上，只建了三座院子，一個是佘先生住的院子兼講堂，另一個是錢亦錦的院子，還有客房，外加幾座觀景亭，供休憩之用。

這些地方被高而長的院牆包圍著，就是錢家三房大大的家。

院牆外靠溪石山的空地上，又修了幾排房子，是下人們和長工們的住處，中間修幾道牆隔開，便形成一座座小院子。

那些工匠最先修好的就是這幾排房子，因為他們要暫時住在這裡。吳氏又請花大娘子與兩個婦人給他們做飯。

錢亦繡早跟張老太太和崔掌櫃拍胸脯，等房子修好，定請他們來住些日子，鄉下的生活更悠閒呢。兩家人也愉快地接受了邀請。

為了趕工，工人與匠人日出而作，日落而息。除了天黑看不見，無法做事外，一整天都是做活的喧鬧聲，勤奮極了。

五月初，湖裡的金蓮冒出花苞。花底是淡粉色，越往上越偏金色，到花尖，就是純金的，哪怕是白色花瓣，花尖處也帶著些許金色，而且香氣濃郁。

錢亦繡早料到是這樣，藉口建房子時人多雜亂，先把秀湖圍起來，不僅日夜有人在湖畔看守，還有一隻狗顧著；而其他一猴二狗，每天都要在天黑以前趕回來。

因此，動物之家們頗有怨言。為安撫牠們，錢亦繡又讓人去縣裡給一猴三狗打了更好看的銀項圈，猴哥的上面雕了猴頭，大山、奔奔、跳跳的則是狼頭。

當蓮花盛開後，便開始陸續採摘，交給蓮艾香坊的榮師傅，讓他用這種金蓮製作最頂級的妝黛。

錢三貴看著湖裡開著與眾不同、芳香馥郁的金蓮，激動不已——自家發了！之前因蓋房而多花錢的懊惱煙消雲散。

因為余修的攛掇，錢三貴把建材及花草樹木的等級提了又提，銀子嘩啦啦地往外流，起初預估的錢已經遠遠不夠，讓錢三貴和吳氏心疼不已。

五月十七日，大慈寺來了個和尚送信，說弘濟請兩位錢小施主明天去寺裡玩。

之前弘濟來過一次，見到家裡鬧哄哄又嘈雜的樣子，眉毛全皺在一起，只待小半天就走了。

程月等人已經給弘濟做好夏衫，就算弘濟不派人來請，他們也會去大慈寺，不過要等到二十日，錢亦錦休沐時再去。

余先生非常嚴格，除了逢十，根本不許以任何理由請假。但不知為何，聽說弘濟派人來請，竟然破例准假，讓小兄妹歡喜了好一陣子。

第二天，小兄妹帶著衣裳、素食、二十片蓮葉，還有猴哥去了大慈寺。

說起蓮葉，錢亦繡就是一肚子的氣。

前幾天，家裡用這種金蓮葉蒸蓮葉雞、煮了蓮葉粥，覺得特別香。

錢三貴孝順，不僅裝了一盤蓮葉雞、一小盆蓮葉粥讓人給錢老頭和錢老太送去，還給大房送了十張蓮葉、二房送了五張蓮葉，並讓送東西的蘇四武囑咐他們絕不要傳揚出去，因為東西有限。

接著，他們又給縣城的張家、崔家各送十張，也一再囑咐不要說出去。來往的人家太多，給了這家，不給那家也不好。最主要的是怕有些人家覺得好吃，再來要。給吧，沒有那麼多；不給，又得罪不起那群人。

沒辦法，有稀罕東西，是該給親戚朋友嚐個鮮。所以，錢三貴讓人送的時候，錢亦繡也沒有反對。

可惡的是，第二天，唐氏就跑來歸園，一下摘了二十張，看湖的蘇三武又不敢說，還拉著跳跳不讓牠咬人；汪氏則派了錢亦多來要三十張，錢三貴不好意思拒絕，讓蘇四武領著她去摘。

唐氏和汪氏覺得這種蓮葉比自家的好吃，就想著送親戚一些。在她們想來，自家塘裡的蓮葉隨便摘，那三房湖裡的蓮葉也能隨便摘才是，還說什麼不要傳揚出去，真是越有錢越摳門，連不值錢的蓮葉都捨不得。

但汪氏精明，事先請示錢老頭。錢老頭也這麼想，蓮葉多的是，又不值錢，送些給親戚朋友也無不可，遂點頭同意。

等錢亦繡下課，已經被摘走五十張金蓮葉。

她聽到消息，立刻就哭了，而且是嚎啕大哭。

蓮葉不像蓮花，摘蓮花對結藕沒有壞處，可摘了蓮葉，蓮藕就會停止生長。本來蓮子就不多，蓮葉長得稀稀拉拉，她還等著湖裡多結些種藕，明年可以大面積栽種。

最可怕的是，汪氏跟唐氏這麼不管不顧地宣傳出去，那些關係好的地主肯定會曉得，接著省城跟縣城的人就會知道。尤其是溪山縣城，那些當官的人家都得巴結好，又是填不飽的餓狼，要了一次，還會要第二次、第三次。

錢亦繡越哭越傷心，哭聲不只把看湖的蘇三武嚇呆了，也把余修、錢亦錦，還有待在屋裡的錢三貴、吳氏、錢滿霞引過來。因大院子裡有工匠，程月不敢出門，不然早跑去了。

「要得這蓮子多不容易啊，哪能這麼糟蹋？別人家的東西，她們怎能幫著大方啊……」錢亦繡邊哭邊鬧，前額上的青筋都凸了出來。

錢三貴和吳氏見孫女哭成這樣，心疼壞了，連忙哄道：「下次再不摘葉子了，保證不摘，誰都不許摘……」

錢亦錦把她揹回左廂房，錢亦繡仍哭鬧不休。程月聽到動靜，已經把眼睛哭紅了，見到女兒，又摟著女兒哭。

「我可憐的繡兒，是誰欺負妳了……」哭得比錢亦繡還傷心。

娘兒倆哭得連午飯都沒吃，錢亦繡氣得整天沒給錢三貴一個笑臉。

錢三貴聽了孫女的念叨，也後悔不迭。這蓮子是怎麼得來的他心裡最清楚，讓人糟蹋這麼多，還要繼續糟蹋，可不是讓孫女難過？

但沒辦法，事已至此，還是得讓人再摘點蓮葉送去。那些人家，他們得罪不起。

錢三貴派人將蓮葉送給縣太爺、高管事，還有一些地主與差爺，還對高管事說，若他要去省城，先來家裡一趟，給宋府帶些蓮葉。又特意讓黃鐵趕車去縣城，順道跟崔掌櫃說說，要是有人再來打蓮葉的主意，能不能請他幫著擋擋？

接著，錢三貴扣了蘇三武三個月的月錢，讓蔡老頭說了下人一頓，告訴他們，只有這個院子裡的人才是他們的主子，不許外人擅自取東西，親戚也不行。

蔡老頭罵著蘇三武。「你這壞了腦袋的蠢貨！別人來拿家裡的東西，竟然由著他們拿。你管著秀湖，難道還不知這蓮葉的金貴？老爺是良善，若換了別的主子，看不把你打個半死再賣掉？」

蘇三武知道自己闖禍，又氣又怕，咧著大嘴直哭。蘇銘回來得知消息後，還痛打他一頓。

當晚，錢三貴讓人把老倆口請來，講了一連串的反應和損失，又刻意說，秀湖裡的蓮子是偶然間從番人手裡買來的，現在沒地方買，只能靠著自家育種，才可能多栽培些。原本打算育種成功後，也分其他幾房種，現在看來，或許是不成了。

至於寶貝蓮子真正的來處，那是得爛在肚裡的秘密，絕不能提的。

錢老頭和錢老太聽完，也後悔不已。

錢亦繡難過至極，還在大哭，沒理會特地找她說話的錢老太，讓碰了一鼻子灰的錢老太很不爽，氣沖沖地跟錢老頭回了錢家大院。

第六十八章

回去後，錢老頭和錢老太先到二房，把錢二貴罵了一頓。

唐氏還不服氣，撇嘴道：「什麼稀罕東西？我家塘裡的蓮葉多的是，隨便讓人摘，他家的東西就那麼金貴了？」

現在錢老頭根本不想跟唐氏說話，沒搭理她，只斥責錢二貴。「沒出息的笨東西，由著蠢婆娘到處丟人現眼，若非看在孫子和曾孫面上，我可不想來你家。」

然後，老倆口回了大院，聲色俱厲地指著錢大貴和汪氏，狠狠罵了一頓，說秀湖裡的蓮子是從番人手裡買的，珍貴又稀少，她們占便宜去摘蓮葉，還到處嚷嚷，弄得老三難做，只得摘更多蓮葉去送人，因此損失極多種藕，以後就算育種成功，也沒有多的分他們種了。

汪氏從沒被這麼罵過，委屈得眼淚都流出來。

她一邊哭、一邊對錢老頭說：「我冤枉死了！三房買那麼多地、建那麼大的房子，有那麼多好東西，我從沒眼饞過。我這人硬氣，不會去占人家的便宜，不過是想著蓮葉不值錢，才讓多多去要些，公爹也同意了呀。三房不給就算了，何苦給了又這樣埋怨？好像我占他們的大便宜，害他們損失多少錢似的……」

錢老頭聽了，不像往常那樣給她留面子，冷笑道：「沒占他們便宜？老大媳婦，這話虧妳說得出口。現在妳住的大院子是誰掙錢修出來的？別跟我說裡面有大貴的錢，他種地賺的，還不夠你們母子幾個吃飯。你們怎麼變成點心鋪的東家，滿川怎麼當上縣城掌櫃，善娃又怎麼進了好私塾？這些全是老三拉拔的！」

見汪氏張嘴要反駁，錢老頭擺擺手，繼續說：「別跟我說你們過去幫三房多少忙，大家都不是傻子，都會算帳。你們是幫過，但幫的不過是百十文的大錢，可他們回報多少？

「老大媳婦，人要懂得記情，以後的日子才好過，人家才會心甘情願地幫妳。我是看在我大孫子和大重孫子的面上提點妳幾句，若是唐氏，我連說都懶得說。」

汪氏聽了，方抹起眼淚，不敢說話了。

錢大貴安撫著老爺子，不住地道：「爹，我們承了三房的情，都記在心裡的。這些婆娘見識短，您別氣著。」

哄勸半天，老倆口的氣才稍稍消了些。

傍晚，黃鐵才從縣城回來。

他將事情告訴崔掌櫃，崔掌櫃拍著胸脯道：「要是有人打主意，就讓錢家人推到衛國公府頭上，說是我不讓人摘的，國公府正等著這些種藕呢。以後出了藕，北邊的市場就是衛國公府的，看誰還敢貪心亂來！」

崔掌櫃是幫著擋了，但也言明他們要種藕，還想把藕運到北邊賣。

這個老滑頭，真是無利不起早。

錢亦繡腹誹不已，但也沒辦法。若必須讓利靠上大樹，最好的選擇還是崔掌櫃，他的後臺硬，人也不算太貪婪。

錢亦錦看到錢三貴垂頭喪氣，安慰道：「爺爺不要過於自責，當初誰也沒想到幾張蓮葉居然會引出這麼多的事端來，等到明年，種藕先留給咱們自家種，再給崔掌櫃一些，也分萬家。要是有剩，就給大房、二房；沒有剩下，便讓他們再等一年。禍是他們惹出來的，他們要自己承擔。」

三房這麼做，錢老頭、大房、二房連個噴嚏也打不出，只能氣在心裡。

這個小腹黑，果真又有了進益。錢亦繡暗中對錢亦錦豎起大拇指。

錢三貴也點頭。「這是個教訓，爺爺記住了。」

但是，過幾天要去大慈寺了，再怎麼心疼，也得摘二十片蓮葉去。

飲水思源，如果沒有悲空大師和弘濟，猴哥就不會來她家，猴哥不來，她即使去了洞天池也不一定能回來，金花蓮藕也就永遠不會出現在俗世。況且悲空大師嘴饞，算到有好吃的沒給他拿去，肯定會不高興。

去大慈寺當天，錢亦繡怕猴哥再把獼猴嚇得滿山亂竄，給牠包上頭巾，放進黃鐵揹的背簍，並嚇唬牠，再敢出來嚇唬獼猴，以後就不帶牠去看弘濟。

猴哥氣鼓鼓地坐在背簍裡，嘴巴噘得能掛個油瓶，還蹺個二郎腿。

現在牠三歲，立起身子將近三尺高，錢亦繡已經抱不動了。成年赤烈猴，雌猴身長約有三尺多，雄猴則近四尺。也就是說，明後年，猴哥就該成年了。

進了大慈寺，小兄妹才把猴哥放出來。

黃鐵去找認識的和尚，錢亦錦與錢亦繡牽著猴哥來到禪房，悲空大師、梁錦昭、弘濟竟全站在門口迎接。

兄妹倆剛剛站定，悲空大師沒理會跑過去向他獻殷勤的猴哥，著急道：「快，快拿出來，我好叫人去收拾。」

錢亦錦莫名其妙，不明白他在說什麼？但錢亦繡可清楚了。

原來悲空大師不是來接他們，是來接吃食的。

她把小背簍放下，從裡面拿出二十張蓮葉。「大師是說這個嗎？」

悲空大師接過，笑道：「小施主明知故問。」把蓮葉遞給身後的青年和尚。「把這蓮葉保管好，今天用八張，以後每天用三張。今兒中午做蓮葉粥、蓮葉蒸糍粑、蓮葉腐竹、蓮葉豆腐卷，還有蓮葉酥。」

吃午飯時，大慈寺的弘圓住持也來了。弘圓住持大概六十多歲，微胖，雖然模樣沒有悲空大師的仙風道骨，但言談舉止卻比他更像高僧。

除了悲空大師，幾人都向弘圓住持作揖行禮。

幾樣蓮葉美食異常味美，還帶著特殊清香，讓人胃口大開。悲空大師和弘濟完全不知謙讓，只顧埋頭大嚼；其他人不好意思多嚐那幾樣，也挾別的素食吃。

飯後，悲空大師跟錢亦繡說：「過些日子，你們再拿蓮葉來寺裡，等秋天出藕，也帶點過來。」

這悲空大師真是一點都不客氣。

錢亦繡道：「蓮葉本就不多，若大師實在想吃，我們只好再拿幾張過來，但藕不行。今年結的是種藕，太小，等明年結大藕再送給大師嚐嚐。」

悲空大師道：「種藕就種藕，少拿點，先讓老衲嚐個鮮，老衲實在想那個味兒。」

悲空大師的饞相，讓兄妹倆以外的人都紅了臉。

見時辰不早，梁錦昭和弘濟把他們送到院子外，弘濟又說：「以後兩位施主常來寺裡玩。現在施主家太亂，貧僧不想去。」

錢亦錦道：「小師父，我娘想你了，讓你無事去看看她呢。」

弘濟聽後，眼裡掩飾不住笑意，點點頭。「好，改天我去看望嬸子。」這才與錢亦錦等人告別。

梁錦昭對弘濟的稱謂很驚訝，問道：「師弟，你怎麼用了俗世的稱呼？」

弘濟望著小兄妹的背影。「不知道為什麼，我覺得他們像我在世間的哥哥姊姊，錢嬸子像我娘。」

梁錦昭聞言，抿緊嘴，壓下了想說的話。

牛車剛走到荒原上，就瞧見家裡院門大開，錢亦多正站在門口眺望。

見人回來，她向他們跑去，邊跑邊大聲說：「我們全家人都到你們家吃飯了！不是白吃，我們帶著肉、魚，還有蘑菇呢！」

錢亦錦與錢亦繡對看一眼。汪氏真是精明過了頭。

錢亦多跑到牛車邊，黃鐵停車，把她抱上去。

錢亦多仰頭望著錢亦繡。「繡兒姊姊，妳還生多多的氣嗎？妳放心，我再也不要妳家的寶貝蓮葉了。」

這話聽著怎麼有些怪呢？

錢亦繡說：「姊姊沒生多多的氣。若是我家荷風塘裡的蓮葉，妳要多少，就摘多少。」

錢亦多打量錢亦繡一番，不相信地說：「真的嗎？太奶奶說妳心疼蓮葉，跳著腳哭，把妳家的地踱出個大坑來。」

錢亦繡聞言，氣得翻個大白眼。錢老太嘴都歪了，說話還這麼氣人，定是不高興她在家鬧騰，故意抹黑她。

錢亦繡氣道：「那坑不是繡兒姊姊跳的，是錦哥哥，不信，妳去問太奶奶。」

「妹妹！」錢亦錦不服氣地吼出聲，但看到妹妹嘟著嘴不高興，也不好拆穿她。

眾人進了院子，除程月外，一家人都坐在樹下說笑乘涼，汪氏還勤快地幫忙摘菜。

錢亦多跑到錢老太跟前說：「太奶奶，繡兒姊姊說那坑不是她跳的，是錦哥哥呀。」

本來興高采烈的錢老太瞬間沈了臉，當著錢亦繡的面，又不好承認自己胡說，便歪著嘴罵錢亦多。「小丫頭片子怎麼這樣討嫌？錦娃是我最乖最乖的好娃子，妳胡說什麼呢？去去去。」

錢亦多被罵得癟起嘴，汪氏氣得把手中的菜扔在地上，想了想，又撿起來繼續摘。

錢亦錦見錢老太氣著了，趕緊過去給她揉肩膀，錢老太樂得笑出一臉褶子。

錢亦繡看看忍下氣繼續摘菜的汪氏，招呼錢亦多，進廚房幫忙去了。

汪氏算是鄉下婦人中極精明的，自私、強勢，卻會審時度勢，適時服軟。

錢大貴是只會種地的老實人，但她家的日子竟是極好過，如果錢亦繡不穿越過來，帶著三房發財，大房該是錢家四房中過得最好的一家。

汪氏占三房的便宜最多，但遠不像唐氏那樣招恨，在不傷及自家根本的情況下，還會伸出援手幫幫兄弟，但見兄弟們比她好過了，心裡又會不舒坦。

錢三貴夫婦雖然對她有看法，但面子上還是尊重她，大房、三房處得還算融洽。老倆口也曉得她厲害，卻還是倚重她，願意跟大房一起過。這就是她為人處事的本領吧。

原來三房處於劣勢，需要兄弟與姪子的幫忙，所以她能拿大。但現在的情況不同，是大房要借三房的勢了。

或許想通這一點，汪氏才帶著家人跟禮物上門，來補救摘蓮葉的失誤。

只是，這次不僅損失銀錢那麼簡單，若非補救及時，三房會得罪不該得罪的人，種下許多隱患，錢三貴心裡肯定已經有所防範。

大房和三房吃了頓和樂融融的晚飯。

錢老頭高興，反覆嘮叨著「家和萬事興」、「打仗親兄弟，上陣父子兵」之類的話。

錢大貴和錢三貴頻頻點頭附和，起碼維持了表面的和平。

五月二十六日一早，錢家三房要搬去前院住，目前住的院子要拆了建正院。

程月不想搬，哭哭啼啼地說，這間小屋裡有錢滿江的味道，她捨不得走。

錢亦繡把嘴都說乾了，告訴她，唯有搬家，她才能住進繡樓。只要搬入繡樓，她在屋裡就能看到那條小爹爹回家的路；而且，一天十二個時辰，想什麼時候看，就什麼時候看，哪怕半夜起來，都沒人會見著她。

還有，以後住在內院，不用再擔心壞人看到她，不需要像現在這樣，只要一有外人來，就得關著窗子，躲進屋裡。

這兩個條件都誘人，程月癟著嘴答應了，但搬家的前一晚，還是哭了大半夜。

一家人吃完早飯，把堂屋門關緊後，錢亦錦就去錢三貴房裡，幫忙把藏在床底下的罈子挖出來，將坑填滿壓實，還撒上乾土掩飾痕跡。

錢亦繡也偷偷把裝地圖和珍珠的茶盅掏出來，之後再另找地方藏。

至於程月的大繡架，是錢曉雨和蔡小花小心翼翼抬走的，暫時不想讓別人看到，上面還蓋了一層白絹。

前院很大，正房五間，東西廂房各四間，倒座四間，還建了刻有麒麟的照壁。院子裡的地，除去種樹的地方，其餘都鋪上青石板。

這個氣派的麒麟照壁，就是余修說服錢三貴搞出來的。光這面照壁就費了幾十兩銀子，讓錢三貴心疼不已。

余修頗有種名士風流大不拘的個性，拿別人家當自己家，經常按自己的喜好引誘錢三貴做事。偏偏錢三貴禁不起他的攛掇，事後又要後悔，但出於對文曲星的敬畏，後悔了也不敢說，打落牙齒和血吞。

其實，余修有很多想法都合錢亦繡的意她才不出聲，否則，早鬧開了。

錢三貴夫婦住正房，程月母女和錢滿霞住西廂，又特地空出一間房給程月繡花；再把余修請過來，大院子裡太亂，讓他和錢亦錦住東廂，講堂也設在東廂。

廚房暫時安置在倒座，看門的蔡老頭和輪流值夜的壯丁也住那裡。

錢三貴知道余修好靜，他住在這個院子裡，就不好經常請老爹老娘和哥哥們來吃飯。所以，隔個兩、三天，他便會拿錢讓人去買肉，拎到錢家大院，讓二房的人過來一起吃。

此後，除了未來的女婿萬大中時常造訪，還有錢亦多之外，歸園便很少有客了。

第六十九章

七月初二，是張央和黃月娥成親的日子。

辰時末，錢三貴帶著打扮好的小兄妹和禮物上了車。

錢家的賀禮是一架鴛鴦戲水的雙面繡插屏，錢曉雨繡完後，由程月用水紋針繡上眼睛，還特地請修房子的沐師傅幫忙找好木工，用雞翅木做了底座。

這回，錢三貴把錢老頭帶去見世面。

牛車路過大榕村口時，著藍色綢子長衫的萬大中也等在這裡。身為錢家的未來女婿，他也受了邀請。

幾人到張家門口，除了幾家關係好的親戚朋友外，其他客人都還沒來。

小兄妹先去內院給張老太太行禮請安，廳裡已經坐了一些人，竟連宋老太太、宋二夫人都在這裡，還有兩個小姊妹，是宋四奶奶的女兒蘭姊兒和青姊兒。

原來，宋家人昨天就到了，但宋四奶奶沒來，在家裡帶幾個月大的小兒子。

小兄妹行完一圈禮，便被兩個老太太招手叫過去。她們都喜歡這兩個漂亮孩子，一人拉一個，稀罕了一陣，才放開手。

錢亦錦跟錢亦繡下去後，跟蘭姊兒和青姊兒坐在靠偏屋的幾張小錦凳上，說起了孩子之間的悄悄話。

蘭姊兒道：「錦弟弟、繡妹妹，我想看你們家的猴哥和狼狗。」

青姊兒聽見，也趕緊說：「青兒也要看。」

她們早聽宋懷瑾提過，好奇得不得了。

「好啊，今天妳們就跟我們回家住兩天。我家湖裡的蓮花也開了，好看得很呢。」錢亦錦盛情邀請道。

錢亦繡一邊跟小姊妹聊著天，一邊豎起耳朵聽大人講話，因為他們講的主角是梁錦昭。梁錦昭的爺爺不僅是前任衛國公，還是正一品的都督，但兩個月前告老辭官，乾文帝又賞了太傅的虛銜。他爹承爵，還連升三級，被封為從二品的御林軍副統領，可見皇恩有多麼浩蕩。

錢亦繡雖認識梁錦昭，不過只知他出身衛國公府，家裡極富貴，卻不知竟是如此權勢滔天，怪不得連崔掌櫃這樣的下人，縣太爺都禮遇有加，實在是他家太有權勢了。

宋老太太笑道：「女婿為朝廷忙碌幾十年，終於閒下來，說是明年要帶著我閨女來西州府看看老頭子和老婆子呢。」

眾人一聽，又是一頓猛誇，樂得宋老太太眼睛笑成一條縫。宋老太太今生最得意的兩件事，一是大女兒嫁給乾文帝最倚重的衛國公府，另一件是大兒子當上戶部侍郎。

這時有人來報，說新娘子已經從黃家起轎，讓宋氏趕緊去正廳，準備受新人的跪拜。

四個孩子聽了，都嚷著要去新房看熱鬧，嘻嘻哈哈地出了門。

新房外張燈結綵，裡面掛了許多紅綾。家具是女方陪嫁，全是紫檀雕花的。

在一片笑鬧聲中，新郎新娘進來了。

新娘坐上喜床，新郎用喜秤挑開紅蓋頭，美麗的新娘含羞帶怯地垂首，臉上洋溢幸福的微笑。

在一片驚豔和讚美聲中，有位富態婦人把喜果撒入新娘懷中，再丟上合歡床，又扔向新房的每個角落，嘴裡不停地唸著吉祥話。

後面的步驟，錢亦繡沒湊在前面看熱鬧，而是獨自站在人後，神情有些落寞。

她想起了小娘親嫁給小爹爹的情景。

程月在最美好的荳蔻之年來到錢家，哪怕穿著連夜趕出來的粗布紅衣，也是最美麗的新娘子。

她待在搖搖欲墜的土房裡，坐在爛床上，被親戚朋友當猴子一樣看著、評論著，嚇得快哭也不敢吱聲，怕被趕出去，失去雖然殘破卻能遮風擋雨的地方。

然後，她被賊精的錢滿江哄騙著行房。為了留後，十幾天裡，柔弱的身子幾乎夜夜要承受他的「播種」，被折騰得疲憊不堪。

接著，她被困在那座小院子裡，懷孕、生女，無盡地守候，癡癡地等待，日復一日，年復一年……或許，程月是因為傻了，才能這樣活下來吧。

在她不注意之際，一滴眼淚滾落，錢亦繡趕緊抬手抹了，卻聽見梁錦昭的聲音。

「小丫頭，妳怎麼哭了呢？不要跟我說是喜極而泣啊，我會嚇著。」

由於個子太高，梁錦昭把腰彎得很低，才能跟錢亦繡的眼睛平視。

熊孩子。

錢亦繡翻個白眼，哼道：「誰哭啊？你還沒老呢，怎麼就眼花了。」說完，繞開他，鑽進了人堆裡。

吃完酒席，堂會也結束後，錢三貴便遣人來叫錢亦錦小兄妹，準備回家。

蘭姊兒和青姊兒請示了宋老太太和宋二夫人，她們不放心讓兩個孩子去鄉下，說等晚上跟宋治先商量一番。過幾天宋治先要去莊子一趟，看能不能帶她們去鄉下玩玩？

錢亦錦和錢亦繡跟錢三貴父子來到側門，黃鐵已經趕著車在那裡等著。

錢老頭激動得臉色緋紅。他是第一次在大戶人家吃席，還看了堂會。之後好些日子，他仍然興奮得不得了，無事就穿著綢子長衫出去，跟村裡那些老頭子炫耀炫耀。

喜宴後第三天，錢家三房來了貴客。

貴客來的前半個時辰，就有小廝騎著馬來報，說宋治先跟梁錦昭要帶蘭姊兒和青姊兒來作客，又去宋家莊子通知高管事，讓他們過來侍候。

高管事一聽，趕緊帶著家人來錢家三房聽差。

余修也不能繼續上課了，打算去萬大中家，說自己不耐煩跟那些官家子弟打交道。走之前，還低聲安慰腿腳有些發抖的錢三貴。「不過是個捐了五品官的少爺，有什麼可緊張的？」又對錢亦錦說：「男子漢頂天立地，見到誰都不要輸了氣勢。」

錢亦錦比錢三貴冷靜多了，點頭道：「嗯，學生謹遵先生教導。」

錢三貴又讓人去通知蓋房子的匠人與工人先回屋休息。這次有女眷，不能驚著她們。

半個時辰後，馬車到歸園門口，宋治先和梁錦昭先後踩著馬凳下來，接著，後面來的婆子上前，把蘭姊兒扶下車，最後才去抱青姊兒。

崔掌櫃也來了，跟著高管事一起伺候主子。

宋四爺等人進了院子，也不願意進屋，嫌悶，坐在樹下。大樹像兩把巨型大傘，為他們遮擋陽光。

宋治先望望四周，深吸了幾口氣，笑道：「山中比城裡涼快多了。」又對緊張的錢三貴說：「錢老伯別怕，你家的兩個孩子很討喜，我祖母十分喜歡。」

蘭姊兒和青姊兒看見穿了衣裳、戴著銀項圈的猴子和狗，好奇不已，咯咯咯笑起來。

猴哥是個人來瘋，也喜歡漂亮姑娘。見了兩個可愛小美人，不知道該怎麼表現，遂繞著她們轉兩圈，然後翻筋斗、打拳、作揖、扮鬼臉，不只把兩個小姑娘逗得直笑，宋四爺等人也大笑不已。

眾人歇息片刻，又去後院看秀湖裡的金蓮。

剛進院子，便有一股醉人清香隨風飄來，離得老遠就能瞧見湖裡綠葉搖曳，蓮花亭亭玉立，在陽光的照耀下，看起來更加金黃燦爛。

高管事低聲跟宋治先耳語。「四爺，要不要我去提點錢三貴幾句，讓他有些眼色，明年春天拿些種藕給咱們種？」

宋治先沒說話，疾步往前走去。

來到湖邊，錢亦繡讓蘇三武摘兩朵盛開的金蓮給蘭姊兒和青姊兒。兩個小姑娘喜歡得很，直說比家裡的荷花要好看得多，也香得多。

宋治先對錢三貴道：「番地的蓮花當真與大乾的不一樣，不知這蓮藕的滋味是不是也如此驚豔？」頓了頓，又說：「前幾天，知府的三公子，還有學政的大公子，不知怎麼也曉得了這裡的蓮藕不一樣，跑來約我，說是要來弄些藕回家種，被我拒絕，說這裡有衛國公府的生意，他們才沒敢上門。」

接著，他側頭取笑崔掌櫃。「還是崔掌櫃動作快，先跟錢家合作了。」

這幾句話裡包含了幾層意思，錢三貴不知該怎麼回答。

錢亦繡明白，她家的金蓮只要一被傳出去，定要引起眾人覬覦，只要等到明年，自家藕塘大面積栽種後，哪怕送些給惹不起的人，損失也不會太大。

可是，現在連下蛋的金雞都快被瓜分了，還發什麼財呀？

這就是弱肉強食的古代，沒有背景的小老百姓想掙些錢，實在太不容易。

宋家是絕不能得罪的，哪怕少賺銀子，也得讓利給他們。

錢亦繡把眼裡那抹不甘和悲憤壓下去，剛想說話，便聽梁錦昭開口了。

梁錦昭恨恨道：「四表叔不提這事還好，提了又讓我生氣。崔掌櫃也是老人了，這回卻做了讓我們梁家被人戳脊梁骨的事。」說著，踢了旁邊的崔掌櫃兩腳。

崔掌櫃會意，紅著老臉直躬身。「老奴知錯，以後再不敢了。」

宋治先一愣。崔掌櫃平時可是極有面子的，梁錦昭是第一次如此對他，納悶道：「錦昭為何如此？」

梁錦昭說：「我爺爺再三囑咐家裡人，越在高位，越要謹慎做人。他倒好，趁著錢家有事相求，獅子大開口，要種藕不說，還要了把蓮藕賣到北方的生意。偏偏錢家小丫頭是個嘴快的，那天跑去跟我師父哭訴，說沒多少蓮葉和種藕了，全被梁家要去，師父便把我訓了好一頓。這事若被我爺爺知道，連我娘都討不了好。」說完，又踢了崔掌櫃兩腳。

錢三貴聞言，又見在他眼裡高高在上的崔掌櫃竟當眾挨打，嚇壞了，怕梁錦昭再把氣發到孫女身上，趕緊躬身賠禮。

「梁少爺息怒，是老夫沒把孫女教好，讓她亂說話。她還小，求梁少爺要打就打老夫，別打她。」說著，就扔了枴杖跪下。

由於錢三貴只剩一條腿，一個不小心砰的一聲摔下去，膝蓋把地上的土磕出個小坑。

錢亦繡的心一緊。這得多疼啊！馬上上前抱住錢三貴。「爺爺！」聲音也哽咽起來。雖然她直覺梁錦昭是在幫她家的忙，可把錢三貴嚇成這樣，她就不高興了。

錢亦錦也跑過去，扶著錢三貴問：「爺爺，讓孫子看看，摔壞了嗎？」

梁錦昭見狀，臉立刻紅起來。這場戲是演給宋治先看的，沒想到太過投入，把錢家人嚇著了，遂趕緊道：「老伯快快請起。我沒有怪罪您孫女的意思，更不會打她。」

梁高和蘇四武一起將錢三貴撐起來，把枴杖遞給他。

這麼一鬧，眾人也不想繼續觀荷，都回了前院。

進了屋，一群人坐定後，梁錦昭再次表示，不會把錢亦繡告狀的事放在心上，更不會打她，才讓錢三貴鬆了口氣。

崔掌櫃又說，明年霧溪茶行就不要種藕了，他也看到湖裡稀稀拉拉的蓮葉，種藕肯定沒有多少，還不如讓錢家負責種，霧溪茶行只負責賣就行。

錢亦繡看到臉色有些沈的宋治先，便道：「那這樣行不行，明年我們家只負責種藕，出來的藕全交由你們兩家來賣？」

這個利可讓大了，但沒辦法，錢雖是好東西，也得有命去賺。

若宋治先所言屬實，那以後藕出來了，會有更多人打歪主意。她家是平民百姓，誰都惹不起，只能把甜頭送出去，一切讓梁、宋兩家去頂著。

宋治先聽了一喜，卻道：「這樣你們豈不是太虧了？還是留些給錦繡行才好。」

錢亦繡笑著說：「我們相信梁家和宋家不會虧待我們這些小老百姓，只要肯給個公道價，我們就虧不了。」

錢三貴平靜下來後，想通其中關節，也道：「宋四爺客氣了，繡兒說得極是。」

梁錦昭見結果跟他的初衷有些不一樣，但這樣或許錢家的損失會更小些，至少得先讓他們把藕種出來吧，便也點頭。

於是，幾家人又商量一番，宋、梁兩家還劃分好地盤，分了南北的生意。

宋治先吩咐高管事。「以後警醒些，幫錢老伯看著點。若這些種藕再被禍害，出藕少了，我唯你是問。」

高管事趕緊哈腰應下。「是、是，奴才遵命，再不讓人來禍害。」又回頭對兩個兒子說：「以後每天都來這邊瞧瞧。」

吃完午飯後，宋四爺去宋家莊看看地裡的莊稼長勢，梁錦昭和兩個小表妹留在錢家玩。錢三貴趁梁錦昭和幾個孩子去秀湖玩時，不住地對崔掌櫃道歉。

崔掌櫃擺手笑道：「我們這些奴才，偶爾給主子撒撒氣也是應該的。我家少爺仁義，對我一直很好，今天還是第一次如此對我，他這樣做，是為了幫你們家，怕你們家的利被瓜分掉，白白辛苦一場。」

錢三貴聽了，感動不已，連聲感謝梁錦昭的體恤。

看完田地，宋治先原本還想弄些荷葉回家吃，但現在種藕多少直接關係到自家利益，遂捨不得禍害，只讓人摘些蓮花帶走。

直到申時，一行車馬才離開錢家，回了縣城。

金秋送爽，一晃到了八月底。

荷風塘和錢家大房、二房及萬家的池塘，開始出藕了。

這片土地或許真的適合種藕，產量比別處多，又肥大、甜糯些。這樣的藕，哪怕貴個一、兩文錢，人家也願意買。

這些藕由錦繡行負責賣出去，一部分拉到縣城、省城，另一部分運至縣裡的碼頭，裝船載往遠方。

溫縣旁的綠春江與京湘運河相連，船從這裡啟航，行走五天，便能進入京湘運河，再往北行進半個月，便能到達京城。若往南行至湘陽，進入錢江，即能到達江南。

錢亦繡聽了有些糊塗。在這裡，這錢江感覺有些像前世自古孕育華夏子孫的長江啊。

錢亦繡望著滾滾洪河，又想著以後自家成了富豪，就在這裡修碼頭，運送貨物方便得多。

洪河是綠春江的分流，一路蜿蜒著到溫縣，注入綠春江。如果在這裡建造碼頭，之後去省城、京城、湘陽、江南都快得很。沒想到這個架空時代的水運如此發達，還修了連接南北的運河。

這個世界不同於前世歷史所述，但某些朝代的發展趨勢及文明卻極為相似，但又不完全一樣，真是零亂。錢亦繡想破腦袋仍理不清楚，只得作罷。

錢家與萬家的蓮藕豐收，讓汪里正跟村人又羨又妒。尤其是汪里正，通過他的手賣掉那麼多便宜好地，他卻沒有買一畝，心都流血了。

若是別人，定得想辦法從他們手上搶些水塘，但他如今是惹不起錢家，否則自然要從錢大貴、錢二貴手裡各弄五畝塘過來。

錢大貴和汪氏十分高興，沒想到種藕的收益竟然比種一年的田還多些。

錢二貴和唐氏更後悔，早知如此，該多買些地的。

第七十章

十月中旬，歸園的房子全部完工。沐師傅又帶著工匠去給荷風塘和小香山建房子和亭子，還有鋪路。小香山的一些路要用木頭鋪，但那裡房子少，亭子跟路又做得簡單，年前就能忙完。

三房一家仍暫住前院，等家具做好，才會搬進新屋。

通過沐師傅介紹，之前幫忙做雞翅木插屏的陸師傅領著三個徒弟來做家具。像陸師傅這麼好的手藝人，一般不接鄉下人家的活計，哪怕是有錢的鄉紳。

但三個月前，陸師傅帶人進山尋好木頭，不小心把腿摔斷，雖然過去一百天，腿長好了，卻無法再用力，這樣的身體，肯定接不到有錢人家的生意；他又不肯在家裡閒著，剛好沐師傅介紹，就來錢家做家具。主要是看著徒弟幹，只有最關鍵的地方，才會親自動手。

陸師傅領著幾個徒弟在後院做活時，錢亦繡不時會去看看，說說自己的要求。同時，又請陸師傅尋好木材，要給程月的繡品打上等的屏風架，而且，必須請他親自做。

屏風架最主要的是雕花，不必太出力，陸師傅接下來便又託人去尋小葉紫檀。

程月的繡品已經完成一大半，即使未全部完成，錢亦繡也被震撼了，直覺這曠世奇作屬於前無古人的上上上品，這麼好的繡品，當然要配最好的屏風架了。

為讓陸師傅更盡心，錢亦繡讓程月迴避，領著陸師傅去看繡好的那一面。

陸師傅當場震住，竟是激動得流出眼淚，哭了一會兒才說：「若我做的東西有幸能鑲上這幅繡品，死也值了。」

然後，他又不好意思地跟錢亦繡解釋。「我是個手藝人，最想讓世人欣賞認可自己做出來的東西，錢倒在其次。如今能遇到這樣好的繡品，比我之前看到的好太多太多，太高興了。這樣的好機會，千載難遇，我定會盡全力把屏風架做好，不給繡品蒙塵。」又說小葉紫檀雖好，但跟這幅繡品的色調不太相配，最好能用金絲楠木。

這真是冥冥之中自有天意，金絲楠木正是大乾皇家喜歡的木材。

錢亦繡點頭，讓他看著辦，不必省銀子。

陸師傅遂道，他有位師兄住在京城，許多皇親國戚會請他打家具，他馬上託人帶信，請師兄幫著找幾塊金絲楠木來。

之後，陸師傅也不想著做家具了，全交給徒弟，天天都在冥思苦想，要做個什麼樣的屏風架，才能配得上那幅好繡品？

轉眼進入冬月，錢華一臉興奮地回村，同時還把研製蓮艾妝黛的榮師傅帶來。

錢亦繡是第一次看見榮師傅。他四十幾歲，長得又矮又瘦，臉色倒是白淨，卻因出過天花，留下許多麻子。雖然長得其貌不揚，但渾身清爽乾淨，身上還散發出一股似有還無的清香，讓錢亦繡對他的印象一下子好起來。

錢三貴去看荷風塘，錢亦繡便獨自在堂屋裡見他們，請兩人坐下，又讓紫珠上茶。

但榮師傅就算坐著，也能看出他的腿不停抖動。這個命格少見，否則憑著他那好手藝，實在不該在鄉下的小作坊裡混。

錢華把幾個小圓木盒、兩個小瓷瓶拿出來擺在桌上，笑得一臉燦爛。「榮師傅製出幾樣香脂和香露，我覺得不比最高級的鋪子差。」

幾個小圓木盒雖然上過亮漆，還描了花，但這包裝還是上不了檯面。

錢亦繡壓下嫌棄包裝的心思，聽著榮師傅介紹。

榮師傅打開盒子，一一說明，緊張得臉通紅，聲音有些發抖，又辭不達意。

錢亦繡也不打斷他，不停點頭，眼睛沒看他而是看香脂，讓他放鬆不少。或許還覺得錢亦繡是孩子的關係，榮師傅慢慢放鬆下來，話才說得清楚起來。

其實，錢亦繡心裡極為激動，只是怕把膽小的榮師傅嚇著，使勁壓抑著。

這幾樣化妝品，做得太好了！

榮師傅終於說完，錢亦繡笑道：「榮師傅辛苦了。這幾樣香脂跟香露非常好，我極喜歡，也相信，凡是女人，就沒有不喜歡的。」

榮師傅笑著抹去前額的汗。這是他當著外人的面，話說得最多的一次。

錢亦繡又對錢華說：「現在你們的首要任務，就是想辦法做些好看的盒子，不要光想著木盒，可以試試瓷的、琉璃的、銀的、玉的等等。這些香脂再好，但盒子不好看，照樣賣不起高價。

「另外，這些東西先不拿出去賣，也不要張揚，等明年塘裡的金蓮多了，再大量製作。

到時候，咱們把錦繡行開到京城去，主要就賣這些妝黛，而且，這些妝黛的名字前面，必須要加上蓮艾二字，比如蓮艾滑香脂、蓮艾玉香脂，這樣才能讓人印象更加深刻。」

接著，錢亦繡賞了五十兩銀子給榮師傅，讓他繼續研究，並開始帶徒弟，還讓他不要有帶了徒弟卻餓死師傅的想法，因為蓮艾會給他高價，夠他好好過活一輩子。

而他帶的徒弟，就讓錢華去人牙子那裡買。這個時代，只有身契在自己手裡的人，才能放心。

最後，錢亦繡又問榮師傅手裡還有多少做好的香脂與香露？

榮師傅道：「品質上乘的還有四套，其他十幾套，稍微差點。」

錢亦繡嗯了聲。「那把上乘的四套拿來給我，其他十幾套都燒燬。」想了想又說：「記住，萬不可流傳出去，也暫時不要做，等明年金蓮盛開後再繼續，到時候讓所有貴婦人都驚豔它們的魅力。」順便把桌上的那套妝黛留下，讓他們出去了。

離開歸園後，榮師傅難得主動跟錢華說話。「這位小主子，真是個人精。」

錢華點頭笑道：「何止是人精……」還是鬼精，甚至連鬼都沒她精。

第二天，那五套蓮艾妝黛就到了錢亦繡手上。

錢亦繡各送兩套給程月和錢滿霞，又提醒小姑姑。「裡面有兩瓶清蓮香露是給男子用的，妳看著辦。」

大乾風俗，男子也用香露，味道以清爽淡雅為主。

錢滿霞紅著臉，沒吱聲。

晚上，錢亦繡發現來吃晚飯的萬大中特別高興，一直露著白牙傻笑。錢亦繡見狀，打趣他。「萬大叔，得了什麼寶貝，讓你樂成這樣？」

萬大中的黑臉泛起幾絲紅暈。「沒、沒有啊。」

錢亦繡撇嘴。「我才不相信。你懷裡鼓鼓的，藏了什麼東西呀？」

萬大中聞言，趕緊捂住胸口，臉更紅了。

錢亦繡暗樂。怎麼搞得像她調戲他一樣。

還剩一套好的妝黛，錢亦繡便拆開來，自己留下滑香脂，玉香脂送了吳氏，金蓮香露則給喜歡蓮花香氣的程月，金蓮胭脂分錢滿霞用。

她本想送黃月娥兩樣，想想還是作罷。即使能保證黃月娥不說出去，也不敢保證她身邊的人嘴巴夠緊。黃萬春可是到處找錢的厲害商人，被他盯上了，不是好事。

錢亦繡看看盒子，還剩下三瓶適合男人用的香露，遂拿了一瓶，送去給錢三貴。

結果，錢三貴像是聽見什麼好笑的稀奇事，哈哈笑著直擺手。「那是貴公子喜歡的玩意兒，爺爺是個老泥腿子，用了可是要被人笑掉大牙的。」

連吳氏都在旁邊笑。「真虧繡兒想得出來，居然送香露給妳爺爺。當家的若是香噴噴地走出去，還不把人嚇著。」

看著錢三貴夫婦與錢滿霞咧嘴笑個沒完，錢亦繡搖搖頭，走了出去。

怪不得都說貴族要三代才能培養出來。錢三貴再有錢，也只能說是鄉紳或地主，吳氏算地主婆，錢滿霞則是地主家的小姐。

而美美的程月，都傻得不知道自己姓什麼了，仍是如仙女般出塵脫俗，還想把女兒養精緻。這就是根深柢固、深入骨髓的觀念作祟了。

等錢亦錦下課，錢亦繡也送他一瓶香露。

孰料，錢亦錦竟撇著嘴，搖搖頭。「妹妹怎麼給我這東西？哥哥還小呢。」頗有些拒絕壞姑娘誘惑的架勢。

她無奈，只好把香露拿進屋送余修。

余修卻傲嬌地說：「我不喜歡那個調調。」

錢亦繡大為喪氣，正要走出門，余修忽然把她叫住，伸手接過香露，勉為其難地說：「給我吧，或許以後用得上。」

錢亦繡好不容易送出一瓶，把剩下的兩瓶壓在箱底，很是洩氣。

雖然吳氏跟錢滿霞覺得這些妝黛味道好聞，搽在臉上又細膩，但不知道它到底有多好？

程月就不同了，打開香露聞聞，又蘸了點香脂，抹在手背上，驚訝地說：「繡兒，妳在哪裡買到這些香露和香脂的？竟比艾淑林裡賣的還要好。」

艾淑林又是什麼？

程月嘴裡時不時要冒些新鮮名詞出來，現在錢亦繡不想多問，哪怕是皇家後院，也跟程月無關，便笑道：「娘喜歡就好。等用完了，再給娘買。」

程月聞言，笑彎了眉眼。

另一套品質略差，就分一盒玉香脂給錢滿蝶，說是在省城買的；剩下的全給錢曉雨，讓她不要張揚，也不要拿去送人。

錢曉雨歡喜極了，連忙點頭應是。

這天，花溪村迎來了第一場雪。

雪不算大，但從昨天夜裡一直下到第二天，地上、屋頂上、樹上積了薄薄一層。

早上，程月看著兒子、女兒穿著厚厚的棉袍和棉裙，滿意地點點頭，又望著漫天雪花說：「弘濟好可憐，頭上光光的，真冷呀。」

錢亦繡道：「娘放心，他冷了會戴僧帽。」

「可娘忘了給他做呀。」程月自責地說，眼圈有些紅。

「娘沒給他做，可他們寺裡有專門製衣的人，她們會縫的。」錢亦繡安慰道。冬天難得看到弘濟，他都是冬月時去京城，到隔年春天才回來。在她的印象中，就沒見過他戴帽子。

人是禁不起念叨的，小兄妹剛上一刻鐘的課，弘濟就上門了。

余修很給面子地放錢亦錦和錢亦繡一天假，自己跑到後院看師傅做家具。

弘濟沒戴帽子，連棉襖都沒穿，只穿了夾衣，凍得小臉蛋和小鼻頭發紅，嘴唇也有點泛青。

他是來辭行的，又要跟悲空大師去雲遊，順便在京郊的報國寺過年，明年開春才回來。

院子裡冷，弘濟被請去西廂廳裡玩。

程月心疼地用手捂著他的臉。「你怎麼不穿襖子呢？嬸子給你做了呀。還有，這頭上光光的，為什麼不戴頂帽子？」

弘濟笑道：「這個天氣還不算冷，等去了北邊，那裡滴水成冰，就要穿棉襖、戴帽子了。」

程月把弘濟的臉捂熱，也不繡花了，看著一雙兒女和弘濟說話打鬧。

弘濟沒像往常一樣在這裡住一天，吃完飯就要走了。走時，囁嚅著說：「我師父讓我帶兩節小藕回寺裡吃。」

錢亦繡毫不客氣地拒絕。九月初已經給嘴饞的悲空大師帶了兩節種藕，想到那嫩嫩的金色藕芽，心至今仍在流血。

她嘟嘴道：「你師父是大師，怎麼那麼饞呢？那金花藕，我們連一口都沒捨得吃，是要留著明年做種藕的，已經給了他兩節，居然好意思再要？都讓他吃光光，明年我家種什麼呀？」

弘濟聞言，臉更紅了，哀怨地扭著指頭，越發手足無措。悲空大師說了，讓他必須要到藕，否則就不領他去雲遊。

錢亦錦見狀，勸道：「再給兩節吧，大師開個口也不容易。」

程月看到弘濟如此為難，也心疼了，幫著說情。「繡兒，就給弘濟嘛，不然他回去會挨罵的。」

錢亦繡無奈，只得讓蘇三武拔兩節金花種藕，又給了一籃子荷風塘出的藕，言明是最後一次。

弘濟高興地道謝，又說明年開春回來時，定給他們帶報國寺的素食點心。

臘月初，崔掌櫃要回京城送年禮，錢三貴便讓人把早準備好的禮物交給他，勞他一併送去。有兩百斤最上等的蓮藕、一百斤李記香腸、一百斤李記臘肉，以及若干山貨。

錢亦繡還把一張猴哥獵的純白色狐狸皮包好，送給梁錦昭的母親。

如今錢家靠著衛國公府這棵大樹，可要把那些主子巴結好。

接著，又給張家、宋府、翟府送年禮。

聽說，陸師傅的師兄回鄉過年，正好把幾塊上等金絲楠木帶回來，只是價值不菲，幾塊不大的木料，就要一百五十兩銀子。

陸師傅收到木頭後，便把自己關在屋裡，開始做屏風架。徒弟們回家過年，他也不回去；兒子來請他，還把兒子攆出門，連飯都是下人送到門口，他端進去吃。

原來遇到了一個有執著、有追求的民間藝術家。

錢亦繡極高興，不僅好好招待陸師傅，讓他吃好喝好，還給他屋裡供了上等炭火，怕他把手凍僵了，不好使。

第七十一章

轉眼到了大年三十。

下午，程月站在門口望著那條小路，望眼欲穿中，總算把兒女們等來了。今天過年，要一起吃年夜飯的。

錢亦繡見她還是那麼素淨，墨綠色褙子、月白繡草紋馬面裙，唯有頭上戴的那根銀簪子和兩朵黃色小花，增添了些喜氣。

程月靜靜站在門口，看到兒女，嘴角露出笑意，卻還是掩飾不住眼底的那抹失望。多少次花謝花開，她依然沒能把錢滿江盼回來……

此時，京城的榮恩伯府，滿身華服的潘駙馬正坐在一間擺設奢華的閨房裡。他的眼睛有些濕意，環視屋內，輕輕念叨著：「時間過得真快，彈指一揮，月兒竟然離開爹爹九年了……」

房裡一塵不染，瀰漫著淡淡沈香，兩只銅爐裡燃著銀霜炭，讓屋內溫暖如春。往裡面走，有座博古架，上面擱著奇珍異寶、各式古董，更多的是鑲珍珠的擺件，還有放在錦盒裡的珍珠。右邊是張泛著光的雕花金絲楠木美人榻，榻上鋪著繡富貴如意的青色錦墊。

美人榻旁是張金絲楠木雕花高几，几上擺著四周嵌珍珠，中間鑲著洋玻璃的鏡框，框裡是一張美人畫像。

美人是潘駙馬親手畫的，這是他最後見到女兒潘月的模樣，那年，潘月剛滿十三歲。

他有三個兒女，兒子肖似紫陽公主，小女兒的長相隨了他的妾室葉姨娘，只有潘月最像他，眉目如畫，氣質脫俗，極高的繪畫天賦更是相像。

但是，他該捧在手心裡疼愛的女兒，卻死得那麼慘烈。

恍惚間，他看見一個小小的女孩，躲在書房裡的多寶槅後面，只伸出個小腦袋，靜靜看著他。

他知道她在看他，卻沒有回頭，繼續注視著手裡的珍珠。

不知過了多久，只聽一個輕糯的聲音說：「爹爹，月兒想做您手裡的那顆珠子，讓爹爹看月兒，不看珠子。」

他皺起眉，回頭看去，嗔著丫頭。「怎麼服侍郡主的？竟讓她到處跑。」

話落，他的眼角餘光瞧見那雙極像他的眼裡湧上一層水霧，難過地望向他，嘴裡說著：「月兒要爹爹……」

還沒講完，她就被跑來的丫頭抱走了。

那是發生在哪年的事？喔，那年陽兒五歲、月兒四歲，太后為了彰顯皇恩浩蕩，破例冊封兒子為鎮國將軍，女兒為珍月郡主。

那時，許多朝臣上書，痛斥太后封公主的女兒為郡主，有悖祖制。

潘家女兒沒有郡主的封號，照樣金尊玉貴。

可是……太后就是要在世人眼裡，在他潘子安心裡，烙下那個印記——潘子安是紫陽公主的駙馬，靠著公主，不僅當上伯爺，女兒還被冊封成郡主。

哪怕紫陽公主歿了，他們潘家、他潘子安，還是要靠紫陽公主的餘恩度日。

從那年起，他就再沒有跟一雙兒女親近過了。

潘駙馬的眼圈一熱，又深深地嘆口氣。

鏡框旁邊擺著一只紅彩描金的黑漆象牙妝奩，共有三層。他打開最上面的一層，把一支朝陽五鳳銜珠釵放進去，這支釵子，是用在寶吉銀樓買的那五顆珠子鑲嵌的。

他撥了撥琳琅滿目的首飾，合上妝奩，又拿起鏡框。

「妝奩快裝滿了，裡面的寶貝全是留給月兒當嫁妝的，等以後爹爹去找妳時，帶給妳。」

他放下鏡框，來到窗下，窗邊放著一架金絲楠木雕花繡架，被一疋素絹罩著。

細碎陽光從鏤空的雕花窗櫺中射入，落在素絹上，像一顆顆淡金色的珠子在上面跳動著。

潘駙馬把素絹掀開，繡架上還繃著天青色的軟緞，花鳥圖風格清新秀雅、精美絕倫，卻只繡了一半，繡花針還插在上面，似是伊人剛剛繡累了，去屋外散步，一會兒要再回來繼續繡。

潘月有極高的繪畫天賦，小小人兒隨便幾筆勾勒出的東西就似模似樣。她四歲之前，他無事便會抱著她在宣紙上畫兩筆，自從她被封郡主後，就再沒教過她畫畫。

女兒小時候求過他教，他卻推託道：「女子要貞靜賢淑，無事就多做做女紅。」沒想到，潘月真讓照顧她的嬤嬤請了位繡工極好的繡娘，到府裡教她刺繡。

此時，一陣腳步聲響起，打斷了潘駙馬的沈思。

一名二十幾歲的俊朗男子走進房間，向他施禮。「父親，爺爺請您過去吃年夜飯。」

潘駙馬點頭應了。

潘陽環視屋內一圈，無處不在的珍珠是那麼刺眼。嘴角露出一絲譏諷，並沒有等父親，大踏步地走出去。

潘駙馬望著潘陽的背影。女兒死於非命，兒子不親近他，老父不諒解他，他從小的抱負不能施展……但頭上聞名於天下的三頂帽子——駙馬、名士、美男子，他一樣都不喜歡，想摘卻摘不掉，這輩子真是失敗。

潘駙馬出了屋，穿過一片花徑，越過幾處亭臺樓閣，走過抄手遊廊，便到了榮恩伯府和潘府之間的側門。

榮恩伯府和潘府只隔一道牆，西面是潘府，東面是榮恩伯府。原來榮恩伯府與公主府是一起的，紫陽公主歿後，府裡許多皇家東西都被內務府收回，但府邸還是保留下來。

剛過側門，他就看見柔美的葉姨娘站在幾叢青竹下面等著他。

葉姨娘看見潘駙馬，忙上前幾步，曲了曲膝。「爺……」欲言又止。

潘駙馬停住腳，對她道：「妳先回屋吧，過幾天我再去看妳。」說完，大踏步向潘府走去。

遠在千里之外的冀安省溪石山腳，這時正熱鬧無比，歸園正門前高高掛起幾盞大紅燈籠，院子前後不時響起爆竹聲和小子們的歡笑。

如今，不僅下人住在後院的房子裡，連成家的長工家眷也搬過來。人氣旺了，又有些閒錢，自然就熱鬧了。

錢亦繡又提議，過年了，要給長工與下人發紅包，過個富餘歡喜的年，明年才能好好幹活。

錢三貴欣然接受孫女的意見，不僅發紅包，還發米、麵、油及點心和香腸等物，讓下人和長工們樂開懷。

不過，下人和長工的待遇還是有區別，下人給得多些，長工則少些。

但即使少，也比長工們原來的進項好得多。如今，許多沒有田地的人家都在想辦法，看能不能託託關係，進錢三貴家做工。

此舉也給錢家長工一定的警惕。如果不好好幹活，等著接班的人，已經排成了長隊哪。

吃年夜飯時，正房廳屋內，炭盆裡燃著炭火，門上掛了厚棉簾，十分暖和。

屋裡擺了兩桌，所有主子坐大桌，另一小桌是錢華和蔡老頭、余修三人。起初余修坐在大桌的，但錢三貴下桌後，他就去小桌，跟兩個總管喝酒。

飯前，錢亦繡也請了在後院做活的陸師傅，可人家要趕工，過年也不休息。

主桌上還為死去的錢滿江擺了套空碗筷，碗裡有幾塊魚肉和素菜，是程月按照自己喜歡的口味挾進去的。

一陣冷風吹入，是錢亦錦回來了，他掀起簾子笑道：「外頭真熱鬧，不僅長工家的兒女在，連村裡都來了好多娃子。」

蔡老頭笑著說：「世道就是這樣，不僅人往熱鬧處鑽，連錢都往熱鬧處鑽。」

他的話說得錢三貴開懷大笑。

從下午玩到晚上，錢三貴早累著了，但又捨不得回屋歇息，便斜倚在羅漢床上，看著大家邊吃邊說笑。

蔡老頭的兒媳端上一盆白果燉雞，這是年夜飯的最後一道菜。眾人早吃飽了，但瞧著熱騰騰的湯，聞到香氣，還是想喝一碗。

吳氏把雞大腿撕下來，一隻放進乾淨碗裡，又舀兩勺湯進去，讓蘇四武端給錢三貴吃，另一條卻挾進錢滿霞的小碗裡。

錢滿霞趕緊讓道：「這雞腿該給娘吃，或給余先生吃。」

錢家三房現在經常吃雞肉，但雞腿還是讓當家人錢三貴和余修吃，有時候還會留給錢老頭兩口子，小兄妹偶爾也能吃一回，吳氏和程月也吃過一、兩次。

唯有錢滿霞，不是老，不是小，又身體好，沒得過大病，從出生到現在，就沒嚐過雞腿的滋味。

吳氏笑道：「這是霞兒最後一次在這個家裡吃年夜飯，以後過年，只有初二才能回娘家。哎，爹和娘對不起妳，讓妳從小幹得多，吃得少……」話沒說完便紅了眼圈。「聽話，把這雞腿吃了。」

錢滿霞的眼圈也紅了，又不善於表達，只哽咽著叫了聲娘，便低頭慢慢吃起雞腿。

錢三貴和錢亦錦小兄妹見狀，跟著心酸起來。

余修卻在一旁笑道：「萬家最不缺的就是肉，萬大中又曉得疼媳婦。以後錢姑娘進門，不說天天吃雞腿，隔三差五總能吃上一次。」

他的話把大家逗樂了，錢滿霞羞得差點把頭埋進碗裡。

接著，撤下大魚大肉，上了餃子。

吃完兩個後，程月有些疲倦，錢亦繡便陪她回屋歇息，其他人繼續吃。

母女倆進了屋，錢亦繡伺候程月躺上床，然後躺在她身邊。

錢亦繡伸手摸暖暖的湯婆子，一隻手被程月緊緊握著。程月似乎睡著了，但手還是沒有鬆開。

每到過年，小娘親都比平時脆弱得多。

這時，窗外響起零零散散的爆竹聲，正房裡的說笑也傳了進來。

錢亦繡想到葬身松江的小爹爹，那個俊朗身影不時在眼前閃過；還有猴哥、大山、跳跳，這幾個熊孩子，心越來越野，這次已經出去了半個月，還沒回來……

幾個「熊孩子」是在大年初二回來的。

這天下著雨夾雪，天氣陰冷，路上泥濘。錢香回錢家大院了，錢亦多來請他們去吃飯。由於天太冷，錢三貴不能出屋，便派錢亦錦和錢滿霞去。

錢亦繡沒去，她要待在家裡陪程月。

不到中午，幾隻泥猴泥狗回了家，連幫牠們開門的蔡老頭都無比興奮，敞著大嗓門叫道：「姊兒、姊兒，猴哥和大山、跳跳回來了，白狼也來串門子。」

錢亦繡聽見叫喊，趕緊跑出屋，猴哥和跳跳想往她身上撲，她後退叫道：「別，髒死了，洗完澡再說。」

猴哥聽了，便把牠的小髒手伸過來，掌心裡有幾顆圓滾滾卻髒兮兮的東西。

錢亦繡大驚，一把抓過，用帕子擦擦，只見帕子裡臥著五顆潤澤飽滿的珍珠，一看就是洞天池的。

錢亦繡腦袋轟地發響，趕緊把帕子揉成一團，塞進懷裡。

她忍住激動，招呼紫珠，讓她去找人燒熱水。給動物之家洗完澡後，便帶牠們往後院走去。

自從家裡搭了抄手遊廊，雨天或雪天裡在幾個院子間來回走動，也不會打濕鞋底了。

他們來到沒有隱蔽物的地方，錢亦繡看看周圍，完全沒人，便低聲問猴哥：「你帶著大山一家去了洞天池？」

猴哥點點頭，接著咧嘴，瞧牠的饞樣，定是去撈池裡的蚌了。

上回從洞天池回來後，錢亦繡給牠買過河蚌，但這傢伙嘴刁，根本不吃。

錢亦繡又問：「這次沒遇到什麼危險？」

猴哥再點點頭。

動物之家的運氣還不錯，錢亦繡也高興起來。

今年六月，山崖上的蛇蔓菊就要開花了，五年一次，一次兩朵，多不容易。

錢亦繡想把它們摘回來，不為賺錢，洞天池裡的珠子乃稀世奇珍，想賣高價沒問題。她是想把梁錦昭的病治好，這樣，自家跟梁府的關係才會更牢固，以後腰桿子也會更硬。

還有另一個原因，她也想給程月吃蛇蔓菊，看能不能讓她恢復記憶？她雖不是大夫，但也知道癲癇和失憶都是腦疾，忍不住心懷期待，既然蛇蔓菊能治癇症，或許對失憶也能起作用。

錢亦繡又看看猴哥。這段時日，牠又長高了，直立起來，至少近三尺，而且四肢粗壯，肩寬背厚。一晃眼，小小的猴哥已經長成壯實的少年猴子，這個年紀的赤烈猴，身手是非常厲害的。

赤烈猴不僅凶狠彪悍，還善於爬樹攀岩。猴哥爬陡峭山崖肯定沒問題，但對付那條守候蛇蔓菊的白蛇，就不敢說了。

錢亦繡當鬼魂時，在張家聽說蛇蔓菊的作用後，幾乎天天夜裡飄去看花，大概看了半個多月。據她觀察，白蛇像盡職的護衛盤踞在蛇蔓菊周圍，無論颳風下雨，從不曾離開。在六月三十日的子時，蛇蔓菊馬上要凋謝時，白蛇才把花吃下，鑽進身後的山洞中。

錢亦繡當然不願意讓猴哥去冒險。她只知道蛇怕雄黃，得再想想看有沒有更好的法子？

不過，這回錢亦繡極感動，猴哥知道她喜歡珠子，竟從大老遠捏回來，便幫牠揉後脖子。「猴哥真是能幹的乖寶寶。」又問：「只帶回來這麼多顆？有沒有掉在地上？」若是掉在地上，被有心人看到就麻煩了。

猴哥聽見，伸出小手在錢亦繡的帕子上扒幾下，咧著嘴搖搖頭，意思是沒掉。

錢亦繡笑了，又誇獎他幾句，卻瞧見白狼冷冷的眼神和大山憐惜地看跳跳的目光，原來跳跳一直在甩尾巴向她邀功，可她竟然沒注意到。

大山可以自己受委屈，但絕不能看著牠的孩子傷心。

錢亦繡趕緊蹲下來，先讓興奮的跳跳舔她的臉，笑著低聲道：「跳跳真能幹，跟著爹娘去了洞天池，還護著猴哥哥拿回這麼好的寶貝。繡姊姊給跳跳記上一功，趕明兒再給你們打個更大的銀項圈。」

跳跳被誇獎，更興奮了，差點沒把錢亦繡撲倒在地。

錢亦繡又讚了白狼跟大山，說明天中午給牠們做好吃的，然後把裹著珍珠的手帕揣進懷裡，領著動物之家回前院歇息。

她回自己的小屋前，先把衣裳跟鞋子換了。若剛才那副邋遢樣子被程月看到，又會讓她傷心。

裝扮一新的錢亦繡去了上房，屋裡只有錢三貴和吳氏。

吳氏看見錢亦繡換過衣裳，便開始念叨。「剛才妳好像不是穿這套的，怎麼又換了呢……」正說得起勁，伺候錢老太的婆子來了，把她喊出去。

兩人在窗外一陣嘀咕，好像是錢香給錢滿蝶說了個婆家，請吳氏去商議商議。

現在，吳氏在錢家的地位也水漲船高，許多事情會徵求她的意見。

聽說是要幫錢滿蝶挑婆家，這可是大事，吳氏覺得極有面子，跟錢三貴說過後，便忙不迭地跟著婆子去大院。

吳氏走後，錢亦繡掀起棉簾，左右看看沒什麼人，才把門關上。

她來到錢三貴旁邊坐下，神秘地說：「爺爺猜猜，猴哥和大山一家去了什麼地方？」

錢三貴笑道：「該不會又去了那個撿珠子和蓮子的地方吧？」

錢亦繡讚道：「爺爺真聰明！」把珠子拿出來給他瞧。「猴哥真帶著牠們去了那裡，這些珍珠就是牠們昨兒拿回來的。」

她的用意是要告訴錢三貴，只要有動物之家跟隨保護，去洞天池不僅不會出事，還能安全回來。

錢三貴一驚。剛才不過是句戲言，難道自家的猴子真成了精，有本事又跑去那裡，還知道給主人帶珍珠回來？

他看看這幾顆珍珠，四顆小的雖然沒有上次的好，但大的卻是好上許多，又是一陣欣喜。

他想了想，低聲道：「這事先不讓妳奶奶知道，繡兒把珠子好好藏著，以後有了用處，再拿出來。」

錢亦繡應下，把珍珠收進懷裡後，便回自己屋裡找地方藏了。

第七十二章

晚上，吳氏回來了，說這次錢香幫忙找的于家很不錯，算是良配。

于家住在城北，跟錢香家離了兩條街，竟然還是三房在縣城那處宅子的街坊，家裡開著釀酒坊和賣酒的鋪子。後生長得不錯，前頭娘子在三年前生孩子時一屍兩命，大的小的都死了。

不說錢大貴夫婦和錢老頭兩口子覺得這個後生好，連錢滿蝶都有了幾分意願。

錢亦繡問：「這家似乎太好了些，怎麼會看上鄉下的蝶姑姑呢？」

吳氏得意地說：「小姑說，她跟于家說起時，提到蝶兒的三叔就是錦繡行的東家，又極喜歡這個姪女，于家聽了，才有幾分意思……」

錢三貴聽說因為他的緣故，讓姪女又有了好姻緣，十分高興，大笑了幾聲。

年後，木工師傅們回來繼續做家具，而陸師傅仍繼續製作他心目中最美的屏風架。

三月初，要準備栽種秀湖裡的種藕了。

錢三貴跟孫子孫女商量後，決定這次只讓自家種，不分給大房和二房，讓他們知道做錯事是要付出代價的，以後才能約束他們的行為。

既如此，種藕便不好再給萬家，乾脆把一半種藕栽在歸園旁，一半種在洪河邊。挨著洪河邊的水塘，就給錢滿霞當嫁妝，也算給了萬家。再清出三十畝水塘，撒金花藕蓮子，培育種藕；剩下的五十幾畝塘，繼續種一般蓮藕及番人賣的蓮子。

種藕收穫及下塘前，錢三貴就避去縣城的宅子，說忙錦繡行的生意。

錢三貴一走，蘇三武兄弟便領著幾個長工收秀湖裡的種藕。秀湖裡還留了些，取出的種藕大概只夠種十畝水塘。

種藕一取出來，幾個長工便急急忙忙地栽入塘中。從出藕到種藕，不過四天工夫，就做完了。

大房和二房還等著聽說來自番人手裡的金花種藕，卻聽說三房已經種完，都坐不住，便約著錢老頭夫婦來歸園。

錢三貴前腳剛到家，後腳這些人便找上門來。

幾人七嘴八舌地說了自家還等著金花藕的種藕，怎麼一轉眼，三房全自己種了呢？

錢老太更是指著吳氏罵道：「妳這敗家婆娘，家裡都這麼有錢了，眼睛還那麼小，男人一不在家，就不顧念兄弟情分，出了種藕，也不給自家兄弟留些。」

錢三貴聽了他們的來意，便道：「這不怪滿江他娘，是我的意思。去年，因為大嫂、二嫂來要走那麼多蓮葉，還把我家金花藕與眾不同的事情捅開，只得摘更多蓮葉送人，這下損失大了，許多種藕沒能長出來。

「不僅如此，更有許多有勢力的人家來打金花藕的主意。為了保住這點種藕，我們只得把金花藕全交給省城的宋府和京城的梁府賣。如果你們願意，就等明年我們培育出種藕再給你們；如果不願意，我們就給些金花蓮子，讓你們自己去培育。

「但是，近三年內，這些蓮子絕不能流出去，若哪家不聽話，擋了宋、梁兩家的財路，他們是不會放過錢家的。」

後面的話，錢三貴不是胡說。宋治先得了種藕後囑咐過，絕不許任何人把金花蓮子拿到外面，等過個幾年，要賣了，也得賣個好價錢。

高管事父子幫著擋了好多來求蓮子的人，包括許多當官的人家。後來又有人來要蓮子，高管事遂把衛國公府抬出來；有些人還不相信，跑去霧溪茶行問崔掌櫃，得知的確是這麼回事，才不敢再打主意。

錢三貴的說詞讓幾個人全傻住。當初三房說的話，全不算數了？等待足足一年的金花種藕，現在不給了？

唐氏大著嗓門，率先道：「三叔這麼大個人，怎麼能說話不算數呢？當初你讓我們買地挖塘，還說會把金花藕分給我們種。我們聽了你的話，才買地挖塘，不然吃多了才會把錢投到荒地裡去。怎麼臨了，卻又找藉口不給我們了，你就那麼怕哥哥家有錢？」

錢二貴也道：「是啊，當時我還不想買，滿河說聽三叔的話準沒錯，我才買的。」

錢三貴沒理唐氏，問錢二貴：「二哥也覺得買地挖塘錯了嗎？」

錢二貴不知該怎麼回答，嘆了口氣，沒有言語，覺得三弟不履行自己的諾言，就是不對。

汪氏不想得罪錢三貴，但見錢大貴低頭當起縮頭烏龜，這麼大的利益必須爭取，忍了又忍，還是沒忍住，開口道：「三叔，之前我們不知道金花蓮葉那麼好，才做了錯事，公婆已經罵過我們，我們也知錯了。現在，你們不是還收了那麼多種藕嗎？我們也不多要，就給一點，夠種兩、三畝就成。」

她見錢三貴沈著臉沒言語，又對錢老頭說：「公爹，當初商量買塘時，您也在場，還勸我們，說跟著三叔買地種藕準沒錯。可是現在，說好的種藕居然不給我們了，您可要說句公道話。」

凡是當父母的，都希望所有子女的日子皆好過。當初三房日子不好過，錢老頭便想辦法，讓大房、二房照顧三房一些。

如今，三房開了錦繡行，擁有荷風塘和小香山，家裡又修了這麼大的園子，連兩層繡樓都蓋上了，這日子，就算是遠近聞名的地主，也比不上他家；再想想大房和二房，雖然日子比之前好過多了，卻依然是個農戶，連小地主都算不上。

何況，的確是他勸他們買地挖塘的，怕他們不買，還拍著胸脯保證。

於是，錢老頭對錢三貴道：「老三，你就拿些種藕出來給老大和老二吧，也不多要，每家兩畝便成，他們出了藕，也只交給宋、梁兩家去賣……」

話還沒說完，唐氏不樂意了，高聲道：「我們種出來的藕，就是我家的，憑什麼要聽三房的話？三房能找做官的人當後臺，我家女婿也有本事找到……」話沒說完，趕緊捂住了嘴。

汪氏見錢老頭幫著他們說話，覺得有門兒，一聽唐氏的話，就知道壞了，趕緊道：「弟妹胡說什麼，三房供了種藕，肯定就要聽三房的招呼呀。」

錢亦繡差點笑出聲。唐氏不僅會壞別人家的事，照樣也能壞她自家的。沒辦法，不聽明就是不聽明。

看來，不僅不能給他們種藕，連蓮子都不能給。沒想到那些人無孔不入，在這裡鑽不進來，又往親戚家鑽。好在唐氏露出馬腳，否則把蓮子給了他們，後果不堪設想。

梁錦昭肯定那些人不會對自家和他們不利，但宋治先可不會善了。她已經看出來，誰敢擋宋治先的財路，不整死他們才怪，看高管事父子一天幾次往自家跑，就知道宋家有多看重金花蓮藕了。

這件事，便看錢三貴怎麼處理吧，這事也給他提了醒。兄弟家，幫好了是好；沒幫好，不說他們得不了好，連自家都要搭進去。

錢三貴本就擔心大房與二房不聽招呼，聽聞唐氏的話，更加確定已經有人找二房下手，而且，唐氏竟還答應了，不曉得糊塗的二哥知不知道這件事？

宋治先的心可狠著呢，他怪罪下來，大家都要倒楣。

於是，錢三貴對錢老頭道：「爹，您聽見了嗎？已經有人找上二嫂家了。您在省城待了那麼久，宋家的勢有多大，您自然清楚；這些有錢有勢的人家有多狠戾，您也清楚。若從咱們手上把金花蓮藕傳出去，讓宋家人少賺了錢，宋家會怎麼收拾咱們？不用他們親自動手，只讓高管事勾勾手指，咱們就別想有好日子過。弄不好，連省城、縣城的點心鋪都會開不下去。」

錢老頭聽了唐氏的話，即生出警覺，再聽錢三貴這麼說，也害怕了。家裡的兒媳糊塗，還有那麼多不懂事的親戚，如果他們真不聽招呼，幹出蠢事來，一大家子都要倒楣。

他先指著唐氏，罵道：「少根筋的蠢婆娘，還妳家的藕、妳家的女婿找後臺？我呸！」又對錢大貴和錢二貴說：「聽到沒有，管不住自家婆娘跟親戚，會害到一大家子的。」

汪氏還想說話，錢大貴開口了。「要我說，不種金花蓮藕更好。這藕還沒種出來，好些親戚就來家裡要。不給吧，得罪人；給吧，貴人們又不許。況且，這些要藕的親戚裡，說不定還真有幫著外人來討的，更不得了了。

「錢好，也得有本事去賺。三房費這麼多勁，投下這麼多錢，最後，大半好處還不是拱手讓人？

「滿川他娘，跟著老三，咱們的日子已經好過得多，就別再給兒子、孫子生事，讓他們順順利利當掌櫃、考秀才。想想蝶兒，她又有了好人家，咱們還愁什麼？等以後金花蓮藕不缺了，咱們再種，那時也不怕有人打咱們的主意。」

汪氏有些愣了。這跟她之前想的不一樣啊，但見錢老頭主意已定，又仔細想想自己男人的話，的確有幾分道理。得罪了三房，不只要不到種藕，還會惹公婆與男人不高興，對自家兒孫也不好。

她想通後，也就釋然了，笑道：「要不怎麼說頭髮長，見識短呢。聽了公爹、當家的及三叔的話，我才明白過來。金花藕雖好，但咱們最好別沾上邊，沾上了，不見得是好事。得，我們聽勸，不要了。」

錢老頭滿意地點點頭。「嗯，還是大兒媳懂道理。」

唐氏沒想到是這種結果，尖聲道：「怎麼，咱們不要了？那怎麼行呢！」

錢二貴反應慢些，但聽完老父和兄弟的話，也想通了，目前家裡人最提防的就是他的蠢婆娘，遂瞪眼道：「還要個屁！妳這個糊塗婆娘，被人家賣了，還幫著數銀子。若讓妳種了稀罕藕，咱們家可要惹大禍。」

錢老太也聽懂了，歪著嘴罵唐氏。「都是妳這個不省心的蠢婆娘壞事。」

錢三貴見他們想通，不為難他了，極為高興，馬上讓吳氏領人去廚房忙，留他們吃飯喝酒。

四月底，除了陸師傅的屏風架還沒完工，所有家具都已做好。院子、屋裡也收拾妥當，該搬家了。

錢三貴兩口子住正院，程月住望江樓，錢滿霞跟錢亦繡分別住進翠竹軒跟蓮香水榭。蓮香水榭建在秀湖旁，推窗便可看見湖。現在荷葉已經長到碗口大，陣陣清香傳來，讓錢亦繡覺得愜意無比。

她的東西雖然放在蓮香水榭，但晚上還是陪程月住望月樓。

錢亦錦和余修住和熙園，余先生及講堂安排在臨荷苑，錢亦錦睡臨風苑。這些名字都是錢亦錦和錢亦繡取的。

連動物之家也分開住了。猴哥與錢亦繡待在望江樓，大山要和錢亦錦住臨風苑，奔奔、跳跳也跟過去。

既然家有那麼大，每個院子就必須配人，錢三貴打算再買幾個下人。

蔡老頭見歸園缺人，便把孫女蔡小葉從縣城叫回來。錢亦繡素喜蔡小葉伶俐，便要了她去當丫頭，取名白珠。

這麼一弄下來，錢家三房也成了大家庭。

錢亦繡拉著錢三貴的袖子，「錢員外」、「錢老爺」的一通亂喊，樂得錢三貴扯著鬍子大笑不已。

五月四日是黃道吉日，三房正式搬家，並決定分兩次請客。當天請鄉下的親戚朋友，第二天請縣城裡的張家與崔掌櫃家、高管事家，還有認識的地主，及縣太爺、縣丞等人，但只是客氣，曉得這些當官的不會來。

四日一大早，眾人各領小廝與丫鬟往自己的院子裡搬，不需要搬家具，只把一些細軟拿過去就成。

巳時，客人們陸續來歸園，不僅村裡的親戚到齊，連省城的錢四貴一家和縣城的錢香一家都趕來，又請了花溪村、大榕村中交情好的鄉民。

鄉下人沒那麼多講究，男人跟女人都在前院喝酒吃飯，沒去後院。

即使只看到漂亮寬敞的前院，也讓這些人羨慕不已。尤其是那氣派的照壁，眼饞得汪里正直向錢三貴豎起大拇指。

「錢老弟，如今你們錢家三房，在方圓百里內就是第一，我們望塵莫及啊。」

錢家人都在外院待客，不想湊熱鬧的錢亦繡留在望江樓裡陪程月。家大了還是有好處，她們不妨礙別人，別人也妨礙不到她們。

當初這個樓的名字取了好幾個，望江樓是最不被錢亦繡兄妹看好的，結果小娘親喜歡，直接選了這個。

錢亦繡站在二樓，看著錢曉雨和紫珠、白珠把所有東西放好歸位，程月卻還站在窗前。從上樓起，她就一直站在那裡，大概有一個多時辰了。

錢亦繡來到她身邊，望向窗外，不僅能把前院、正院看得清清楚楚，歸園前那片荒原也盡收眼底。

此時正值仲夏，荒原上姹紫嫣紅，在陽光照耀下，如天上的雲霞墜入人間。

那條彎彎曲曲從家門口伸向村裡的小路，如金色絲帶，蜿蜒在綠草紅花中。

那片美麗的花海，就是小娘親心中最美麗的花。

錢亦繡見狀，跟程月商量道：「娘的繡品快完成了，陸師傅的屏風架也快做好。娘，如今咱們家不缺錢，繡兒已經有了兩個丫鬟，能不能把屏風留下呢？這麼好的東西，應該當傳家寶。」

她真捨不得把這麼好的東西賣出去，這可是價值連城的藝術瑰寶。

程月搖頭。「留在家裡，江哥哥永遠看不到，不會知道月兒天天在等他。把屏風賣去北方吧，江哥哥就是去了那裡。」還怕錢亦繡陽奉陰違，又低頭鄭重囑咐她。「繡兒一定要聽娘的話，不能騙娘，要把屏風賣去北方。」

錢亦繡只得點頭答應，心中又有了另一番計較。這個屏風不賣，照樣能去北方，讓更多的人看到，也不算違背小娘親的初衷。只不過，自家保不保得住，就要看運氣了。

錢亦繡想完，又暗樂一陣。這回是程月讓她去北方的，到時就能找到藉口出門旅遊了。來大乾這麼多年，包括當鬼，足足有近十年的時間，最遠卻只去過西州府，連冀安省都沒踏出過。

明年，等錦繡行一切妥當，她就能去京城開眼界嘍。

程月不知道錢亦繡心裡的小算盤，見女兒答應她的要求，抿著嘴笑起來。在她看來，只要繡品被運到北方，江哥哥就能看到。

晚上，送走客人後，錢亦錦特地來望江樓看娘親和妹妹。見娘親住在這裡沒有任何不習慣，妹妹也極喜歡，便放下心，讓她們每天早上等他過來，再一起去正院吃早飯。

如今的錢亦錦像個小小男子漢，奮發向上的同時，還體貼娘親和妹妹，幫錢三貴管家，照顧其他家人，把每件事做得妥妥當當，讓錢三貴夫婦看了，皆欣慰不已。

第七十三章

第二天起床後，錢亦錦領著跳跳來望江樓，動物之家的其他成員前幾天就去了山裡。娘兒三個跟錢滿霞一起去正房吃早飯。若是沒有客，一家人都會像以前一樣，聚在這裡吃飯。

至於余修，他好靜，飯是新買的小廝從廚房拿去臨荷苑讓他自吃的。飯後，除程月回內院外，其他人做好準備，今天有貴客要來。

那些地主來過錢家多次，他們的家眷也來作過客，錢三貴兩口子也去過他們家，不算貴客。

雖然也請了縣太爺等人，但人家肯定看不上鄉紳，根本不會來。

今天的貴客實際上就是張家人和崔家人。這兩家的女眷不僅說好要來玩，還會在這裡住一天，幾天前，住處便準備好了。

因為有張、崔兩家，男女客就要分開了。錢三貴領著錢亦錦在前院招待男客，吳氏帶錢滿霞和錢亦繡在正院陪女客。

雖然吳氏不太會待客，但地主家來的都是地主婆、高管事家的人，吳氏都熟悉，也不怕。主要是張家和崔掌櫃家的女眷，錢三貴便讓錢亦繡負責招呼。

錢三貴曉得錢老頭喜歡熱鬧場合，便把他和錢大貴請來一起陪客，還把汪里正、林大夫、萬大中也請來作陪。

大概巳時，高家與地主家的人來了，他們帶著婆娘、兒子與兒媳，李地主家的五姑娘也到了。

這些客人，吳氏都能應付，一群婦人在堂屋裡說笑。

一直等到午時兩刻，張仲昆、崔掌櫃兩人終於到了。不只他們到來，連縣太爺、縣丞也上門，還有個久未見面的客人，正是梁錦昭。

在他們來的前一刻鐘，崔掌櫃的小廝騎馬趕來，說今天有貴客到訪，兩家女眷不來了，讓他們趕緊做好準備，到門口迎接。

一聽貴客，錢三貴首先想到縣太爺和縣丞，嚇得腿打顫。

錢老頭聽說縣太爺可能要來，萬分激動。

其他人也高興不已。沒想到來歸園作客，還有幸見見縣太爺。

眾人到門前候著，錢三貴還低聲吩咐人去跟吳氏說一聲，把廚房盯緊些，今天要來貴客。

不久，十幾匹高頭大馬護著幾輛大馬車出了村口，向歸園而來。

馬車停住，前面馬車裡的縣太爺下車，後頭的張仲昆、崔掌櫃等人也下來，走到中間那輛黑漆木四馬大馬車旁，躬身等候。

只見一身華服的梁錦昭先跳下，又轉身從車裡扶出一位五十幾歲的高大男人。他器宇軒昂，渾身散發出久居上位的威嚴和壓迫感。

這男人雖然穿得樸素，卻極有氣勢，連縣太爺都畢恭畢敬站在一側，候在門口的人更害怕了。

低著頭的萬大中心裡也發顫。這位怎麼過來這裡？好在他爹沒來，不然要壞事了。

錢三貴已經猜出這個男人八成是梁錦昭那位當大官的爺爺，嚇得撲通一聲，重重跪下，膝蓋又把泥土磕了個坑。

站在門口的人全是百姓，見到連縣太爺都要下跪，也跟著雙膝落地。

這男子正是梁則重，他揮手讓他們起身，一行人進了廳房，坐定後，錢三貴親自帶人上茶。

梁則重坐在上位，對錢三貴道：「多次聽昭兒提到你家，便趁著去大慈寺禮佛時，到這裡看看。」

接著，他想參觀荷風塘和小香山，眾人陪著他出去。

萬大中請示縣太爺，讓人把推土的小獨輪車推來，讓錢三貴坐在上面給他們介紹。

中午，眾人嚐了味道獨特的金花蓮葉和點心。梁則重頻頻點頭，指示錢三貴好好栽種這種新品蓮藕，這是利國利民的大事；又讓縣令大人幫忙看著，使金花蓮藕能順利地在溪山縣種植出來。

飯後，這些人便走了。縣太爺等人回溪山縣，梁則重和梁錦昭去大慈寺。

梁則重祖孫坐馬車，沿著溪頂山的山路，向大慈寺而去。

途中，梁錦昭望著窗外的懸崖峭壁，道：「前年，孫兒陪著潘家爺爺路過這裡時，潘家爺爺哭得好傷心，說他若早兩刻啟程，就會避開突降的暴雨，或讓珍月郡主跟他同坐一車，郡主也不會被山洪沖下懸崖。」

梁則重嘆道：「潘子安人不錯，只是心高氣傲，又懷才不遇，覺得全天下數他最委屈，還因為置氣，故意冷落妻子兒女，得罪了皇家。其實他那麼聰明，應該知道，如此有才，皇上還要招他為駙馬，分明是不想用他。」

梁錦昭疑惑。「潘家爺爺是眾多清流和天下學子的楷模，又才高八斗，皇上怎麼會不願意用他？皇上不止一次感嘆，因為一時不察，朝廷錯失了一位棟梁。」

梁則重搖頭。「這些世家子自喻才高八斗，學富五車，還比不上我一介武夫拿得起、放得下。權力是好，但也要皇上願意給。

「當今聖上胸有丘壑，睿智果敢，不像先皇那樣依靠世家。自登基以來，任人唯賢，支持首輔推行改革舉措。聖上一直在暗中打壓這些百年世家，經過三十年的清洗，內閣裡除了已經暮年的潘次輔，那五家沒有一個青壯年子弟能掌權。

「多年來，聖上一直大力扶持貧寒學子，推行科舉，欲廣納天下賢才；明年太后七十大壽，還會加開一屆恩科。如今國力強盛，百姓安居樂業，這都是當今聖明啊。」

梁錦昭聽了，躊躇滿志。「若我的病能徹底治好，就去從軍，為朝廷效力。」

梁則重點頭。「這次我來冀安，就是為了上溪頂山拜見悲空大師，想知道你和小殿下的情況，還有……唉，希望這次悲空大師能見我一面。」

之前，悲空師徒幾乎年年都要到京郊的報國寺小住，可每次梁則重前去拜訪，悲空大師都以與報國寺住持弘智大師論禪為由，閉門不見。別說不見他，連乾文帝都不見。

馬車來到大慈寺，弘圓住持帶著幾個和尚正在寺門等候。寺後的一處精緻院落裡，弘濟正在問悲空大師。「師父，梁師兄的爺爺要來寺裡了，這次您還不見他嗎？」

悲空大師道：「為了你梁師兄，這次為師會見他。」

弘濟又問：「為什麼他們一定要見師父呢？有些事情連弘智師兄和弘圓師兄也不知道嗎？」

悲空大師搖搖頭。「因為為師活得夠久……」又望了院子裡的花花草草一圈，笑道：「坐看雲舒，臥聽鳥啼，朝觀閒花夜聞雨，為師當然活得久了。就是皇帝、住持，都沒有為師逍遙快活似神仙。」

弘濟看看他。這跟弘智師兄和弘圓師兄對他講的大不一樣啊。

悲空大師似乎看出他的心思，嘿嘿笑了幾聲，又說：「你那兩位師兄的話，聽一半就是了，為師的話，要句句牢記。」

弘濟應下，若有所思地點點頭。

片刻後，梁則重祖孫來了。

這次悲空大師見了梁則重。

梁則重對悲空作揖。「十年未見，老神仙還是那麼硬朗，可我爹卻已經仙逝了。」

悲空合十。「阿彌陀佛，天道輪迴，生死有命，老衲也只有十幾年的命了。近十年來，老衲每次去報國寺，都未與施主相見，甚至連當今聖上也被擋在門外，即便收弘濟為徒，也是受弘智大師相託。實是老衲年事已高，不耐再被那些俗事煩擾。」

梁則重聞言一愣。這話是明顯拒絕等會兒他要幫皇帝問的事情了？

乾文帝被那句「天下歸寧，大乾將落」的傳言擾得寢食難安，想對寧王痛下殺手，卻又心存不忍，怕是謠傳。

詢問的話在梁則重嗓子眼轉了幾圈，還是被壓下去，先說起自家事。

「大師，家父還在世時，說大師曾給昭兒批過命，說芸芸眾生中會有昭兒的有緣人，如果有幸得以遇見，昭兒便可化險為夷，從此大福大貴，一生順足。這個有緣人是否出現了？他們結合就能改變昭兒的命格，治好他的病嗎？」

悲空大師合十道：「阿彌陀佛，梁施主曲解這個有緣的涵義了。老衲說的有緣，是指她與某種罕見靈物有緣，唯有她才能取得。有了靈物，昭兒的病便有望痊癒，而非你們所想的那樣。」

梁則重激動地問：「這麼說，大師已經算到那位有緣人在哪裡？我的昭兒有救了？」

悲空大師點頭。「老衲不只算到她在哪裡，還曾見過她，而且，昭兒同她的交情匪淺，你們梁府也同她家有交集。」

梁則重沈吟一下，猜測道：「大師是指錢家兩個小娃中的一個？」

悲空大師說：「嗯，是錢家女娃。不過，這事只能限於你和昭兒知道，莫要傳揚出去，否則，會給那個女娃招禍。」

梁則重鄭重承諾。「大師放心，我梁某和昭兒都不是那種忘恩負義的小人，自當嚴守秘密。」

悲空大師又說：「那種靈物藏於深山絕壁之中，此去困難重重，十分危險，到時，老衲還得親自去幫幫忙，她才得以成行。」

梁則重道：「我派幾名絕頂高手去助她一臂之力，如何？」

悲空大師卻冷笑一聲。「既是靈物，就不會讓俗世之人打擾，唯有有緣之人，才能得見真顏。」

梁則重聞言，下榻對悲空大師長揖及地。「謝謝大師，我的昭兒全仗大師垂憐了。」

第二日，梁則重獨自下山回西州府，梁錦昭繼續留在大慈寺。

一大早，他去向悲空大師辭行，想起乾文帝託他問的事，憋紅了臉，還是沒能問出口。

悲空大師看看梁則重，道：「十年前，天體突然出現異象，老衲推算，不僅許多人的命格得到改變，大乾的盛世還將持續百年，皇上擔心的事情不會發生。天機不可洩漏，老衲言盡於此。」

梁則重沒想到悲空大師看穿他的心思，這幾句話雖然沒有說仔細，但已經夠了，能讓他交差了。

他又深深給悲空大師作了個揖，才步出小院，坐馬車下了溪頂山。

日子平靜滑至五月下旬，錢老頭卻被一個消息氣壞了。

他聽說，孫女錢滿霞的嫁妝裡，竟有他們錢家的財產，錢三貴居然把他持有的一半老兄弟點心鋪股份全給她，還把挨著洪河的三十畝藕塘送她，且那三十畝塘裡，有五畝種的是珍貴的金花藕。

錢老頭曉得後，只覺氣血沖上頭頂，差點栽倒在地。

錢老太更是心疼得直捶胸口，直道三兒真是瘋了，給那丫頭五十畝地、三十畝藕塘、一半點心齋的股份，現在又請木匠用松木給她打家具。天哪，這得花多少銀子，這些全是她孫子錦娃的財產，怎麼給了外姓人？

這件事，不只讓老倆口、錢大貴與錢二貴夫婦不高興，連錢滿川和錢滿河都不太贊同。藕塘和地，這些東西給不給是三房的事，但點心鋪的股份卻不該給外姓人，這是錢家立命的根本。

他們讓伺候錢老太的婆子來請錢三貴去錢家大院，說有事商議。

婆子悄悄對錢三貴提醒了句：「好像是點心鋪的事。」

錢三貴點點頭。他也猜到了，便跟著婆子去錢家大院。

錢亦繡聽了，很是無語。點心鋪不是錢家的祖產，是三房弄出來的，只象徵性地讓其他幾房出幾兩銀子入股。當時的想法是讓親戚家富裕起來，他們的日子好過，也不會天天盯著自家，沒想到，還是把他們的胃口養大了。

前幾天，錢三貴還特地問過兄妹倆的意見，把點心鋪的股份送給錢滿霞當嫁妝行不行？他們都表示同意，其他幾房還有什麼可鬧的？

不過這事，她跟錢亦錦輩分小，沒資格說話，只能讓錢三貴去處理。

晚上，錢亦繡和程月上床歇息，白珠卻突然來報：「姊兒，我爺爺說老爺犯病了，已經不省人事，被送回來，太太正在哭呢！」

錢亦繡大驚，嚇得魂飛魄散，立刻起來穿衣，要趕去正院。

程月聽了，也哭起來。「怎麼辦，公爹會不會死呀？」

錢亦繡安慰她。「無事，之前爺爺的病那麼嚴重，還不是好過來。娘別急，等您一覺起來，說不定爺爺就沒事了。」

她出了望江樓，又勸淚流滿面的錢滿霞幾句，在月亮門碰上聞訊趕來的錢亦錦，三人便一起趕去正院。

正院的臥房裡，吳氏哭得快暈過去，嘴裡念叨著：「當家的，你可別死啊……你死了，我們孤兒寡母怎麼活……」

蘇銘的媳婦何氏正扶著她勸解，錢滿川和錢滿河不知所措地站在一邊。

見錢滿霞與錢亦錦兄妹來了，錢滿川忙上前。「你們莫急，已經讓人去請林大夫了。」

姑姪三人見錢三貴臉色鐵青，雙目緊閉，也嚇得大哭起來。

錢亦繡抬頭，尖聲問蘇四武。「我爺爺是怎麼回事？」

蘇四武哭著說：「我也不知道。他們沒讓我進屋，只聽見屋裡吵得挺凶，後來，老爺就昏了過去。」

錢亦錦聽了，抹著眼淚問錢滿川。「我爺爺去你家時是好好的，站著走出去的，為何回來就變成這樣？你們吵什麼？明知道我爺爺身子不好，為何還要為難他？」

錢滿川紅了臉，哼哧半天，說不出個所以然。

錢亦繡又問錢滿河。「滿河叔，到底是怎麼回事？」

錢滿河搓著手，支支吾吾。「是……是爺爺和奶奶，他們不願讓三叔把點心鋪的股份給、給……」不好意思說下去，用袖子擦了擦眼淚。

錢亦繡早已猜到緣由，但聽他親口說出來，還是意難平，邊哭邊悲憤地道：「你們怎麼能這樣！我爺爺給你們的，難道還少了嗎？我爺爺十幾歲就出去提著命跑鏢，掙的錢給一大家子享用，可是當他病了、要死了，卻鬧分家，被攆到這裡。我們一家子苦苦支撐，好不容易挨過來，掙下這份家業，我爺爺分配他的東西，連我哥哥都同意，你們憑什麼反對？」

這些話讓錢滿川和錢滿河羞愧難當，紅著眼睛說：「繡兒誤會了，我們不是想占妳家的東西，這點廉恥之心，我們還有，只是覺得，點心鋪是我們錢家的基業，不能、不能……」

錢亦錦聞言，頗有氣勢地回嘴。「你們錢家的基業？大伯和滿河叔說錯了，這不是你們的基業，更不是錢家的祖產。點心鋪是我們赤手空拳打拚出來的，是三房自己的！」

正在這時，林大夫被接來了，除了吳氏、蔡老頭、蘇四武留在臥房幫忙，其他人都被攆到廳裡等候。

林大夫又是施針，又是讓人熬藥、灌藥，幾人忙進忙出。

突然，房裡傳來吳氏的哭聲，錢三貴終於醒轉。

幾人趕緊湧進屋，見錢三貴微睜著眼睛，明顯出氣多、進氣少了。

林老大夫搖頭，對吳氏等人道：「趁他現在還清醒，有話就說吧。」

這是讓錢三貴交代遺言了？眾人一聽，淚流滿面，又不敢高聲啼哭，圍著他抹眼淚。

錢三貴緩慢地環視他們一圈，最後把目光定在錢亦繡身上，含糊道：「霞兒有了好人家；錦娃是男娃，會有人想著。可繡兒呢？爺爺死了，繡兒怎麼辦……」

錢亦繡聽了，更加難過，拉著錢三貴的手嚎啕大哭。「那爺爺不要死。您死了，繡兒怎麼辦？」

錢三貴混濁的眼裡流出淚水，又把目光轉到錢亦錦身上。「錦娃……」伸出一隻瘦骨嶙峋的手。

錢亦錦趕緊握住那隻手，聽錢三貴繼續說。

「錦娃，以後，你就是咱們家唯一的男子漢，要孝敬你奶奶、你娘，要把妹妹照顧好……生意上的事情，多聽錢華的；家裡的事情，聽老蔡的。要把人護住、把家業護住，以後妹妹出嫁，要多給些嫁妝……

「爺爺的身子本來就不好，死了怪不到任何人……以後也要孝敬你太爺爺，尤其要孝敬你太奶奶，跟親戚們相處融洽……」

突然，錢老太的嗓門傳進屋裡。

原來，錢三貴昏倒被送走後，她和錢老頭一夜沒睡好，見天都矇矇亮了，錢滿川還沒回來，有些害怕，趕緊讓錢大貴和婆子扶他們去三房。

錢三貴瞧見錢老頭、錢老太這樣，流著淚張了張嘴，卻已經說不出話來。

錢亦繡覺得天要塌了，尖聲哭起來，所有人也大聲哭喊。

這時，蘇三武來報：「外面有個遊方和尚，說能治老爺的病。」

錢老頭一聽，立即叫道：「還報什麼，快請他進來！」又哭著對錢三貴說：「三兒挺住，上次你的命就是被遊方和尚救的。」

正說著，悲空大師進了屋，先給錢三貴施針，還對圍著的人道：「他還沒死，哭什麼？」

錢亦繡已經哭得淚眼矇矓，只看見和尚模糊的影子，一聽這聲音怎麼這麼熟呢？眨眼細看，真是悲空大師。

悲空大師是老神仙，他來，錢三貴便有救了！馬上停止哭嚎，喜道：「哥哥，是悲空大師！他來給爺爺治病，爺爺肯定會好起來。」

見悲空大師揮手讓他們出去，眾人便抹著眼淚走出臥房，只留下林大夫和蘇四武在屋裡幫忙。

一會兒後，天已大亮，悲空大師走出來，道：「好了，錢施主無事了。」

錢老頭仔細看了看悲空大師，驚道：「老天，大師正是十幾年前救我三兒的老神仙哪！」說著，就跪下去。

錢老太、吳氏等人聽了，全跟著跪下。

悲空大師趕緊伸手把錢老頭扶起來。「阿彌陀佛，錢施主命不該絕，老衲只是順天而為。」

錢亦繡樂道：「大師快歇歇，我去給您準備蓮葉早餐。」

悲空大師笑道：「小施主有心，不過今天就算了。老衲來得匆忙，還要趕回去。五日後，老衲會再來給錢施主換藥，順便跟他講講禪。」說完便抬腿走了。

跟錢三貴講禪？悲空大師這又唱的哪齣？

一家人納悶歸納悶，還是高興地把悲空大師送出門。

待悲空大師離去後，眾人擔心一夜，疲倦至極，便各自回家休息。

臥房裡只剩自家人了，錢滿霞淚流滿面地對吳氏說：「娘，等爹醒了，就跟他說，我不要點心鋪了，全留給錦娃。」

錢亦錦不贊同，氣道：「為什麼不要？那是咱們家的東西，我和爺爺都說給姑姑，姑姑收著就是。」

錢亦繡聞言，也點點頭，憤慨不已。

見錢三貴安穩睡了，姑姪三人才小聲退出去，又要吳氏歇歇，別累著了。

另一邊，錢家二房裡，錢二貴正準備去歸園，見兒子回來，遂問道：「怎麼樣，你三叔沒事吧？」

「所幸沒事。」錢滿河一夜未睡，走路有些踉蹌，但還是把經過講了一遍。

唐氏聽見，咂了下嘴，遺憾道：「三叔怎麼又活過來了呢？若那口氣上不來多好，那麼大一片家業，咱們就可以幫著管了……」

話還沒說完，錢二貴立刻抽她一耳光，罵道：「我打死妳這缺德黑心的死婆娘！」又抬起腳，脫下鞋打她。

這回錢滿河沒勸架，氣得在一旁吼道：「娘說的是什麼話?!不說咱們現在的好日子都是靠三叔家才過上，就是窮親戚幫襯不了，嘴巴跟心腸也不能這麼陰損……」越想越氣，越想越羞愧，遂不管正在打鬧的父母，自去休息了。

第七十四章

三天後，錢三貴能坐起來了。雖然依舊虛弱，但與人講話沒問題。

錢亦錦和錢亦繡見狀，便把商量好的事情跟他說——退出老兄弟點心鋪的經營。雖是吃點虧，但以後便跟其他幾房徹底劃清界線，不然一直這麼牽扯著，說不定哪天連錦繡行都會被他們惦記上。

錢三貴道：「我也是這麼想的。乾脆吃些虧，把產業徹底分開……」也把自己的打算說出來。

但這提議讓三房太虧了，小兄妹不太願意。

錢三貴嘆道：「咱們家也不在乎那點錢，就給他們吧，當是我幫襯兄弟、姪兒，也了了我爹想讓大家都過好日子的心願。」

小兄妹聽了，望望錢三貴，臉比錢大貴老得多，頭髮比錢老頭還稀疏，只得點頭答應。

當天晚上，錢老頭、錢老太、大房及二房一家被請去了歸園。

由錢亦錦代表病重的錢三貴，宣布自家將退出老兄弟點心鋪的事。

點心鋪共包括兩家作坊、兩家鋪子，各開在省城與溪山縣。三房只要溪山縣的那家點心作坊，以後改叫霞霞香餅屋，這是給錢滿霞的嫁妝。

而大房、二房、四房擁有其他三處產業，以及老兄弟的名號，這樣，錢家產業就沒有外姓人家了。

三房原占老兄弟點心鋪的四成股，這麼分配，可是虧大了。

錢亦錦把這個決定說完，錢大貴、錢二貴、錢滿川等人都不同意，說不能讓三房吃虧；錢老頭也不答應，不停解釋，說他並沒有幫著其他幾房謀三房產業的意思。

他們鬧哄哄的，吵得錢三貴頭痛，冷汗不住往下流。

錢亦錦見狀，只得高聲道：「我爺爺說了，如果你們不同意他的提議，那就繼續按原來的辦。我家仍然占兩成股，但另外兩成股必須送我姑姑當嫁妝。」

他這麼一說，屋子裡立刻靜下來，只有錢滿河嘀咕了句：「我還是贊成四房人一起開點心鋪……」話沒說完，便被著急的唐氏猛捶一拳，只得憤憤地閉上嘴巴。

錢亦繡看著眾生百態，覺得這些人裡最聰明的還是錢滿河，知道怎樣做對自家最有利，只可惜被糊塗的爹、缺德的娘扯了後腿。

其他人麼，有利慾薰心的，有不願意財產外流的，還有抱著白撿的便宜不占白不占的。

不管願不願意，老兄弟點心鋪就這麼分了。

錢亦繡暗中偷笑。還好她當初留了一手，以後再給小姑姑寫幾個做蛋糕的方子就是。

萬大中聽說錢三貴為了給錢滿霞點心鋪的股份，差點被氣死，趕緊來錢家，說餅屋還是留在錢家，他有能力給錢滿霞好生活；還誇錢亦錦優秀，將來定有大出息，會自己掙家業，以後錢家人會享他的福，讓錢三貴不用給他產業，全留給錢亦繡。

錢三貴說：「大中不要客氣，該給誰多少，我心中自有計較。」

萬大中探望完錢三貴，遇到來找爺爺的錢亦繡，便請她當信使，帶雕花梳子給錢滿霞。梳子小巧精緻，握把上雕著並蒂蓮，還刷了層亮漆。

他紅著黑臉說：「這是我自己雕的，不知道她會不會嫌棄？」

錢亦繡笑道：「這麼好看的梳子，又是萬大叔親手雕的，我姑姑肯定喜歡。」

當錢亦繡把小梳子轉交給錢滿霞，說這是萬大中親手雕的後，錢滿霞顧不得害羞，一把搶過去，樂得眉眼彎彎，小跑回了翠竹軒。幾天來籠罩在她臉上的愁雲，一下被春風吹散，腳步也輕快起來。

望著那抹很快消失在翠竹後面的玫紅色背影，錢亦繡壓抑的心情也跟著明媚不少。

陸師傅在六月初才把屏風架做好。

除了精雕細琢耽誤工夫外，還因為木頭不夠用，又找師兄買點湘妃竹搭配，採深雕、浮雕、透雕等多種技藝，雕出夔龍紋福壽如意及卷雲圖樣，結構細緻，栩栩如生，簡直巧奪天工，不輸繡品本身。

錢亦繡看了，差點驚掉下巴。這件藝術品絲毫不比前世故宮裡的差啊。

這麼好的手藝，再加上湘妃竹，要價一千兩銀子都不多，可陸師傅只收五百兩，說這是揚名的機會，以後他陸風就是大乾最好的木匠，還要感謝錢家；同時提出條件，他要隨著這架繡屏一起去京城。

錢亦繡沒拒絕。陸師傅技術好、態度好，人品也不錯，帶著他去不要緊。

現在，就等程月的繡品了。

所以，程月比平時更加努力，眺望的時間幾乎都在晚上。

如今，錢家三房的人，除錢三貴躺在床上養病外，每個都忙碌。吳氏忙著幫錢滿霞置辦嫁妝，錢滿霞帶蔡小花繡嫁衣跟枕套等物；程月繡屏風，錢亦錦發憤讀書，錢亦繡則準備再去洞天池。

從五月初開始，赤烈猴要在洞天池待到六月二十日才離開。為避開赤烈猴，她最好二十五日後再去，趕在六月三十日子時前，把蛇蔓菊拿到手。

現在她不許動物之家進山了，又讓大山把白狼接到家裡住。

錢亦繡收拾東西時，反覆跟猴哥講著去那座山崖的路線，以及如何用雄黃酒把蛇嚇跑。若白蛇不跑，牠又打不過人家，就趕緊撤，五年後再想法子。

還有兩件事沒想好，一是該找什麼好藉口讓錢三貴同意她去，一是對付白蛇的法子。如果雄黃酒對白蛇不起作用，猴哥又打不過牠，就只得跑。她不想讓猴哥冒險，又不願錯過五年才開一次的蛇蔓菊，很是糾結。

正發愁時，悲空大師約定的五天之期到了。悲空大師是個饞和尚，又救過錢三貴兩次，該給他弄些好吃的。

後來她才聽說，當初錢三貴被砍得重傷，被一個遊方和尚救了，原來那個和尚就是悲空大師。

能被老神仙救下兩次，絕非偶然，說明錢三貴應該是個有福的命，既然有福，就不會那麼早死。

這麼一想，錢亦繡高興起來，對悲空大師更加感恩。

昨天，她就把擬好的菜單交給何氏，讓她今天一早去秀湖摘二十張金蓮葉，多做幾道蓮葉菜品。

今天余修也特意給兩個學生放假，自己去萬家，找萬家父子說話。

錢三貴感覺好了許多，不好意思躺在臥房裡等著悲空大師給他治病，堅持去前院正房的側屋，斜躺在羅漢床上，錢亦錦和錢亦繡陪著他說話。

巳時末，悲空大師來了，不僅帶了弘濟來，還帶著梁錦昭和一個陌生的五十多歲男人。

錢亦錦對那個男人作揖。「小子參見梁大人。」因梁則重已將爵位傳給兒子，不好再稱他為衛國公。

這下錢亦繡曉得了，原來他就是梁錦昭的爺爺梁則重，上次來時，因為男女客分開，所以沒見到面。

悲空大師去側屋給錢三貴看病，不讓別人進去打擾，說還要單獨跟他講講禪。

錢亦錦和錢亦繡則陪著梁則重、梁錦昭、弘濟在正廳裡閒聊。

梁則重的態度非常親切，還送錢亦錦和錢亦繡見面禮。兩人的禮物一模一樣，都是一把三寸長的短匕首，握把上鑲了寶石，出鞘寒光逼人。

錢亦錦極喜歡，愛不釋手，覺得這東西給男孩倒是不錯，給妹妹卻有些不妥。女孩子手嫩，萬一誤傷怎麼辦？想著等客人走後，把那匕首從錢亦繡手裡要過來。

錢亦繡也喜歡這個禮物，隨身帶著，去洞天池也有了防身之物。

她還覺得，梁則重看她的目光似乎要比看錢亦錦的更熱切些，難道他知道她以後會去摘蛇蔓菊，可能是梁錦昭的救命恩人？

若是他知道，肯定是悲空大師算出來了，還告訴了他。送這禮物或許有他的深意。再看看梁錦昭，望向她的眼睛裡也冒著興奮的小星星。好在她有自知之明，自己只是個小泥腿子，沒那個魅力讓世家貴公子暗送秋波，定是這位也曉得她可能是他的救命恩人了。

看來，這趟洞天池之行，非去不可。

不久，在和熙園裡玩的動物之家也來了，廳裡立即熱鬧起來。屋裡鬧騰不開，便去了院子。弘濟同猴哥鬧不夠，梁錦昭則逗著奔奔和跳跳。

梁則重聽孫子講過赤烈猴和白狼的事，親眼看見，還是吃驚不已，也饒有興致地跟動物之家玩起來。

錢亦繡暗樂。動物之家一出動，就吸引客人們的注意，省下不少事。

這時，守在側屋門口聽命的蘇四武來找錢亦繡，說錢三貴和悲空大師請她進去。

錢亦繡應聲，跟他去了。

錢亦繡踏進側屋，錢三貴便把她喚到身邊，拉住她的手，眼睛有些紅。

「繡兒要進深山找靈藥，就去吧。切記，有危險便讓猴哥揹著妳逃跑，定要平安回來。爺爺就妳這麼一個孫女……錦娃是孫子，沒有孫女貼心。」說完，眼淚便湧出來，趕緊用袖子擦了擦。

看來，悲空大師已經說服錢三貴，同意她「進深山」了。

悲空大師安慰道：「阿彌陀佛，這位小施主是大富大貴的長壽命，錢施主還要享她的大福呢，此去定會平安歸來。」

話落，他又從腕上取下兩串念珠，一串短的、一串長的，遞給錢亦繡。

「這是鳳眼菩提念珠，經過多種異藥浸泡，戴在身上，不僅能強身健體，還具驅趕蟲蛇之效。這兩串珠子跟了老衲六十幾年，現在贈予小施主跟那潑猴，希望你們此去，能達成所願。」

錢亦繡聞言，快激動哭了，兩個擱在心頭的難題，都被悲空大師解決了。

悲空大師走前，又偷偷對錢亦繡道：「記著，多摘些那種稀罕茶葉，誰都不要給，包括姓梁的，只給老衲。」

說著，他收起笑意，以極低的聲音說：「切記，紫珠乃龍眼，若提早出世，天下將易主，必會引起大亂。真龍上天之日，才是紫珠現世之時。阿彌陀佛！」

錢亦繡聽了，頓時打了個哆嗦。悲空大師說的紫珠，不會就是洞天池裡那顆紫色大珍珠吧？

他的意思是，如果提早拿出紫珠，天下就會易主？馬面說，以後寧王會當皇帝，若她早早取走紫珠，就會換另一個人當？那樣，寧王肯定不同意，便起兵造反，天下大亂，生靈塗炭？

天啊！難道她的舉動會改變這朝代的未來？

不管她的猜測對不對，都先不要把紫珠帶離洞天池。至於什麼真龍上天，她搞不懂，等著悲空大師的指示吧。

她按了按狂跳的小心臟，平復思緒，剛轉過身，錢亦錦便過來了。

「妹妹，妳那匕首給哥哥吧，哥哥給妳買花戴。」

錢亦繡白他一眼，當她傻啊。一把按住掛在腰間的匕首。「不給，我也喜歡這個。」還要帶去洞天池防身呢。

所以，無論錢亦錦如何說，她就是不給。

第七十五章

悲空大師走後，錢亦繡就開始忙碌起來。

今天是二十二日，那些赤烈猴應該已經離開洞天池。為求謹慎，還是推後幾天再去。

三天後，天剛矇矇亮，錢亦繡就悄悄起身，爬過熟睡的小娘親下了床，回蓮香水榭。

她從櫃子裡拿出準備好的綠色棉麻衣褲換了，又把小匕首繫在腰間，再穿上自己設計的厚底小布鞋。這鞋是讓錢曉雨幫著做的，結實又不打腳。

錢亦繡穿戴好，對著鏡子把頭髮梳成兩根麻花辮，盤在頭頂，用木簪子固定，這樣才不容易散亂。

兩個丫鬟有些納悶。她們已經聽說，這兩天錢亦繡要去寺裡燒香，但用得著打扮成這樣嗎？但只是想想，不會問出口。

錢亦繡來到正院，錢三貴和吳氏已經起來了，在廳裡等她。

錢三貴對吳氏及其他人的說詞是，今天錢亦繡要去大慈寺上早香，替錢三貴祈福，求菩薩保佑錢三貴的病能早日痊癒。為了心誠，必須在寺裡住三天，跟著師父們唸經吃素。

錢亦錦也想同妹妹一起去，被錢三貴以功課第一擋了。

吳氏笑咪咪地看著孫女吃早餐，直念叨孫女小小年紀就如此懂事。

錢三貴都快哭了，一直咬牙忍著。雖然悲空大師一再保證無事，又有幾隻厲害的動物保護，但他還是擔心，怕出意外。

吳氏把錢亦繡送到外院，一個青年和尚已經趕著馬車在這裡等著，見到錢亦繡，便把她扶上車，再向吳氏告辭而去。

馬車來到一片竹子後面，錢亦繡下車，看著馬車向東駛去，她則轉身跑往溪景山和溪石山的岔路口。

上了溪石山，來到那塊熟悉的巨石下，猴哥、白狼、大山、奔奔已經在那裡等著，牠們昨天就來了。

錢亦繡笑著摸摸牠們，從懷裡掏出鳳眼菩提珠繫在猴哥脖子上，又掏出兩串在鎮上買的佛珠給大山和奔奔戴好。白狼有個性，不喜歡這些身外之物。

雖然錢亦繡為自己騙大山和奔奔的行為不齒，但實在沒辦法，鳳眼菩提珠有限，而大山又護犢，只得臨時買兩串珠子應付。

然後，她從洞裡拿出之前準備好的幾個包袱，給白狼和奔奔揹了兩個大的，她和猴哥、大山揹小的。

再把昨天放在洞裡的豬肉坨坨拿出來，讓牠們吃得飽飽的。主要是讓白狼多吃些，現在天熱，生肉不能久放，後兩天牠或許會挨餓。

一切準備就緒，他們便向洞天池出發。

此時時辰尚早，朝霞滿天，和煦晨風吹得人倍感舒適。

大概走了兩刻鐘，錢亦繡就掛在猴哥背上。不是她懶，實在是她扯了整個隊伍的後腿，讓白狼極為不耐煩。

如此一來，加快了速度，卻也嚇得錢亦繡心驚肉跳，通過危險的地方時，只好閉上眼睛。

猴哥大概覺得小主人的尖叫挺刺激，本來可以好好走的路，也要跳來跳去，氣得錢亦繡抓牠的腋下一把，牠才老實下來。

一個時辰後，來到第三個洞口，錢亦繡跳下猴哥的背，掏出火種，將火把點上，讓嗅覺和聽覺最靈敏的猴哥打頭，機靈的奔奔緊跟其後，然後是騎上大山的錢亦繡，最後是凶狠的白狼。

錢亦繡手裡舉著火把，特殊的探險隊便進了山洞。

平安穿出這個洞，爬過陡峭山路，來到那塊黑色岩石前，被她敲開的洞口是用一塊大石擋著的。

錢亦繡開心不已，又誇獎猴哥。「真是個聰明的小伙子，上次過了這個洞，還知道把洞口擋住。」

不知道是不是身上的鳳眼菩提珠起了作用，經過那麼多個洞穴，也沒遇到可怕的蟲蛇，只在一個洞裡看到幾隻蝙蝠，好在蝙蝠睡著了，沒來吸她的血。

一路非常順利，速度也快。爬山由猴哥揹她，鑽洞換大山揹。大概申時初，他們便到了與洞天池相連的山洞。

錢亦繡怕赤烈猴還沒走，便讓猴哥先仔細聽聽。

猴哥跑進洞中聽了聽，表示沒有敵情，他們才往裡面走去。

穿過山洞，終於平安到達了相隔三年之久的人間仙境——洞天池。

此時正值盛夏，洞天池的顏色更加鮮明，花香更加濃郁，還夾雜著一陣陣甜蜜的桃香味，在綠葉之間，還剩了幾十顆金蜜桃。因為這些桃子還不很熟，所以才沒有被赤烈猴吃掉，絕大多數青中透紅，只有幾顆紅中透金。

一絲口水從猴哥嘴角流下來，連跑帶跳地竄去桃林，爬上樹，摘下一顆桃子吃起來。

錢亦繡饞這桃子已經很多年了，也快步跑到樹下，喊道：「快，也給我摘一顆，要紅中透金的！」

猴哥聽了，又跳上另一棵樹，摘了熟桃子丟給她。

錢亦繡一口咬下去，又甜又多汁，趕緊用帕子接著從嘴角流下的桃汁，真是又好吃、又解渴。

一顆桃子下肚後，錢亦繡便彎身把裝肉的口袋解下。肉已經有點變味了，也沒辦法，餓急的大山母子還是飢不擇食地吃起來，錢亦繡又把點心拿出來讓牠們吃。

高貴的肉食動物白狼不想吃變味的肉，但又受不住飢餓，正糾結著。

突然，猴哥的鼻子聳了聳，眼睛瞪大，來到錢亦繡之前藏工具的巨石邊，只見下面的小洞中，躺著一隻小赤烈猴。牠大概只有七、八十公分那麼長，右大腿處有條長長的口子，看起來血肉模糊。

小赤烈猴看著猴哥和錢亦繡，嚇得渾身直哆嗦，淚流滿面。牠身旁還有一隻小松鼠，翹著小屁股和大尾巴，也抖成一團。

錢亦繡認得這隻小松鼠，因為牠脖子上戴著她送的項鍊。錢亦繡笑了，招呼道：「嗨，小松鼠，咱們又見面了。」

小松鼠聽了，抬起頭，一見是錢亦繡，便站起來，看看錢亦繡，再看看小猴子，似乎在幫牠求情。

錢亦繡笑了。「放心，我們不會傷害牠。」

話聲剛落，白狼便竄過來，一下子把腦袋伸進洞中，想吃掉那隻小赤烈猴。

「不要！」

錢亦繡大聲喝止，猴哥也立刻鑽進洞中，擋在小赤烈猴前面。

白狼氣壞了，長嘯一聲，就想跟猴哥開打。

雖然白狼打不過猴哥，但錢亦繡不想看到內鬨，忙勸道：「白狼，不要吃牠，牠是猴哥的弟弟或妹妹，一家人。」

大山也走過來，用腦袋蹭了蹭白狼的頭。白狼瞪錢亦繡一眼，恨恨地走了。

猴哥出了洞，錢亦繡便伸手把小猴子抱出來。仔細看看，是隻母猴子，或許因為受傷了，才沒跟著赤烈猴群離開這裡。

小猴子非常害怕，渾身顫抖，眼淚不住地流。

錢亦繡道：「別怕，我們不會傷害妳。」

小猴子聽不懂，還是聳著鼻子哭。

猴哥見了，用舌頭舔舔牠肩膀上的毛，這是赤烈猴之間表示友好的意思。

小猴子長得非常漂亮，紅色的毛亮亮軟軟，眼睛跟琉璃珠一樣又圓又亮，目光在猴哥和錢亦繡身上來回移動著，時而聳聳鼻子，嘟嘟嘴，樣子可愛得不得了。

別說錢亦繡瞧得心化了，連猴哥的心都融了，目不轉睛地看著牠。

錢亦繡看看牠大腿的傷，把牠放在地上，從包袱裡拿出草藥和乾淨的布，把草藥糊上傷口，再用布包好。

小猴子大概覺得猴哥哥和這個怪物沒有傷害牠的意思，便放鬆下來。

看著可愛的小猴子，錢亦繡心裡有了算計。這小猴子大概兩歲多，還來得及馴化，把牠帶回家吧。牠找得到赤烈猴的老巢，若以後猴哥變強，想回歸山野，就由牠帶回去；若是不想，兩隻同類在家裡也能作伴。

於是，她跟小猴子商量道：「以後妳就叫猴妹，跟我們一起回家好不好？」

小猴子聽不懂，猴哥卻高興得一跳老高，興奮地在地上翻了幾個跟頭，才過來跟小猴子比劃著手勢。

小猴子大概弄懂了，點點頭。

錢亦繡又取出點心給小猴子和小松鼠吃，從沒吃過的味道快把小猴子香哭了。猴哥對牠得意地吱吱兩聲，意思是跟著牠回去準沒錯。

猴哥與小猴子交流著，錢亦繡便把小松鼠抱在懷中，親了親牠的小鼻子。

白狼還在生氣，大山似乎在安撫牠。

錢亦繡過去道：「那小猴子叫猴妹，以後也會是咱們家的成員，白狼不僅不能欺負牠，以後還要護著。」

白狼又狠狠瞪了錢亦繡一眼，沒了新鮮食物，只得嫌棄地吃起有點變味的肉來。

天色漸漸暗下，晚霞把山峰映得通紅。

錢亦繡呆呆地望著那座山峰。那裡的懸崖上，就是猴哥即將去的目的地。不過今天猴哥趕了一天路，已經有些疲累，等明天晚上，猴哥休息好，再以最好的狀態去那裡。

出了桃林，來到池邊，池裡綠波滾滾，金花朵朵，香氣比秀湖要濃郁得多，花色也要鮮豔些。

在歸園時，錢亦繡就發現，秀湖裡的金蓮比不上洞天池的，荷風塘裡的金蓮又比不上秀湖裡的，或許是第一代基因比第二代好，第二代又比第三代好的原因。

錢亦繡把小松鼠放下，蹲在地上撿蓮子和珍珠。雖然大些的珍珠之前已經被她撿得差不多，只剩下又小、又不圓潤的，但可以拿回去磨成粉，添進蓮艾妝黛裡。

她一直撿到脖子發痠才停下，抬起頭，已是星光滿天。這裡的星光比世俗間燦爛得多，似乎也近得多，感覺伸手便可觸及。

猴哥揹著猴妹跳過來，把猴妹放在錢亦繡身邊，一下跳進池中，不一會兒，便抓著一條

四、五斤的紅鯉魚浮出水面，紅色弧線一閃，那條紅鯉魚就被扔在湖邊。白狼瞧見，趕緊過來用一隻蹄子把彈跳的魚壓住，低頭吃起來。猴妹看了，饞得口水都流出來，卻不敢過去跟白狼搶食。

不久，猴哥拿著一個蚌上岸，來到猴妹身邊，把蚌掰開，取出肉餵進猴妹嘴裡，香得猴妹又濕了眼眶。然後又上道地把蚌裡的珍珠掏出來給錢亦繡，珠子不大，倒也還圓潤。

但此時的錢亦繡並沒有太注意這顆不太值錢的珠子，而是感慨頗多。猴哥長大了，有紳士風度，不只曉得疼愛妹妹，還知道照顧姊姊了。

第二天，錢亦繡走到藏珍珠的地方，先把石頭取下，再將包袱拿出來。

她把那顆紫色大珍珠放在手上瞧，想到龍眼的說法，頓時覺得這顆珠子真像眼珠，正一眨不眨地看著她，嚇得一哆嗦，趕緊把珠子塞進荷包。

她看看另外三顆大珠子，把白色珠子和淡粉色珠子拿出來，將裝紫色大珠子和淡藍色珠子的荷包又塞回去；再把裝小珍珠的荷包拿出來，倒出一半珍珠，裝滿另一個荷包，然後把剩下的裝好塞回去，最後把裝珠子的包袱重新藏進洞中，再用石頭堵上。

雞蛋不能放在一個籃子裡，一半寶貝留在洞天池，一半拿回家。

錢亦繡把這些珍珠放進背包後，便去茶樹邊採茶，把帶來的竹簍子裝滿；又讓猴哥上樹掰幾根桃枝，捆好明天帶走。

吃完中飯以後，就開始為採蛇蔓菊做準備了。

錢亦繡把特地給猴哥準備的腰包繫在牠腰間，裡面裝了幾塊成人拳頭大的石頭。投石，是猴哥最擅長的絕活之一。

錢亦繡想了想，取下自己腕上的鳳眼菩提珠，套在猴哥的手上繞了幾圈，再囑咐幾句。

「猴哥，大師說過，蛇蟲都怕這種珠子，你把這串珠子套在花上，若它能把蛇驅走最好，若是趕不走，一定要打，但切記安全第一。還有，能不傷害白蛇，就儘量不傷害牠。凡事相輔相成，有了蛇蔓菊才會引來靈蛇，有了靈蛇，才能讓蛇蔓菊開花……」

當黑幕蓋去太陽的最後一點餘暉，綴上無數顆明亮的小星星，猴哥就要出發了。

其實，猴哥最好白天去，光線好得多。但錢亦繡觀察蛇蔓菊時，都是在夜裡，不曉得白天是什麼情況，會不會再出現其他危險，所以，只得讓猴哥晚上去。

錢亦繡當鬼時，查探過從洞天池去那座山峰的路，估計以猴哥的行走速度，大半個時辰便可到達。

猴妹似乎也知道猴哥此去危機重重，聳著鼻子難過起來。

猴哥見了，又吱吱地安慰牠。

錢亦繡抱起猴妹，領著動物之家，把猴哥送到洞天池東邊的山腳，牠將從這裡出發，奔向山峰。

錢亦繡站住，又對猴哥說：「此去一定要當心，能摘下蛇蔓菊更好，實在摘不到，五年後再來。」

猴哥點點頭，像勇士一般跟他們揮揮手，然後一躍，便攀上一棵樹，再一躍，又攀上大石，眨眼工夫，便消失在濃蔭中。

錢亦繡強壓下心中的忐忑，抱著猴妹來到桃林邊，倚著桃樹，看向東方那座山峰，不時算著猴哥大概到了哪裡。

殘月快升到中天時，錢亦繡猜測猴哥應該已經到了那處懸崖。

她的心猛地狂跳起來，雙手合十，不停地唸著：「菩薩保佑，菩薩保佑，菩薩保佑……」

第七十六章

此時，猴哥的確已經到了那處懸崖附近，正站在一棵從山石裡斜長出來的大樹上。

三尺外的懸崖上，崖邊長著一株枝繁葉茂的花，花莖最頂端，開著兩朵豔若朝霞的紅花，夜風一過，無數根如絲的花瓣飄散開來，美得近乎妖冶。

只是，一條碗口粗的白蛇正盤踞在花的周圍。

白蛇已經看到入侵者了，抬起頭，瞪著眼，憤怒地向猴哥吐著長長的舌芯子。

聰明的猴哥不敢貿然衝上前，從腰包裡掏出石頭向蛇砸去。但是，牠不敢砸蛇頭，那樣會砸在花朵上，只得朝蛇身砸去。

石頭不小，猴哥的力氣也大，若砸在人身上，肯定會砸斷骨頭，但砸在蛇身，就像打在棉花上一樣，沒什麼反應。

幾塊石頭砸完也沒能把蛇攆走，卻激起白蛇的憤怒，只見蛇身開始鬆動，後半截依然盤在那裡，前半截身子直向猴哥站著的大樹撲來。

白蛇身長有近十尺，前半截身子便能伸到樹上。不過，離猴哥還有一段距離時，牠聞到一股可怕的味道，趕緊縮回去。

猴哥猜，白蛇是怕牠身上的佛珠，便從腕上取下鳳眼菩提珠，向花扔去。

猴哥的準頭早練出來了，不偏不倚，那串菩提珠正好掛在花枝頂端，把兩朵蛇蔓菊套在裡面。

不久，白蛇的身體漸漸發紅，身體也開始鬆動。牠似乎捨不得花，但身體已經漸漸支持不住，只得向裡面的岩洞爬去。

等到白蛇徹底離開那株花，猴哥騰空躍起，跳上懸崖，先把兩朵花摘下放進腰包裡，又把掛在花枝上的菩提珠取下收好。

牠抬起頭，卻見岩洞中的白蛇正看著牠流淚，哀傷不已。猴哥是聽悲空大師唸過經的，瞧白蛇流淚，竟然十分難過，想了想，自作主張地從腰包裡拿出一朵蛇蔓菊放在懸崖上，然後跳回那棵大樹。

白蛇從洞中爬出，瞬間就把那朵蛇蔓菊吃進嘴裡。

猴哥衝牠咧嘴笑笑，便四腳並用，往山下跑去。

當錢亦繡抵制不住睡意沈入夢鄉，睡不踏實又醒來時，天邊已經微亮了。

她四處望望，動物之家還在睡覺，猴哥卻沒有回來。

錢亦繡擔心極了，站起身，愣愣望著東邊的山峰發呆。

突然，一陣從沒有聞過的花香從東邊隱隱傳來，越來越濃，接著，一個紅色影子從東邊穿過桃林來到池邊，在錢亦繡面前站住。

錢亦繡激動萬分，大聲道：「猴哥，你可回來了，我擔心死了！」

猴哥咧著嘴，從腰包裡取出一朵花交給錢亦繡，正是蛇蔓菊。

錢亦繡接過花，晨風中，紅色花瓣像無數根絲帶飄散開來，香氣濃郁。

錢亦繡笑完，又問：「還有一朵呢？」

猴哥雙手攤開，表示沒了。

錢亦繡拉開牠的腰包，裡面除了那串鳳眼菩提珠，真的沒有第二朵蛇蔓菊。

沒有就沒有吧，有一朵已算是完成任務。

錢亦繡笑著誇獎猴哥，把花裝進事先準備好的盒子裡。正打算把盒子放進自己的包袱，想了想，還是藏進猴哥的包中比較安全。

不過，她的心總有些不安。因為蛇蔓菊的香味太濃郁，別說猴哥的包袱傳來陣陣香氣，連她手上的香味都濃得很，在溪裡洗了半天，也洗不去那個味道。

這種味道，不會把那些怪物都引出來吧？

錢亦繡壓下心中的擔憂，和動物之家吃了帶來的點心，猴哥又好脾氣地跳進池塘，抓了條魚給白狼充飢。

吃完早餐，錢亦繡把裝蓮子的包袱讓奔奔揹著，又把幾根桃樹枝綁在牠的身體兩邊。大山也揹了幾根桃樹枝，但背上是空的，之後穿山洞時要揹錢亦繡和猴妹。

猴哥和白狼都只揹了小包袱，因為不知回去的路上會遇到什麼狀況，所以讓牠們輕裝上陣。

錢亦繡揹著裝茶葉的包袱，抱起猴妹，剛往洞邊走幾步，就看見項鍊松鼠跟在他們後面走，表情不捨。

錢亦繡蹲下來，對牠說：「外面的世界遠沒有這裡安全，你還是留在這裡吧，幾年後，我們或許又會來看你……」

話還沒說完，就見小松鼠突然恐慌起來，撒腿跑開，瞬間消失在青山中。桃林中的鳥兒也驚慌失措，尖叫著展開翅膀飛走。

錢亦繡愣住，猴哥和白狼、大山、奔奔衝到她前面護著，不住大叫。

一條十尺長的白蛇正從東面向他們緩緩而來。錢亦繡嚇得頭皮發麻，她最怕蛇了。猴妹渾身顫抖，縮在她懷裡，小聲嗚咽著。

跟他們隔了一段距離時，白蛇停下來，把嘴裡銜著的一根長滿葉子的樹枝放下，又看猴哥兩眼，轉身離開。

這是什麼意思？錢亦繡實在費解。

猴哥過去把樹枝拿過來，枝上的葉子長長的，卻不是柳樹葉。

錢亦繡看著，覺得有些面熟，半天才想起來，在蛇蔓菊生長地的不遠處，從石縫中長出一棵大樹，這樹枝應該是那棵樹上的。

奇怪的是，她和猴哥身上的蛇蔓菊味道，立刻被這樹葉的清香壓下去。

錢亦繡想起另一朵蛇蔓菊，問猴哥：「另一朵花，你是不是留給白蛇了？」

猴哥咧著嘴點點頭。

老天，這是白蛇來報恩嗎？錢亦繡眼睛瞪得老大。

她揪了片葉子，擦擦自己的手，又幫猴哥擦了擦，再揪下幾片葉子，放進猴哥的背包和自己的背包。仔細聞聞，蛇蔓菊的花香竟瞬間蕩然無存。

這就是「萬事皆有因果，種善因得善果」吧。靈物果真是靈物，一條蛇還懂得報恩。

於是，錢亦繡領著動物之家，留下那根樹枝，下山回家。心裡極高興，除了紫珠和藍珠，洞天池裡該拿的寶貝都拿了。

回程，依然是猴哥打頭陣，白狼斷後，錢亦繡騎在大山身上，小猴妹掛在她胸前。猴哥和白狼在黑暗中也能視物，但大山和奔奔不行，所以錢亦繡還是要舉著火把。出了洞來到陽光下，似乎就沒那麼嚇人。但為了加快速度，上山、下山時，猴哥辛苦些，背上揹錢亦繡，胸前掛著猴妹；若走稍平緩的山路，就由大山馱著錢亦繡與猴妹。眼看又要經過裡面有蝙蝠的山洞，錢亦繡提醒動物之家動作輕些，不要驚醒蝙蝠，減少不必要的麻煩。

回去的路非常順，沒遇到大的驚險，只在過一個山洞時，好像又藏著一條大蛇，嘶嘶吐芯子的聲音連錢亦繡都聽見了，或許害怕她和猴哥身上的鳳眼菩提珠，大蛇沒敢過來。猴哥不怕，還想去打架，被錢亦繡喝止，不准牠節外生枝。

錢亦繡摸著手腕上的菩提珠。真是個寶貝，有了它，能解決太多事。

申時，錢亦繡終於帶著動物之家到了歸園後面的溪石山。快出岔路口的地方，有輛馬車停在那裡。悲空大師瞧見他們，就從車裡鑽出來。

猴哥看到悲空大師，高興壞了，抱著猴妹向他跑去。

悲空大師接過猴妹，笑道：「阿彌陀佛，這小猴兒也來了山外。妙哉，妙哉。」

錢亦繡走過來，取下猴哥的包袱，與悲空大師一起上車，動物之家則在外頭跟著。

她從包裡拿出裝蛇蔓菊的小盒子，打開卻發現，鮮豔的花已經變色，鮮紅褪成紫紅。

錢亦繡大吃一驚。「顏色變了！之前是鮮紅色的。」

「這是靈物，進了俗界，顏色自然要變。」悲空大師接過小盒子看了看，既高興，又遺憾，表情有些糾結。「果真只拿回一朵。天意如此啊，老衲本希望更多人能受惠於它……」

錢亦繡可顧不得更多的人，問道：「大師，這朵花製成藥後，能不能也給我娘吃點？或許能把我娘的失憶症治好。」

悲空大師道：「藥製好後，老衲會給妳兩丸，不過，暫時不要給她吃，吃了也無大用。妳娘的病光靠藥治不好，還要有外力才行，等時機到了，再讓她吃。」又納悶道：「蛇蔓菊香氣濃郁，怎麼會沒有味道呢？」

錢亦繡也裝出納悶的樣子。「還有大師不知道的事情啊？你怎麼不掐指算算呢？」

悲空大師哼道：「別人不知道的事，老衲可以算一算，但一問便知的事，老衲為什麼要費力氣？虧小施主還是聰明人，連這點都想不透。」

原來還是她愚鈍了。

錢亦繡掏出包裡的長葉子。「蛇蔓菊本身特別香，後來包裡放了這種葉子，就把香味壓住了。」

悲空大師看看葉子，了然道：「怪不得，這是龍香樹的葉子。」

錢亦繡把自己的包袱解下來，取出裝茶葉的竹簍，又從猴哥的包裡拿出兩顆桃子給悲空大師。因為怕路上出狀況，不敢讓猴哥和白狼多馱東西，沒敢多帶些桃子，只摘了十顆半生不熟的。

看到這兩樣東西，悲空大師笑得比得到蛇蔓菊還開心，連連點頭。「小施主上道，老衲承妳的情了。」

錢亦繡笑起來。悲空大師一看到吃食，就不像個高僧。

馬車到了歸園門口，錢亦繡下車，聽悲空大師在車廂裡說了句：「龍香樹世間罕見，是製香的上好原料。」

望著遠去的馬車，錢亦繡的心口疼得要命。早知道就把那根樹枝帶回來，真是又虧了。

從早上起，錢三貴就守在外院裡，焦急地等著孫女。

見錢亦繡帶著動物之家滿載而歸，他大笑道：「回來就好，快去內院看看妳娘，她天天念叨妳，連飯都吃不下。」又低聲說：「有事稍後再說。」

她的爺爺真是太、太、太可愛了！

錢亦繡沒有直接去望江樓，而是先回蓮香水榭，讓紫珠趕緊燒水，她和動物之家要洗澡。又把奔奔和大山身上的桃枝解下，讓白珠去把蘇銘叫來，要他妥善保管這些桃枝，到時嫁接在水榭後面的桃樹上。

洗完澡，換上乾淨衣裳，錢亦繡讓大山一家去臨風苑看錢亦錦，自己則抱著猴妹，和揹了一堆東西的猴哥去望江樓。

程月正在樓上愁眉不展地繡花，見女兒回來，高興地過去抱住她。

「繡兒怎麼去了這麼久？娘親好想妳，想得吃不下飯、睡不著覺，連繡花都沒心思。」

小娘親越來越聰明，也越來越會說話了。

錢亦繡笑道：「繡兒也想娘親，想得吃不下飯、睡不著覺。」

娘兒倆膩了一會兒，錢亦繡便指著坐在一旁的猴妹對程月說：「娘，牠叫猴妹。快看看，她漂不漂亮？」

程月驚訝地看著猴妹，讚道：「好漂亮的妹妹！」不知有意還是無意，竟然把猴字去掉了。猴哥聽見，在一旁高興得抓耳撓腮，不知該怎樣表達激動和自豪之情？

錢亦繡趕緊把帶回來的東西拿去臥房藏好。金花蓮子的外表跟普通蓮子沒有多大區別，便放進箱子裡，用鎖鎖上。

珍珠則藏在架子床床尾的暗格裡。當初做家具時，錢亦繡特地讓陸師傅幫錢三貴、程月，還有她的床做了暗格。

她剛把東西收好，就聽見錢亦錦跑來的聲音。

「妹妹，妹妹，妹妹……」

數日不見，她也挺想念小哥哥，遂歡喜地迎上去。

第七十七章

這天，上完課的錢亦繡領著紫珠出了臨風苑，遠遠就看見秀湖一片繁忙的景象。

前幾天起，蘇三武就帶著幾個長工，開始拔出湖裡的金花藕了。

宋家和霧溪茶行的馬車在歸園外等候。藕出來後不能去泥，直接送往溫縣碼頭和省城。

金花藕一出來，就受到熱烈歡迎，買家趨之若鶩。它生食可作水果，甚至不比任何一種口感差；熟食可炒菜、燉湯，比許多山珍還鮮美。金花藕經放、易保存、易運輸，最最關鍵的是，物以稀為貴。

錢家賣給他們的價錢是一斤十二文，他們賣出去，就漲到十八至二十五文，即使比肉價還貴，仍供不應求。

本來宋治先想用一斤八文的低價買下，卻被還沒回京的梁則重訓了一頓，說他這麼做，無異於強搶。宋大老爺和宋二老爺在朝為官，還需梁則重幫他們走關係尋好缺，聽說後，大罵他一頓，最後才定下一斤十二文。

另外，為了防止有人偷花偷藕，錢家還請了十個人，跟長工一起輪流守夜。

錢亦繡回到蓮香水榭，看到桌上那顆金蜜桃的顏色已經變成紅中透金，拿起來輕輕捏捏，軟軟的，看樣子已經熟透，不能再放了。

上次她拿回八顆半生不熟的桃子，這顆是最生的，竟然放了二十一天。

顏色還不錯，除了最底部有些泛青，往上越紅越黃，到了尖處，就成了金色。

錢亦繡將桃子洗淨去皮，慢慢品嚐起來。

嗯，真不錯，味道比之前那幾顆稍微淡點，但還是甜，也多汁。她沒有全吃完，留了一小半在碗裡，打算給猴妹吃。

不知前世的歷史是怎樣的，但大乾朝北方只能種不算好吃的油桃，至於南方的水蜜桃，根本種不出來。又甜又多汁的水蜜桃對北方人而言，只是個美麗的傳說，除非五、六月分可以來南方，才有機會吃到。

水蜜桃不像荔枝，經磕碰，騎著快馬就可以把嶺南的荔枝送到京城。

水蜜桃一撞就爛，別說騎快馬，拿著一筐桃子跑快些都容易碰壞。若先把半生的水蜜桃摘下來，放得再久都不好吃。

現在好了，比水蜜桃還甜蜜多汁的金蜜桃終於可以走出冀安，透過綠春江、京湘運河送到京城，又能從綠春江、錢江運往江南。

真是發了！

幾天後，錢亦繡把半荷包品相不好的珍珠和十幾片龍香樹樹葉交給滎師傅，讓他拿去做妝黛，另外半包好些的珍珠，則留作他用。

滎師傅看到樹葉後，激動得哭了，說龍香樹比龍涎香還難得，連他的師傅都沒看過，他卻看到了。不過，龍香樹最好的還是樹幹和樹枝上的皮，葉子雖然也不錯，但還是比不上樹皮好。

還說，用龍香樹做出的香精適合男人，他就製成香露好了。不過，這點樹葉，只能做兩小瓶。

榮師傅的每一句話，都如一根根鋼針，戳得錢亦繡疼痛不已。當時她只想把蛇蔓菊安全帶回來，根本沒想到能把蛇蔓菊香氣壓下去的東西，可能也是寶貝。

不過，錢亦繡不敢讓猴哥再去冒險，把那根龍香樹枝拿出來。那麼香的樹枝，在回來的路上，不知會引來什麼麻煩？

果真還是應了那句老話——是你的就是你的，不是你的就不是你的。

至於白珠和粉珠，錢亦繡沒敢給錢三貴看。這東西太逆天，以後再說。理了理那小半荷包品相稍差的珍珠，有八顆珠子每顆價值千兩以上，剩下六十幾顆每顆值百兩。

她將這幾十顆珠子給錢三貴看了，把他樂壞了，低聲道：「這些珍珠就值一萬多兩銀子啊，比咱們家所有產業都值錢。」

錢亦繡笑著說：「珠子是死的，不能再生錢。可產業是活的，會越賺越多，累積起來，肯定比珠子更值錢。」

錢三貴聽了，拿出四顆大些的珠子與二十顆小珠子，剩下的全給錢亦繡，讓她以後悄悄帶去婆家。那個產珠子和金花藕、金蜜桃，以及靈物的地方，讓她保密，誰都不能說。

錢華已經去京城看鋪面，明年錦繡行會在京城開分行，主要賣蓮艾妝黛。不僅崔掌櫃寫信請京城的朋友幫忙，連梁則重都讓長隨寫了信，要梁府管事多照看些。

錢亦繡相信，有了梁府的幫忙，錦繡行在京城不怕任何人。

還有，桃枝已經嫁接在水榭後的桃樹上，雖然現在不是嫁接的好時機，但也只能這樣，活多少算多少吧。至於對外的說詞，桃枝是悲空大師給的，但他從哪裡弄來的，錢亦繡也不知道。

除了紫珠和龍香樹，她已經把在洞天池裡得的寶貝物盡其用了。

錢亦繡正想著心事，就見猴妹一蹦一跳地跑進來，想對她撒嬌。

如今猴妹是歸園裡最惹人疼的小猴子，人都比不上牠。牠也淘氣，但更會討人喜歡，跟人嫌狗煩的猴哥完全是兩回事。

這時，有人來報，說大慈寺的弘濟小師父來了，請錢亦繡去前院。

錢亦繡一聽，趕緊起身出去。

悲空大師跟張仲昆關著門製藥好多天了，聽上回來的弘濟說，他們誰都不見，連梁則重想看看那靈物都不行。

她走得飛快，急著想知道悲空大師的丸藥製好沒有？

猴妹見錢亦繡走了，也急吼吼地跟著跑出去。

弘濟見到錢亦繡，將一個小木盒交給她。「這是師父讓我交給妳的，說一定要好好保存，切莫提前吃。」

錢亦繡笑著接過，打開一瞧，裡面裝著兩顆用油紙包好的藥丸，花香撲鼻。

錢亦錦也來了前院，問道：「這是什麼藥？真香。」

錢亦繡回答：「這是悲空大師給娘親配的藥，但現在不是吃的時候，什麼時候能吃，得聽大師或張老爺的指示。」又試探著問弘濟：「你梁師兄怎麼沒跟著你一起來我家玩呢？是不是回京城了？」

弘濟遲疑一下，道：「今年梁師兄不會回京。我師父說，再好好調教他半年，明年春天，他就可以出師，以後不用年年來大慈寺。」

「這麼說，今年冬天你和你師父不會去雲遊了？」錢亦錦接著問。

弘濟笑著點點頭，見錢亦繡要把藥送回後院，便想跟她一起去看看程月。

「貧僧有些日子沒瞧見嬸子了，好想她。」

錢亦繡搖頭。「再等等吧。這段日子，我娘特別忙，連跟我和哥哥都說不上幾句話，飯也是讓丫頭端去樓上吃。她的繡品差不多繡完了，正往上繡字，好像要用不同繡線和針法什麼的，我也不太懂。這幾天，她一直在吃張老爺開的定神湯，不然怕是又要不好。」

弘濟聽了，遺憾地嘆了口氣。

中午，吳氏帶著錢滿霞給弘濟做了金花藕素宴。此時的金花藕燉湯還不太軟糯，主要是炒和涼拌，又做他最喜歡的蜜汁糯米藕。

飯後，弘濟送了錢滿霞一串楠木念珠。「施主大喜的日子，貧僧不能來賀，先把禮物送上。這是貧僧求大師兄誦過經的。」

錢滿霞紅著臉接過，說聲謝謝。再十天，就是她的好日子了。

弘濟沒在錢家住，下午就回大慈寺了，且又拉走二百斤金花藕。高管事心疼得臉快綠了，還是沒敢吭聲。

高管事被宋治先派在這裡監看金花藕，連錢家自吃或送人都限了量。宋治先的霸道讓錢家人無語，但也不敢多說。

後來才覺得，有這位爺盯著，有弊也有利。那些來要藕的、買藕的都被擋下，無論是縣城的差爺還是窮親戚，都惹不起宋家人。

看到那些厚臉皮的差爺和親戚被高管事轟走，錢亦繡真是暗爽不已。

晚飯前，錢老頭和錢老太來了，他們是偷偷來給錢滿霞送嫁妝的。之所以說偷偷，是因為明面上的二兩銀子，過幾天會當著大家的面送，現在是背著大房、二房，送了十兩銀子給錢滿霞。

這份禮對老倆口來說，有些多了，錢三貴趕緊道：「爹、娘，霞兒不缺錢，不需要給她這麼多銀子。」

錢老頭搖頭。「我的錢，我願意給。」又對錢滿霞說：「霞兒，妳也不要怨爺爺和奶奶當初做的事。家業和孫女，我們更偏重家業，這是人之常情。我們不傻，知道妳有孝心，也知道妳從小為這個家付出很多……好人有好報，妳嫁了大中那樣的好後生，將來的福享都享不完。我的這些孫女，只有妳的日子會最好過……」

錢三貴和吳氏聽見錢老頭的話，眼圈都紅了。

錢滿霞含淚道：「我曉得，不會怪爺爺和奶奶……」

錢老頭又對錢亦錦說：「好好讀書，以後出息了，才能為嫁出去的姑姑撐腰。」

錢亦錦趕緊稱是。

送走老倆口後，錢亦繡剛走出正院，黃鐵就拿了兩個小錦盒給她，是她讓他去縣城銀樓取回來的首飾。

錢滿霞快出嫁了，錢亦繡一直在想送什麼添妝好？從洞天池回來後，便拿了五顆小珍珠，畫了圖，去溪山縣的銀樓一趟，給她打了兩樣首飾。其中三顆珠子鑲了嵌珠蝴蝶赤金簪，另外兩顆則做一對赤金珍珠吊墜。

其實，她更想拿大些的珠子，但想想還是作罷，怕太引人注意，錢三貴也不同意。

要說錢家三房這幾個人，錢亦繡最依賴的是頂梁柱錢三貴，最尊敬的是為這個家辛苦勞累多年的吳氏，最心疼的是美美小娘親，最愛調教的是人小鬼大的錢亦錦，而最感激的人就是善良討喜的小姑姑錢滿霞。

十年前，還是一個鬼魂的錢亦繡來到這個家，作為旁觀者，看著錢家人如何在貧困與生死之間掙扎，看著他們幾近絕望，最後又站起來。

這一大家子，靠久病的錢三貴支撐下去，靠吳氏起早貪黑的勞作活下去，有愁苦、有眼淚，卻依然有歡笑。

而歡笑，就是樂觀豁達、善良勤奮的錢滿霞帶給大家的。

程月來到這個家裡，起初幾年，相處最多的人就是錢滿霞。她用最善良的舉動、最溫柔的態度，親近和包容這個傻嫂嫂，讓程月在這個家裡能夠愉快地生活。

同時，錢滿霞又用最無私的愛，照顧著小兄妹，給他們洗澡、餵飯、洗衣，甚至端屎端尿，做得心甘情願，毫無怨言。

有句話對錢滿霞的評價最中肯——從小就做得多、吃得少。

現在，錢滿霞要嫁人了，要離開這個家，家裡人都捨不得，包括錢亦繡。

打首飾之前，錢亦繡去找錢亦錦商量，讓他也出些錢，算是兄妹倆一起送的。

她的說詞是，之前的珍珠沒賣完，還留了幾顆，她向錢三貴要過來，想給小姑姑打套首飾添妝，只是她的錢不夠，問錢亦錦怎麼辦？

錢亦錦從懷裡掏出荷包來。「哥哥也正想找妹妹商量呢。我存了三十幾兩銀子，妹妹再拿些錢，咱們給姑姑打套像樣的首飾。」

於是，錢亦繡又出了十幾兩，到縣城的銀樓訂做這兩樣首飾，赤金加手工，共花了五十兩銀子。

至於程月送的禮物，去年就準備好了，是她親手繡的異色雙面繡。

這幅繡品是她的新嘗試，完成後，將這針法用在那座雙面繡的屏風上。

雖然只是程月的嘗試之作，但貓戲圖畫面精美，小貓靈動，把錢滿霞和錢曉雨、蔡小花幾個小姑娘稀罕壞了。

錢三貴和吳氏也看呆了。他們見過雙面繡，可從沒見過兩面顏色不一樣的，連見多識廣的錢華都大呼不可思議。

錢亦繡便提議，做個架子把繡品嵌進去，當作小娘親送錢滿霞的添妝。繡品尺寸不大，讓木工師傅做了胡桃木圓形虎頭架，拿來做炕屏或插屏都好看得不得了。

八月二十五日晚上，錢亦錦兄妹和程月拿著東西，一起去了翠竹軒。三天後，錢滿霞就出嫁了，他們去添妝。

錢三貴和吳氏都坐在那裡，錢滿霞穿著芳綠色襦裙，梳雙平髻，臉色緋紅，見他們來了，趕緊笑著起身相迎。她最漂亮的時候，就是咯咯嬌笑時，眉眼彎彎，梨窩淺淺，笑聲清脆，旁邊的人都會被她感染，跟著心情大好。

程月把東西送給她後，立即紅了眼圈。「小姑，月兒捨不得妳離開家。沒有妳，月兒不習慣，錦娃和繡兒也不習慣。」

她的話一說出口，讓其他人都紅了眼圈，錢滿霞更是流出眼淚。

小兄妹見狀，便把兩樣首飾送上，又說了好些俏皮話，才終於逗笑大家，祝福起錢滿霞來。

隔天，錢家人早早吃了早飯，除了程月回望江樓外，剩下的人都開始忙碌起來。

後天錢滿霞出嫁，今天會來許多貴客，會在歸園住一晚，連張家及崔家的女眷都會來。

午時一刻，張家和崔家婆媳的馬車先到；申時，梁則重、宋治先和蘭姊兒、青姊兒也來了。

眾人見禮，錢亦繡就拉著張老太太的袖子，陪她們一起去蓮香水榭。

崔家女眷也忙碌起來。京城的主子在，她們就不可能當自己是客，領著人趕去臨香苑，按梁則重的喜好，把客房收拾好。

八月二十八日，宜嫁娶。

這一天，是花溪村錢地主家嫁閨女的大喜之日，不僅縣城的官員來賀，還有遠自省城來的貴人。鎮上及附近十里八村有身分的人，不管有沒有被請，只要跟錢家來往過，也都到場恭賀。再加上交情好的村民，歸園根本坐不下。

於是，錢家大院被用上了，專門招待村民，由錢大貴夫婦和錢二貴負責。

翠竹軒裡坐著許多女客，一身大紅的錢滿霞正盤腿坐在床上，紅衣上繡著鳳穿牡丹，顯得小臉更加緋紅妍麗；一頭長長烏髮如瀑布般垂下，全福人宋氏正在給她梳頭。

宋氏邊梳邊唱道：「一梳梳到尾，二梳梳到白髮齊眉，三梳梳到兒孫滿地，四梳梳到四條銀筍盡標齊。」

梳了頭，宋氏又用五彩絲線給錢滿霞開臉，嘴裡也唱著祝福詞。

眾人大聲誇讚著新娘子的美麗和福氣，讓錢滿霞更是嬌羞不已。

不一會兒，穿著紅袍、繫著大紅花的萬大中領著幾個後生小子走進翠竹軒，不停向周圍的婦人拱手微笑。笑鬧聲中，領著淚眼矇矓的錢滿霞往外走去。

或許因為從小做得多、吃得少，錢滿霞的個子不算高，站在高大俊朗的萬大中身邊，如小鳥依人般，但兩人走在一起，卻沒有任何怪異之處。男人如山，女人如水，似乎是世間最相配的一對。

來到前院，一對新人給正廳裡的錢老頭及錢三貴夫婦磕頭。

錢三貴紅著眼圈，對錢滿霞說了嫁人後要孝敬公爹、服侍丈夫等話，又囑咐萬大中要善待他的閨女，說到後面，忍不住哽咽起來。吳氏已經哭出了聲，讓錢滿霞哭得更厲害了。

萬大中磕了頭，答應道：「岳父、岳母放心，小婿定會好好疼惜霞兒，珍之，重之。」

這話在前世算不上甜言蜜語，可在古代，這種疼愛媳婦的話，男人一般是不會當眾說出口的。站在門口的錢亦繡聽了，頗為感動，覺得錢滿霞嫁對了人。

可許多男人都有些嗤之以鼻，覺得爺兒們當眾說這話，也不嫌丟人。

錢亦繡瞧著撇嘴的宋四爺及其他表情各異的男人，暗嗤不已。這些古代人的邏輯真是有問題，若光明正大對那些名妓說這些話，甚至更肉麻的，就會被喻為風流，可對自己妻子說，就成了丟人。

錢三貴被感動了，連連點頭。「好、好。好孩子，霞兒嫁給你，我也放心了。」

接著，由錢滿川揹著錢滿霞，上了花轎。

萬家給錢家的聘禮非常豐厚，錢三貴一點也沒留，都當成嫁妝還回去。自家置辦的，再加上親戚朋友送的，共有三十六抬嫁妝。這些嫁妝不僅抬數多，還實在，箱子裡塞得滿滿的，全是好東西。

第一抬是京城梁家送的一對景泰藍大花瓶，第二抬是省城官家送的四疋提花錦緞，第三抬是縣太爺送的木雕，第四抬是擺了十塊土塊的箱子，代表一百畝田地……

這個大手筆和天大的面子，讓其他地主與鄉紳眼熱不已。

等抬嫁妝的人走出門，萬大中騎著向梁家借的高頭大馬，威風地在前領路，花轎緊跟在後，向大榕村走去。

花溪村、二柳村、大榕村的村民都擠在路邊看熱鬧，看到第一抬嫁妝都快到村東頭了，最後一抬嫁妝還在村西頭，都稱羨不已。

錢家三房除了去送親的錢亦錦，剩下的人都哭了。

尤其是程月，在窗邊看著送親隊伍走過荒原上那條小路，消失在村口，哭得淚眼模糊。

當初，她看著婆婆從這條路把錢滿江送走，如今又看著兒子從這條路，把錢滿霞送走了……

第七十八章

坐在馬上的萬大中，咧著嘴不停笑，心裡卻是感慨萬千。

他和他爹萬二牛心中，藏了一個驚天的大秘密。

九年半前，萬二牛父子護著有孕的寧王妃住在溫縣驛站，準備第二天乘船回京，孰料竟聽到寧王弒兄，殺了太子，已被下獄的傳言。

這個消息猶如晴天霹靂，讓寧王妃痛不欲生，早產生下小主子。

王爺子嗣單薄，只有一個閨女，還沒有兒子，所以才准了寧王妃親自去大慈寺求子，並在寺裡唸經茹素三個月。

這下倒是生了兒子，可孩子才七個多月就見天，寧王又前程未卜。

為以防萬一，且保住寧王的骨血，寧王妃讓他們父子帶著孩子隱匿民間，她依計畫回京，對外則說孩子早產死了。

溫縣離溪山縣不遠，萬二牛的老家大榕村就在溪山縣內，父子倆便帶著孩子日夜兼程，趕往大榕村，同行的還有一條小番犬。這條小狗崽是他們在溫縣時出高價買的，本想帶回寧王府看家護院，現在卻帶著牠一起逃了。

雖然七個多月就見了天，但小主子十分健康，路過小村落時，打聽到哪家有正哺乳的婦人，父子倆便把孩子抱上門，掏錢請她幫著餵一口。如此，平安回了溪山縣。

他們不敢抱著孩子直接回大榕村，正不知該如何是好時，聽聞花溪村西頭錢家三房的傻兒媳婦這幾天要生孩子了，都說那家人殘的殘、傻的傻，簡直窮瘋了，再多張嘴，可怎麼活下去？

萬二牛跟錢三貴的歲數差不多，聽說過錢三貴的為人，知道他是個古道熱腸的豪爽漢子，若把孩子放在他家，孩子有口奶吃，他也放心。

錢家三房不是窮嗎？那就在孩子的包被裡放幾塊銀餅子，有了那些錢，錢三貴定會養著小主子，但卻不能多給，那樣容易引起懷疑。

真是巧了，那天夜裡，父子倆把小主子偷偷放在錢家門口時，竟然聽到他家媳婦生孩子的聲音。

第二天，錢家傻媳婦生了一對龍鳳胎的消息傳揚開來，讓萬家父子極為高興，這下小主子被藏得更深，更安全。

後來，他們發現，有些閒漢經常跑到錢家三房附近，想偷看或調戲據說貌若天仙的傻兒媳婦。

為保護小主子，剛滿十四歲的萬大中便請那幾個閒漢喝了幾次酒，成了「好兄弟」，之後便經常一起去花溪村西頭，不是學蛙叫、學狗叫，就是瞎起鬨，說些調戲小寡婦的話。這讓好後生萬大中十分難受，但為了小主子，他得轉移那些人的注意力，不得不這麼做。

有一天，萬二牛問萬大中：「你覺得錢家的那個小姑娘怎麼樣？」

萬大中不知他爹的意思，隨口道：「骨瘦如柴，不過倒是個勤快的小姑娘，性情溫和，對小主子也很有耐心。」

萬二牛聽了，便道：「那你以後就娶這個姑娘吧。」

萬大中大吃一驚。那小女娃剛滿六歲，比他的大腿高不了多少哪，立即脹紅了臉。

「怎麼可以，她還那麼小！」

萬二牛道：「再過九年，她就不小了……若王爺翻身無望，那麼咱們就要把小主子養出息了。你娶錢家小姑娘，有利於好好保護小主子；若是王爺翻身，小主子能回王府，那你今後的前程就大了。」

不管萬大中願不願意，他的未來就這麼拍板定下了。

之後，萬大中爬上樹看著小主子時，目光總會不由自主地飄向那個骨瘦如柴的小女娃。

一年年過去，他看著小小女娃漸漸長大、長高，清秀面容越來越妍麗，而不變的是，她多年來清脆的笑聲、溫柔的個性，以及忙碌的身影……

而今天，他終於如願把她娶回家了。

第三天，是錢滿霞回娘家的日子。

錢老頭兩口子、大房、二房、四房的人早早就來了歸園。

錢亦錦站在前院門前迎客，看到一輛牛車從村口駛來，趕車的是去接人的蘇二武，車上坐著萬大中、錢滿霞和蔡小花，便趕緊對錢曉雷說：「快去跟我奶奶說，姑姑和姑夫來了！」

錢家人終於等來了新婚小夫婦。

萬大中穿著錢滿霞給他做的棕色綢子長衫，黑臉笑得燦爛。

錢滿霞臉色緋紅，眼裡洋溢著滿滿的幸福和嬌羞。她穿著海棠紅繡折枝梅花褙子，淡粉色馬面裙，頭上戴著赤金嵌珠蝴蝶簪，一副少奶奶的模樣。

瞧她這副模樣，吳氏的笑意直達眼底，也讓錢滿蝶和錢滿亭羨慕不已。

飯後，吳氏把錢滿霞拉去另一間屋子坐，錢亦繡厚臉皮地跟來，被吳氏不客氣地攆出去。

待屋裡只剩母女兩人了，吳氏才悄悄問錢滿霞。「女婿對妳可好？公爹好相處嗎？」

錢滿霞又紅了臉，點點頭。「相公對我很好，公爹也很好。相公還拿了五十幾兩銀子給我，說是他的全部私房。昨天，公爹也給我二兩銀子，說是一個月的家用。」

吳氏聽了，笑得合不攏嘴，不住點頭。「好、好，這樣娘就放心了。」

錢滿霞又使勁扭了幾下帕子，猶豫著問吳氏。「娘，這幾天，有件事我怎麼想都想不通，就是……嫂子生錦娃的事。嫂子怎麼可能睡著了還能生下孩子呢？生孩子多痛啊……」

吳氏聽了，嚇得趕緊摀住她的嘴，嗔道：「妳這丫頭，怎麼又胡說？妳嫂子剛來時那麼傻，除了吃，什麼都不知道。這事就爛在心裡，誰也不要說、不要問，包括女婿。」又嘆著氣。「妳還沒看出來呀，咱們家若沒有錦娃這個男孩，這麼大的家業，早被人搶走了。」

錢滿霞趕緊點點頭，心裡極不好意思，因為她已經把那件事跟萬大中說了。

昨兒夜裡，她突然想起已經久遠的，但時不時又會跳入腦海，讓她百思不得其解的事。

現在，初為人婦的她更加懷疑了。

她對萬大中道：「相公，生孩子肯定比做這事還痛吧？可我嫂子怎能睡著還把錦娃生下來呢？而且，連她自己都不知道……」把吳氏說的話學出來。

萬大中聽了，大笑不已，笑了好一會兒才說：「每個人的體質不同，對疼痛的感覺也不一樣，或許妳嫂子天生不怕痛，所以睡著也能生孩子。還是岳母說得對，這話千萬不要說出去，如果被有心人聽見，妳娘家那一大片家業可不保。」

錢滿霞想起大哥和嫂子成親那天，嫂子那聲慘叫，覺得她不像不怕痛的人。但吳氏和萬大中都不讓她說，甚至還提醒她事關家業，便只有把好奇心壓了下去。

轉眼到了冬月，錢家又出了幾件喜事。

第一件是前月中，錢滿蝶嫁去于家，于家人對她非常好，她也過上了縣城少奶奶的生活；于家還特地給她配個丫頭，不停變換補品給她吃，希望她能早日懷孕生子。錢滿蝶不負眾望，月底時果然傳來好消息。

第二件是二房的小楊氏又生了個兒子，錢老頭取名為錢亦生，叫他生娃。錢亦繡聽到這個小名，笑了好半天。但這名字取得真好，他出生半個月，就傳來兩件喜事——錢家的第三件和第四件喜事。錢滿霞懷孕了。第四件是月底傳來了錢滿蝶懷孕的喜事。

為此，錢亦生的滿月宴上，大房和三房包了兩個大紅包給他，把唐氏樂得不得了。

還有一件喜事，只有錢家三房知道，就是程月的繡品終於完成了。

臘月初，錢亦錦帶著下人，在姑夫萬大中的陪伴下，去了西州府最著名的畫鋪，把繡品裱起來。

繡品一拿出來，畫鋪的東家和掌櫃全看傻，立刻想以五千兩銀子強買。好在錢亦錦有先見之明，進鋪子前，也把梁大人的長隨梁拾請來。

梁拾沒多話，直接把衛國公的名頭搬出來，鋪子的東家才老實了。

同時，錢亦錦還帶去錢家送宋府的年禮。這次沒有送翟府，因為翟樹已被調至京城，被乾文帝任命為吏部侍郎。

裝裱好的繡品拿回家後，陸師傅特地過來，鄭重地把繡品嵌進屏風架。

大乾朝的曠世奇作——名為「盼」的繡屏，終於在花溪村的歸園誕生了。

看到這架繡屏，錢家人都哭了，連陸師傅也哭了。

錢家人哭的是，程月十年如一日地望著那片花開花謝的荒原，盼著錢滿江歸來，她把自己的所思所想，一針針一線線繡下，這幅繡品凝結了她的所有思念和愛戀。

而陸師傅哭的是，自己打的屏風架嵌上最漂亮的曠世奇繡，他就要揚名四海了。

終日忙碌的程月突然閒下來，非常不習慣，天天盼著把屏風送去北邊，又閒得發慌。

錢亦繡安慰她。「娘不急，馬上到年關了，大家都回家過年，誰去買屏風啊？等明年春暖花開時，我就跟華大叔一起去京城，把繡屏擺在錦繡行裡賣。」

程月一聽女兒要去京城，不樂意了。「繡兒不能去，娘捨不得。」

錢亦繡說：「這麼重要的東西，娘放心別人拿去賣？反正繡兒不放心。哥哥把這幅繡品拿去畫鋪裡裝裱，就有人強買，萬一又遇見這樣的壞人怎麼辦？若他們買了不拿去北邊，要是送去嶺南或江南又怎麼辦？聽說明年春天梁公子要回京，到時我和哥哥跟他一起去，便沒人敢惹咱們了。」

程月聞言，又開始眼淚汪汪。

錢亦繡拿帕子幫她擦眼淚。「娘不哭，離成行還有兩、三個月呢。」又說：「娘，屏風雖會拿去北方，但爹爹不一定馬上就能看到，馬上就能回家。娘還是要耐心等待，等著爹爹看到的那天。」

程月垂淚道：「娘已經記不起江哥哥走了多久，娘到底等了多少次花謝花開。除了等，娘還能幹什麼呢？」

錢亦繡聽了，也心酸不已。

傻傻的小娘親，這輩子恐怕都要在等待中慢慢老去了。

她怕程月無事多想費神，加重病情，就讓人去縣城把小神醫張央請來，給程月把脈，開了安神湯。

之後，錢亦繡無事便領著猴妹在望江樓陪程月，做做繡活，再望望荒原，程月的病倒也沒有加重。

大年初一，錢亦錦代表錢家去給村裡人家拜年，去萬家時，錢三貴讓他轉達，請萬二牛在初二那天跟著兒子媳婦一起來玩。

萬二牛欣然接受邀請，看到錢亦錦長高長壯，已經成了半大小子，越來越有寧王的丰神氣度，不禁感慨萬千。

他讓錢滿霞把錢亦錦領去小倆口住的東廂房玩玩，悄聲問萬大中。「讓你買的藥買到了嗎？」

萬大中點頭，又為難地說：「爹，咱們這麼做，豈不是以下犯上？」

萬二牛無奈道：「如今主子的處境雖比原來好多了，也從塞北回到京城，但還沒有完全脫困，倘若那兩家知道主子有這麼根獨苗，定會對小主子不利。所以，萬不可讓他回京冒險。這筆帳先記著，回京後，咱們再向主子請罪。」

他的言下之意是，近幾年內，絕不可讓錢亦錦上京才能保命。

萬大中點點頭，猶豫了下，又悄聲問道：「爹，您說，多年前的那句傳言會是真的嗎？」

萬二牛垮下臉。「怎麼可能是真的！是那群人忌憚主子，編出來害主子的。唉，就因為這句傳言，皇上到現在都不肯接受主子。」

父子倆正在說悄悄話，錢亦錦來告辭，說還要去給高管事拜年。

萬大中說他也要上高家一趟，二人便結伴走了。

轉眼過了大年十五，錢亦錦兄妹要去大慈寺，一是看看弘濟，二是想問問梁錦昭返京城的日子，他們要跟著同行。上次畫鋪的人強買繡品，把錢家人嚇著了，覺得小兄妹跟著梁家人才放心。

程月無事，又給弘濟做套夾襖，還縫了僧帽，讓他們帶去。小兄妹又帶上霞霞香餅屋的素點，以及一小罈蜜汁金花藕。

這次猴妹想跟，錢亦繡也帶著牠去。

其他閒不住的動物之家成員，過了初八便上山，到現在還沒回來。

錢亦繡擔心溪頂山的獼猴害怕赤烈猴，給猴妹穿上小衣小褲，還戴圍巾，捂得嚴嚴實實。

兄妹倆來到大慈寺，逕自去了弘濟的禪房。

弘濟似乎知道他們會來，已經在小院門口等著，看到給他帶的東西，抿著嘴直樂，說：「回去替貧僧謝謝嬸子。」

進了弘濟的禪房，他拿出一尊約十公分高的紫色彌勒佛像，送給小兄妹。

「前年我從大師兄那裡要了塊紫檀木，雕了一年多，才將這尊彌勒佛雕好。你們幫嬸子請回去，希望佛祖能保佑嬸子快快樂樂，不要太愁苦。」

錢亦錦與錢亦繡十分感動，謝過弘濟，又拜了佛祖，才將佛祖雕像請入包袱內。

錢亦錦和弘濟說著說著，又討論起學問。自從跟了好先生，錢亦錦進步神速，如今已是與弘濟旗鼓相當。

錢亦繡掃了弘濟的書架一圈，有個新發現。那些四書五經只剩下《易經》，又多了許多經書。

錢亦繡問道：「小師父不學那些四書五經了嗎？」

弘濟點頭。「師父說，那些學識我學了五年已經足夠，以後多多參悟佛學才是正理。」

錢亦繡暗道，悲空大師真是會唬人，有些人窮盡一輩子，還不見得能領略四書五經的精髓，一個不到十歲的小孩，就算再聰明，又能學多少？還足夠用呢。

可她再想想，和尚本就不該學那些世俗的東西，參悟佛學，的確才是正理。

近中午時，悲空大師才給梁錦昭講完課，小兄妹便與弘濟過去找他。

梁錦昭清瘦不少，連臉色都有些泛青。他穿著月白色圓領箭袖長袍，繫杏黃腰帶，只用一根木簪把頭髮束在頭頂，顯得更加長身玉立，五官也比之前深邃突出，完全脫離了原來的青澀。

幾人說笑一陣，錢亦錦問他什麼時候回京，到時他們兄妹會跟著一起去京城。

梁錦昭笑道：「師父說，二月底我便能出師，最遲三月初就走。走之前，我讓人通知你們。」

小兄妹吃完齋飯後，便要下山，但猴妹在這裡玩出了興趣，還想待著。

悲空大師道：「這小猴兒與佛門頗有些緣，就讓牠多住些時日吧。過幾天，我會讓人送牠回去。」

錢亦繡點頭應了，又囑咐猴妹幾句，才跟著錢亦錦下山回家。

第七十九章

兄妹倆回家後，便開始著手準備進京的事。

除了貨物和禮品，最主要是帶銀子過去。

錢華已經早一步上京布置，可錢不太夠使。京城東西太貴，寸土寸金，儘管他們沒買鋪面，但他按錢亦繡的要求，租了棟三層小樓，又依她說的樣子進行裝修。再加上日常開銷，以及賄賂附近衙役花的錢，手邊的銀子就沒剩多少了。

錢三貴給了錢亦繡二千兩銀票，錢亦繡又帶了二十五顆小珍珠，以防萬一。這些小珍珠拆開賣，一顆只能賣一百兩銀子，但串成項鍊就值錢了，珠子顆顆白潤飽滿，大小相同，很是難得。錢亦繡估計，最少也能賣得四千兩銀子以上。

時間在忙碌中匆匆而過。二月二十六日，大慈寺的無名和尚送信來，梁錦昭已於昨日正式出師，今天一早就趕往省城，讓小兄妹做好準備，大概三月六日就要成行，到時會提前讓人來通知。

無名和尚還說，這次悲空大師和弘濟也會一起去，他們要去北方雲遊。

小兄妹一聽樂壞了。有可愛的弘濟，這趟旅途會更加快樂。

三月二日，梁錦昭的小廝梁高來了，說梁家已包下一條大船，三月六日從溫縣碼頭出發，梁高會陪著錢亦錦與錢亦繡一起去碼頭。

可惜的是，在出發前兩天，錢亦錦突然發熱出疹子，嚇得吳氏和程月直哭，趕緊讓人把他送去保和堂。

張老爺看過後說，幸好不是天花，只是一般的疹子，吃幾天藥就好，但不能吹風。

錢滿霞聽說錢亦錦突然高熱出疹，也嚇哭了。

萬大中心虛不已。昨天他找了藉口去歸園，把出疹的藥悄悄放進錢亦錦喝水的茶碗，看著小主子喝下。小主子如願得了病，他既抱歉，又心疼，但為了保住小主子的命，唯有出此下策。

京城之行，錢亦錦去不成了，哭得不行，但也毫無辦法，只得隔著窗戶囑咐妹妹路上注意安全，不要跟陌生人講話，她生得那麼好看，可別讓壞人拐走了。

錢亦繡讓他放心，這次不僅有梁錦昭一家護著，還有悲空大師和弘濟，又把猴哥和奔奔帶去，路上定會無事。

三月五日，幾十箱蓮艾妝黛被拉到歸園，全是去年製出的最頂尖金蓮妝黛；而稍次一等的妝黛，從去年底開始，便陸續拉去京城，但沒有賣出，等到錦繡分行開業時再一起賣。

晚上，知道女兒要遠行的程月又抱著她哭，無論錢亦繡怎麼勸解都不成。

程月是怕女兒像錢滿江一樣，一去不返，但又希望繡品能拿到北方賣，心裡糾結得不得了。

小娘親是水做的，眼淚把半邊枕頭都打濕，整晚抱著女兒的手就沒鬆過，一直哭到天快亮，才漸漸睡著。

當天邊現出魚肚白，錢曉雨便輕手輕腳走進來，把剛沈入夢鄉不久的錢亦繡搖醒。

錢亦繡吃完早飯來到外面，看見許多租來的牛車和驢車已經拉著東西向東出發。她帶著紫珠、白珠、魏氏，以及猴哥和奔奔，上了梁高趕的馬車；陸師傅、榮師傅與黃鐵、蘇三武坐上牛車，緊隨其後。

穿著中衣的程月站在窗前，看著女兒坐的馬車過了荒原，消失在村口的那片朝霞中，泣不成聲。

未時，錢亦繡等人到了溫縣碼頭，直接上船。錢亦繡被安排住進右側最裡面的艙房。

艙房不大，擺了兩張小床，中間有張小几。錢亦繡指揮魏氏及兩個丫頭把兩張小床併好，又讓小廝幫忙，把裝繡屏的木箱抬進來，放在床邊。

梁錦昭實在猜不出箱子裡裝了什麼寶貝，讓錢亦繡如此小心翼翼。

把東西收拾完，魏氏領著白珠去底艙住著，猴哥和奔奔跟梁錦昭去了另一間艙房。牠們住在梁則重隔壁、梁錦昭的對面。

錢亦繡和紫珠坐在窗邊，饒有興致地看著外面的風景，抑制不住激動的心情。錢亦繡生出前世上大學即將離開家的感覺，對未來既憧憬又惶惑。

不一會兒，便聽到艙外的嘈雜聲，好像是梁則重夫婦、悲空大師與弘濟上來了。梁夫人住錢亦繡對面的艙房。

再過一會兒，大船啟動了。

兩刻鐘後，錢亦繡覺得梁夫人那邊應該收拾好了，自己該去給她請個安。正想著，便聽見敲門聲，是梁錦昭要帶她去見他奶奶。

錢亦繡聞言，暗道梁錦昭好像一直這麼心思縝密，想別人所想。

她拿著一套頂級的蓮艾妝黛，跟著他來到對面的船艙，拜見了梁夫人。

梁夫人年約五十出頭，穿著薑黃纏枝蓮紋提金錦緞對襟褙子，赤金灑花緞面薑黃底子馬面裙，頭上只戴了根嵌松綠石掐絲金鳳釵。由於保養得宜，感覺只有四十幾歲，看起來秀麗端莊，又慈眉善目。

兩人一進去，便有丫鬟在梁夫人面前放了蒲團。

錢亦繡十分乖巧地跪在蒲團上，給梁夫人磕頭。「民女繡兒見過梁夫人，祝梁夫人福泰安康。」送上那套頂級的妝黛。

梁夫人笑道：「哎喲，可憐見的，快起來。」

錢亦繡站起身，丫鬟端上一個裝著金鑲珠石累絲香囊的托盤，香囊大概有她的小半個巴掌大。

這東西太貴重了！錢亦繡愣愣看著，沒敢伸手接。

梁夫人道：「好孩子，長者賜，不可辭，快收下。」和藹可親的態度，一點也不像居於高位的當家夫人。

錢亦繡想把這條大粗腿抱牢，收下香囊謝過後，挑著有錢人家夫人、太太愛聽的話說起來。

大約過了兩刻鐘，見梁夫人有些倦了，錢亦繡才起身告辭。

錢亦繡和梁錦昭走後，梁則重推門走進來。

梁夫人起身請他坐下，丫鬟上茶，梁則重揮手，兩個丫鬟躬身退出。

梁則重低聲問：「那個小姑娘，如何？」

梁夫人點頭。「不錯，模樣、性子都挺招人喜歡。」又遲疑道：「老爺，那孩子是不是太小了些？咱們昭兒再過半年就滿十七，又是長孫，若不是那個病，怕是已經成親。我倒不在乎多等幾年，可婆婆能願意嗎？還有兒媳婦，她是崔家出身，眼界高著呢。這孩子的出身，兒媳恐怕不會喜歡。」

梁則重道：「娘那裡，由我去說。娘最是高瞻遠矚，定會同意；至於兒媳婦，若是個聰明的，就不要再端著五姓世家的架子。在聖上的打壓下，五姓世家如今已是日落黃昏，輝煌不了多久。而且，大師說過，昭兒宜晚婚，否則恐有血光之災。」

梁夫人聞言，一陣愁苦，微微嘆口氣，低聲道：「別家這麼大的後生都成親了，有些已經當爹，可咱們的孫子卻還要再等幾年。府裡本就人丁單薄……」

梁則重安慰她。「昭兒的情況已經比之前好太多。這個病痊癒了，他才能到軍裡歷練，能夠承爵、走仕途。幸好有父親的惠澤，才能讓悲空大師幫他治病。

「現在，上天眷顧，也是昭兒的福氣，有人找到了治癒此病的靈藥。凡事不能占齊，昭兒晚幾年成婚，卻換得健康的身體，怎麼算，都是咱們占了便宜。」

梁夫人聽了這話，便笑起來，釋然道：「老爺說得對，的確是這個理，是我貪心了。既然昭兒還要等幾年，咱們也不急著定下他的親事，等錢家小姑娘長大點，若是妥當，再說吧。」

五天後，大船出了綠春江，靠岸補些吃食與用物後，就進了京湘運河。

這天，梁夫人的大丫鬟拿出夫人賞給她的蓮艾妝黛，想打開來瞧瞧。

錢家小姑娘挺伶俐的，有時卻掂不出自己的身分。她家夫人可是國公夫人，家大業大，非上等鋪子艾淑林的胭脂水粉和香餅不用。小姑娘倒好，居然送了一套鄉下小作坊製的胭脂水粉當禮物。

梁夫人慈悲，不好意思拂了小姑娘的意，等她一走，便把這盒妝黛賞給了丫鬟。

丫鬟打開盒子一看，立刻驚住了。盒子裡放著三個彩釉小瓷盒、一只大肚子彩釉小瓷瓶，極為精緻漂亮，上面描著金色蓮花。

最下面是一張帶有香氣的紙，原來這套妝黛叫做珠韻，紙上寫明具體用途和用法。珠韻香膏是洗臉的，珠韻香脂可保養皮膚，珠韻金脂是胭脂，珠韻金露則是香露。

她拿起香脂的小盒子打開，裡面的香脂白中似有隱隱珠光，香味清淡卻綿長，極好聞。

丫鬟直覺這香脂不比艾淑林的差，甚至更好，便不敢用了，趕緊把盒子蓋上，來到梁夫人的艙房。

她見了梁夫人，稟道：「夫人，奴婢覺得這蓮艾妝黛似乎比艾淑林賣的還好。」

梁夫人笑道：「怎麼可能？」

但她看到丫鬟把黑漆盒打開後，也愣住了，驚道：「好巧的心思……」

丫鬟見狀，取出盒裡的香膏等物，服侍梁夫人重新淨面上妝。

梁夫人對鏡一瞧，竟是有些呆住。用了這些妝黛，她的臉上不僅更加白潤細膩，還隱隱泛著珠光，且腮邊的胭脂也不似原來的那般鮮紅，而是更接近人的膚色，紅中略帶點黃，同樣泛著珠光；點在唇上，顯得嘴唇更加紅潤亮麗。

鏡中的她不僅更妍麗，也更年輕了。

雖然整個艙房裡瀰漫著妝黛的香氣，但並不濃郁，清淡綿長，似有而無，非常好聞。

梁夫人正對鏡輕點紅潤的臉頰，梁則重和梁錦昭走了進來。

梁夫人指著那盒蓮艾妝黛說：「是繡兒那孩子送的，說是她家蓮艾香坊製的香脂。起先我沒在意，今兒用了用，效果竟是出乎意料的好。」

梁錦昭深吸幾口氣。「這香味很好聞，我得去找她要一瓶男子用的。」說完，抬腳出了艙房。

此時，錢亦繡正同弘濟在小几上下五子棋。聽梁錦昭說明來意，便放下手中的棋子。

她等這一天，等得有些不耐煩了。都送出妝黛那麼久，梁錦昭早該來討要男子用的香露才對。

她回艙房，拿著一個小巧的黑色洋漆圓木盒過來，木盒上只描了幾片碧綠蓮葉。打開蓋子，裡面裝著兩個青釉蓮花狀的小瓷盒，一只青釉小瓷瓶，裡面也有一張寫著用法的紙。

她取出小瓷盒和小瓷瓶，道：「這套名叫碧蓮，適合男人用。碧蓮香膏是洗臉的，碧蓮香脂可以搽臉。另外這瓶，是碧蓮香露。」

梁錦昭打開香露聞了聞，香味比梁夫人用的更清爽些，少了那絲甜膩味道，的確更適合男人用。而且，聞了之後，還讓他有種神清氣爽的感覺，非常舒適。

他笑道：「妳這小丫頭忒精怪了些，有這好東西，怎麼不早拿出來，怕我不給錢嗎？」

錢亦繡笑著說：「這東西如今有錢也沒地方買，我送你，但有條件。」

梁錦昭搖頭。「就說妳精怪吧。什麼條件？」

錢亦繡道：「梁公子回京後，只能使用這套碧蓮香露，若是有人問起，就幫我們介紹介紹。」

梁錦昭聽完，忍不住哈哈大笑。

「小丫頭果然比鬼還精！好，我答應妳。」反正他也喜歡這香味，就順手幫幫她吧。

大船在京湘運河上走了十二天後，便到京城南郊的通縣碼頭。

大船靠岸，一個三十歲左右的華服男子領著幾人率先上船，來到梁大人和梁夫人面前，長揖及地。

「兒子見過父親、母親。」是梁錦昭的二叔。

悲空大師也帶著弘濟出來。自上船後，錢亦繡還是第一次看見悲空大師。

錢華和蘇大武也來了，租了許多牛車和驢車來裝行李與載貨。

錢亦繡把梁則重和梁夫人送上車，又道了謝。

梁夫人道：「以後經常來府裡玩，有什麼事，就找府裡的管事。在京城，梁府還是有幾分薄面的。」

梁大人又補充道：「去梁府時，記著把那一猴一狗帶著。」

梁錦昭把梁高和一個名叫梁富的梁府管事留下來幫錢亦繡。

「這些日子，讓梁富在錦繡行裡看著，有事讓他回府找我。妳一個外鄉小姑娘，不要到處亂跑，等我忙完，就會抽空去錦繡行看妳。」

錢亦繡謝了他，跟上車的悲空大師和弘濟告別。

弘濟依依不捨地說：「錢施主安頓好，就去報國寺看貧僧。貧僧無事，也會去錦繡行看妳。」

錢亦繡和錢華看著挑夫把箱子都扛上牛車和驢車，那個裝繡屏的箱子單放，讓蘇大武、梁富等人送回錦繡行。

錢亦繡、兩個丫頭、魏氏及猴哥、奔奔則上了錦繡行新買的馬車，由錢華親自趕車，梁高坐在他旁邊。

路上，錢華簡單稟報錦繡行開張前的狀況。錢亦繡很滿意，謝過了他。

馬車駛了半個多時辰，便能遙遙望見京城高大的城牆。

錢亦繡太激動了，不知這京城是不是前世的北京，遂不顧魏氏的勸阻，掀開窗簾向外看，伸出了半個腦袋。

前面是連綿的城牆，左面有一大片院子與屋舍，隱約傳出一陣陣嘶吼的聲音。

錢華指著那裡道：「那是御林軍左衛軍的營地，他們是專門護衛京城的。」

錢亦繡恍然大悟。「聽說梁公子的父親就是御林軍副統領，是他們的頭頭了？」

梁高得意地說：「是，左衛軍正是我們大爺主管的。」

正說著，幾匹高頭大馬從後面飛馳而過，一匹馬卻突然停住，馬上身穿戎裝的青年回過身，看著錢亦繡，嘻皮笑臉地說：「小姑娘長大後，定會成為少見的美人兒。」

另幾匹馬也停下來，有人取笑那人道：「兄弟，太久沒沾女人了，連見著小女孩都眼冒綠光？」

這話惹得幾人又是一陣大笑。

跑在最前面的一匹馬折回來，騎馬之人罵青年道：「你活得不耐煩了，找死是不是？」聲音清冷得如山上流下的泉水，絲毫沒有那幾人的猥瑣。

錢亦繡本來已經躲進馬車裡，放下簾子，但那聲音太熟悉了，似乎昨夜還在夢裡出現過。

她猛地掀開簾子，那幾人正拉著韁繩，調轉馬頭。其中一人卻是那麼熟悉，哪怕只一下就轉過身去，但那一晃而過的面容，實在太像小爹爹了。

十一年前，她為了把小爹爹的音容笑貌牢牢刻在腦海裡，不止一次飄到他面前細細地看。他的容顏早已深入她的腦海，就是到死，都不會忘記。

那人像極了錢滿江，哪怕比原來壯實、成熟了，但依然有八成像。

世上真有這麼像的人？連聲音都那麼像？錢亦繡想著，眼淚忍不住湧上來。

那人轉身的一瞬間，眼角餘光正好瞥見那個小姑娘。他打馬跑了幾步，才突然想起為何對那小姑娘有種熟悉感？

他猛地拉住韁繩，胯下的馬驚叫著，前蹄高高躍起。轉過頭，見到車裡的小姑娘正呆呆地看著他，那雙水汪汪的杏眼是那麼像他朝思暮想的人。

幾個跑去前面的人都笑起來。「錢將軍，你罵了人，怎麼比被罵的看得還呆？」

魏氏嚇得趕緊把窗簾放下，嗔怪著錢亦繡。「姊兒，妳長大了，不能再隨意拋頭露面，被那些軍爺纏上，可是要出事。」

錢亦繡聽著那幾匹馬越跑越遠的聲音，心如斷了線的風箏，飄啊飄啊……長得像、聲音像，都姓錢……

錢亦繡的眼淚止不住地往下流，越想越傷心，最後竟是嗚嗚哭出了聲。

魏氏以為她是被那幾個軍爺嚇著了，摟著她不停安慰。「姊兒不怕，那幾個軍爺已經走遠了。光天化日之下，他們不敢來欺負姊兒的。」

車外的梁高也勸道：「錢姑娘不要害怕，他們若敢亂來，我就把衛國公府的令牌拿出來。我家國公爺是御林軍副統領，那些人有天大的膽子，也不敢來欺負妳。」

錢亦繡哭夠了，暗道，那裡是御林軍左衛軍的營地吧？幾個軍爺出現在這裡，很可能是左衛軍的官兵，等以後有工夫，再好好打聽打聽那位錢姓將軍。

若是路人，難得有個那麼像小爹爹的人，而且似乎也挺有正義感。這是緣分，就跟他把關係套套，結個善緣。

若那人真是沒死的死鬼爹，活得好好的卻不回家，看樣子還當了官，肯定是為了榮華富貴拋棄父母、拋妻棄女了。要真是這樣，哼，那就等著瞧吧！

一路上，錢亦繡又抹眼淚，又暗自咬牙，連風景都沒顧得上看。半個時辰後，馬車進了京城南大門，三刻鐘後，到了錦繡行。

第八十章

錦繡行在京城的羅南大街青羊胡同，不是京城最熱鬧之處，但也算繁華了。

他們沒走正街，而是直接進了胡同，來到錦繡行的後院。

錦繡行前面是一座三層樓的商鋪，後面帶著一個院子。院子挺大，左右有兩排各四間的廂房，還有個兩間屋的倒座，院裡有口井，一棵古榕樹。

東西放好後，錢亦繡強壓下一些小心思，跟著錢華參觀商鋪。

她沒從後院直接進商鋪後門，而是出了院子，繞道去街上走正門。

商鋪的正門正對大街，左右鄰居大多開的是繡樓、銀樓、書齋、酒樓、車行。

街道非常寬，可並行六輛馬車。這個繁榮景象，倒有些像前世的「清明河上圖」。

錦繡行是一棟三層小樓，一、二層是賣蓮艾妝黛的鋪面——蓮艾一方，還掛了一塊銀色牌匾；三層樓是錦繡行理事的地方。現在條件不好，暫時擠在一起，等以後錢多了，再另尋他處。

鋪外跟大多鋪面一樣，都是青磚黛瓦，朱色雕花門窗，還掛了一些彩燈。右邊有扇小門，從這裡進去，便能直上三樓。

八扇豪華氣派的雕花朱色大門，就是蓮艾一方的門面了。但因為還沒開張，所以門是關著的。

錢華把門打開，眾人進去，便像走進另一個世界，都禁不住嘆道，原來商鋪還可以這樣裝飾。

錢華是嚴格按照錢亦繡說的風格布置的，融入了她前世的現代元素。他們沒那麼多錢跟別人比豪華，只得標新立異了。

櫃檯不靠著牆壁，而是在中間，如此一來，前後左右的動靜皆能瞧見，空間都利用上了。

四周是一圈高高的、有些像博古架的櫃子，上面放著各種妝黛樣品，間錯著一些醒目好看的擺件。

櫃檯和櫃子也不用這個時代常用的深棕色或朱色，而是黑白相間，鋪著棕黃色的木地板，反差大，也極其醒目。櫃檯上還放了幾面鏡子，前面有幾張漂亮的錦凳；四周還置了幾張圓形小桌及錦凳，桌上放茶盤與鏡子，供客人小坐。

牆上掛著幾幅畫，是請畫匠畫的人像，絕大多數是女人，也有男人，畫出他們在草原上策馬揚鞭的樣子，不讓人覺得男子用了蓮艾的香露，就變得文弱，失了威儀。

從左邊樓梯上了二樓，風格跟一樓差不多，只是櫃檯做成橢圓形，牆上的人物畫換成繡品，更顯得精緻。這樣，看起來既更加高級，又能跟小娘親那座繡屏相得相彰。

錢亦繡太滿意了，開口笑道：「真好，華大叔辛苦了。」

錢華笑著謙虛道：「是姊兒的設想好。」又說已在京城招了帳房，十個夥計，共五男五女，另外還招了三個護院兼跑腿。

錢亦繡點點頭，看見斜對面的大酒樓，此時正是生意最好的時候。沈沈暮色中，樓外那些彩燈已經全部點亮，說笑聲及唱小曲的聲音，連這裡都能隱約聽到。

但她不知道的是，酒樓裡的一扇小窗裡，也有個人正向這邊張望著。

其實，那位錢將軍並沒有回軍營，而是遠遠尾隨在他們的馬車後面，一直跟到錦繡行。在不遠的拐角處徘徊一陣後，見斜陽西落，才上馬匆匆離去。

錢滿江離開時，看見一個錦衣公子領著幾個下人騎馬從城外進來，正是當朝國舅爺葉林。

錢滿江笑得一臉燦爛，對他抱拳躬身。「末將參見葉公子。」

葉林笑道：「喲，是錢大哥啊，好久不見。走，小爺請你喝酒去。」

結果，他們來到錦繡行對面的酒樓。樓高三層，豪華氣派，此時夕陽雖還沒有完全落下，但樓外的彩燈已經點亮，把樓前照得亮如白晝。

葉林和錢滿江等人上了二樓包間，坐在桌前，錢滿江正好可以從窗戶望見不遠處的錦繡行。似曾相識的小女娃，就是進了那座商鋪的後院。

酒菜上桌，葉林端起一碗酒，笑道：「來，小爺敬你。聽我爹說，錢大哥又升官了，一個農家子弟，年紀輕輕就當上從五品武官，不容易啊。」

錢滿江端起酒，一飲而盡。「這還要多謝葉公子美言、葉大人賞識，這個大恩，末將一直記在心裡，以後定當肝腦塗地，全力效忠葉大人與葉公子。」

葉林非常滿意他的表現，但還是故意沈了臉，指著他說：「說錯了，咱們都要全力效忠於皇上。」

錢滿江無言地點點頭，然後鬱悶地一碗接一碗地喝著酒。

葉林見狀，問道：「錢大哥這是有什麼為難的事？」

錢滿江紅了眼圈，嘆道：「從五品的官，可以榮歸故里，封妻蔭子了。可是……我卻連家都不能回，甚至連錢也不能給他們帶一點，注定要辜負父母與妻子……我爹的腿瘸了，娘的身子又不好，媳婦也有病，妹妹還小……」說到後面，聲音不由哽咽起來。

葉林聽了，安慰他。「小爺知道，這是因為代小爺受過，才委屈了錢大哥。」又撂下酒碗罵道：「哼，說來說去，全要怪梁老匹夫多事。本來趙將軍在戰後給你報的是失蹤，想著你坐完幾年牢後便能回鄉見父母。可梁老匹夫卻給皇上上了摺子，說失蹤將士的家人過得如何如何淒慘。皇上仁慈，下詔讓邊關軍營交出失蹤將士的名單，趙將軍無奈，才報了錢大哥落進松江……」

「放心，三殿下登上大位那天，就是錢將軍衣錦還鄉之日。那時，你就不是從五品的小官了。我跟我爹說，最起碼給你弄個四品官。」

錢滿江一直低頭垂目，強壓下眼裡那分不明意味。聽到最後，起身對葉林深深一躬。「末將先謝謝葉公子的栽培之恩。」

兩人又喝了幾杯酒，這才盡興離去。

京城一座五進院落裡，葉林嘴裡的梁老匹夫梁則重，正坐在西側屋，屋裡還有他娘梁老太君，及現任衛國公兼御林軍副統領梁宜謙。

飯後，眾人回了各自的院子，只留下三個當家人商量大事。

梁老太君問道：「昭兒的病治好了？」

梁則重點頭微笑。「這回是徹底好了。悲空大師、張大夫都把過脈，說是已經痊癒。」

梁老太君捏著手裡的佛珠，雙手合十。「菩薩保佑，菩薩保佑。」又擦了擦眼淚。「可惜老太爺早走了幾年，沒看到這一天。」

梁宜謙安慰她。「奶奶莫傷心，爺爺定會在天上瞧見的。」

梁老太君收住淚，又問梁則重。「昭兒的病能好，難道是他的有緣人出現了？那可是咱們昭兒的福星，以後得好好對待人家才是。」

梁則重笑道：「娘，咱們都誤會那個有緣人的意思了。大師說的有緣人，不是跟昭兒有緣，而是指跟治癒昭兒舊疾的靈物有緣。正因為那人找到靈物，昭兒才得以痊癒。」

梁老太君聽了，感嘆道：「真是菩薩保佑、老太爺保佑，咱們昭兒從此大福大貴，一生平順了。」

梁則重便講了有緣人是錢家小女，此時正在京城，希望梁家人能多多看顧她，並嚴加告誡，這事只有他們幾個知道，誰都不能說。這是悲空大師的意思，不能給錢亦繡招禍。

梁老太君和梁宜謙聽了，鄭重地點頭應諾。

之後，梁則重的話鋒一轉，低聲問梁宜謙。「我送回的密函，可轉交聖上了？」

梁宜謙也低聲回答：「交了。聖上得知悲空大師的批語後非常高興，說定會把天下治理得繁榮昌盛，國富民強，交到小殿下手裡的大乾就是銅牆鐵壁。小殿下是悲空大師的弟子，定能把後代調教好，讓百年之後的大乾繼續昌盛，讓大乾基業永遠傳承下去。」

梁則重卻搖搖頭。「聖上睿智，可對先后及太子的愛太執拗，反倒障目，若還抱著接弘濟下山當皇太孫的想法，反倒害了弘濟。據我這次去大慈寺的觀察，還有聽昭兒平時的言談，悲空大師對弘濟的教導，似乎更注重於佛學。做皇上，可以仁，但絕不可以慈。」

梁老太君聞言，沈吟一會兒，開口道：「皇上睿智，龍體又康健，小殿下還小。這麼長的時日，皇上或許會想明白其中關節。」又探尋著問梁則重：「九年前，皇上暗示過咱們梁家和趙家，希望這兩家在小殿下還俗後，護著他順利繼承大統。可如今聽我兒的意思，連悲空大師都認為他不適合坐那個位置，那我們以後該如何？」

梁則重道：「聖上雖然很多事都倚仗咱們梁家，但也提防著，更不願意讓咱們跟任何一位皇子走得近，包括先太子。爹在世時說過，梁家不私下站隊，皇上讓咱們護著誰，就護著誰。太子不幸遇害，留下唯一骨血，皇上不得已，才讓我爹和弘智大師出面，把小殿下託付給悲空大師，希望小殿下能順利長大成人，回來繼承大統。

「可這半年來，我一直在想悲空大師的話，有種預感，小殿下不會如皇上所願。那麼，將來繼承大統的，很可能會是這位……」

他用手指蘸了茶碗中的水，在炕几上寫下一個大字——寧。

梁老太君看著這個字，表情嚴肅。「就目前來看，這位是最不可能的。」

梁宜謙道：「這位雖然外家和岳家都不顯，但著實有些本事，也會收攏人心。據我所知，他在軍中的威望頗高，許多將士佩服他，甚至願意聽命於他，或許真有上位的可能。」

聽了他的話，梁則重與梁老太君沈默。依朝中局勢發展，寧王上位，的確不無可能……

來京城後，錢亦繡沒出去玩過一天，天天都在蓮艾一方裡做開業前的準備。她也沒去梁府，想著梁錦昭祖孫三人在冀安待了近一年，回府後肯定事多。反正她孝敬梁府女眷的東西都託梁錦昭帶回去了，倒不急著前去拜見。

她早已打聽清楚，梁府在京城世家中，屬於少見的簡單，最大的當家人是梁老太君，膝下有兩子。

大子梁則重，梁夫人宋氏，生下大爺梁宜謙與二爺梁宜和。梁宜謙娶了梁大奶奶崔氏，生大少爺梁錦昭、大姑娘梁錦玉，還有個庶子梁錦琛排行老三。

二爺梁宜和、梁二奶奶曾氏生下二少爺梁錦炯，以及四少爺梁錦華。

二老爺梁則曆，年輕時出意外摔死了，只留下梁二夫人連氏及三爺梁宜暢，後娶梁三奶奶夏氏，生了五少爺梁錦豐、六少爺梁錦真與庶女二姑娘梁錦靜。

錢亦繡聽說梁錦昭竟然有個庶弟，還是梁家唯一的庶子，著實嚇了一跳，想了想，這或許跟梁錦昭的病有關吧。

弄清楚梁府有哪些女主子後，錢亦繡託梁錦昭轉送六套蓮艾妝黛，其中四套是大人用的珠韻，兩套是小姑娘用的水柔。梁二夫人是寡居之人，不適合送妝黛，改送一串楠木佛珠。

這串佛珠是錢亦繡在船上向弘濟要的，據說被他的師兄弘圓住持誦過經。

為抱緊梁府這條大粗腿，錢亦繡可謂不遺餘力。

其間，梁錦昭和宋懷瑾來過一趟，但來去匆匆，似乎聚會、飯局特別多，實在抽不出空。幸好梁富一直守在這裡，許多錦繡行不好辦的事，他一出面就辦妥了。

閒談中，錢亦繡得知梁富有個姪子是梁宜謙的親兵，常去左衛軍辦事，便請梁富幫她私下打聽打聽那個錢將軍，藉口是他長得極像她的叔伯，聽家人說過有個遠房叔叔在京城當官，不曉得是不是他？

她心想，雖然幾千官兵中打聽一個人不容易，但那位錢將軍是官，長得又極其俊朗，這樣的人放在哪裡都屬於鳳毛麟角，肯定容易找出來。

為此，錢亦繡還特地送了梁富兩套蓮艾妝黛。

梁富很高興，他知道蓮艾做的是高級品，即使是最便宜的，一套也要八兩銀子，不是一般人家用得起的。

四月四日，錢亦繡從商鋪後門回了後院。蓮艾一方的開業準備已經全部做好，剛剛把屏風抬到二樓，不過還沒開箱。

她走出來，只看見奔奔蹲在院子裡望天，又看看樹上、房頂上，連個猴影都沒有，便皺眉問道：「猴哥呢？」

奔奔衝後門叫兩聲，意思是猴哥從這裡出去了。

錢亦繡氣得跺腳。猴哥一點都不聽話，還以為這是鄉下呀，一出門就進山了。這裡一出去，等於進了別人家，萬一牠惹禍，或惡人打牠的壞主意該怎麼辦？

附近幾家人已經有不少孩子上門打聽過，無事還會在門口轉悠，全是猴哥招來的。

她正不高興，猴哥卻推門進來了。

錢亦繡剛想說牠，就見猴哥急急把她拉到院門口讓她站住，自己跑出幾步，再跑回來在門口瞧瞧，如此反覆四次，又衝她叫了幾聲，用手使勁往高處比劃兩下。

錢亦繡讀懂牠的猴語，吃驚道：「猴哥的意思是，有個高個子的人來了咱家門口，還轉悠了四次？」

猴哥搖搖頭，伸出胳膊，再比劃一下。

錢亦繡見狀，恍然道：「不是在門口，是離門口比較遠的地方，從那裡看咱們家，對嗎？」

猴哥點點頭，對錢亦繡豎起大拇指，意思是她真聰明。

錢亦繡又問：「是男人還是女人？」

猴哥伸出左手搖了搖，意思是男人。男左女右，這是錢亦繡教過牠的。

猴哥非常機靈，發現第四次時才告訴她，肯定是前三次看見時牠也不確定，而第四次終於確定那人是在注意這個院子的動靜才告訴她。怪不得這個機靈鬼經常上樹東張西望，原來是當偵察兵呢。

錢亦繡高興地幫牠捏了捏後脖子，低聲讚道：「乖弟弟，晚上姊姊親自給你蒸雞蛋羹。」又說：「若那人再來，就趕緊告訴我。」

接著，她回頭對魏氏說了猴哥的意思，讓她去商鋪裡提醒錢華他們，多注意些。她抬頭，卻看見三個六、七歲的男孩子往這邊走來，無奈地皺皺眉。這幾個孩子都是附近商家的少爺，她不想理他們，但必須打好鄰居間的關係。

錢亦繡笑著請幾個孩子進院子，又讓白珠去拿霞霞香餅屋做的餅乾給他們吃。其中有個胖胖的少爺還拎了個小食盒，他把食盒打開後，從裡面拿出一份附近酒樓的招牌菜，請猴哥和奔奔吃。

怪不得猴哥和奔奔比較喜歡這孩子，那招牌菜有些像佛跳牆，是用上好食材做成的，一份要賣八十八兩銀子呢。

錢亦繡忙道：「小少爺，這麼貴的東西，不要再給牠們送來了，你爺爺知道了，準要罵你。」

小少爺憨憨地傻笑。「我爺爺才不會罵我，我要什麼，他都會給。」

另一個孩子聽了，笑道：「你要猴哥，你爺會給你嗎？」

說得幾人都笑起來。

這時，梁富急急忙忙從商鋪後門走出來。錢亦繡見他有話要說，便把他帶去了左廂客房。

兩人進了客房後，梁富對錢亦繡道：「今兒我有事回府，正好碰到我姪子來找我。他打聽出來了，說左衛軍裡姓錢的武官共有八人，二十幾歲的有三人，長得最俊俏的叫錢滿江，今年二十六歲，是冀安省溫縣人，兩年前才調進左衛軍，現任從五品右郎將。

「聽說，錢滿江武藝超強，又八面玲瓏，極得上峰賞識，連國公爺都對他青睞有加。他雖跟姊兒不是同一個縣的，卻是同一個省，真有可能是遠親呢……」

果真是他！

錢亦繡的心像是瞬間被抽空了，呆呆拿出一錠五兩的銀子給梁富。「謝謝梁管事，也謝謝你那位親戚，這銀子拿去請他喝酒吧。」

那聲音似乎離得好遠好遠，不像是從她口中發出來的。

梁富走後，錢亦繡回臥房躺下，完全沒有一絲力氣。腦海裡像放電影一樣，不停浮現錢滿江走後，家裡的畫面。

爺爺錢三貴幾乎終日躺在床上，咬著牙，分派著工作。

奶奶吳氏早出晚歸，忙地裡的農活，幾年間就由一個秀美婦人變成駝背老嫗。

小姑姑錢滿霞還是個五歲的孩子，卻照顧著一家老小，包下了所有家務。

小娘親程月天天在門口望眼欲穿，多年如一日地盼著幾番花謝花開後就能回鄉的江哥哥，癡心不改。

還有兩歲便獨自進村討吃食的錢亦錦，瘦弱得一陣風就能吹倒的早逝小亦繡。

一家子被惡人欺凌到底。

如果她沒有穿越，這個家會變得怎樣呢？

若非她當了多年阿飄，窺探到別人不知道的寶貝，發了橫財，這個家又會怎麼樣呢？

榮華富貴真的那麼好，可以讓錢滿江拋棄父母、拋棄妻子兒女？

他比前世的尚青雲可惡一千倍！

但是，現在她卻什麼也不能做，不能像秦香蓮那樣狀告他，也不能去梁府揭露他，或正義凜然地去罵他，即使見面了，還得裝不認識。總不能說她的鬼魂見過他，曉得他是她的死鬼爹吧？

錢亦繡難過得不得了，把頭捂在被子裡，嗚嗚咽咽哭起來……

第八十一章

第二天，錢亦繡強壓下心事，領著人把十幾個大花籃擺到錦繡行門口。花籃是從家裡帶來的，乃錢三貴親手所編，裡面的花是絹花；又在錦繡行樓裡樓外掛了許多紅綾和絹花，以及一些彩燈。

雖然明天才開張，但花團錦簇的錦繡行外面已經有許多人站著看熱鬧。下午，梁錦昭和宋懷瑾領著管家來了，還帶來十幾個護院。

錢亦繡和錢華請他們去對面的酒樓吃飯。三個主子去包廂，錢華請管家和護院在樓下大廳裡吃。

梁錦昭和宋懷瑾說，他們已跟許多朋友講好，明天要來捧場；梁家所有女眷都喜歡錢亦繡送的蓮艾妝黛，也幫忙說好話，明天定會有女眷光顧。

錢亦繡聽了極高興，並表示感謝，又問他們：「京城哪家銀樓信譽好？我想再買個小院子，但銀子不太夠，想把手上的珍珠項鍊賣掉。」

梁錦昭道：「珍珠好不好？若是好，不需要賣給銀樓，我直接幫妳引薦潘爺爺。他最喜歡珍珠了，只要珍珠夠好，不管多少錢都會買。」

錢亦繡點頭。「珍珠肯定好，是我爺跑鏢時在番人手裡買的，跟大乾的東珠和南珠不一樣。」

梁錦昭聞言，笑道：「這就好辦。我拿這個當由頭，明天把潘爺爺引到錦繡行來，那你們就賺大了。」

錢亦繡突然想起那年進省城賣珍珠聽說的國民偶像，問道：「你說的潘爺爺是不是那個美男——哦，不，是潘駙馬？」

梁錦昭哈哈大笑。「沒錯，潘爺爺正是潘駙馬。不過，要是他聽到妳稱他為美男子，即使去了錦繡行，也會氣得轉身就走。」

宋懷瑾也笑道：「潘駙馬最討厭人家說他長得俊。」

錢亦繡聽了，咯咯笑起來，雀躍道：「放心，我不會當面這麼叫的。真是潘駙馬就太好了，聽說那年他去寶吉銀樓買幾顆珍珠，寶吉銀樓的生意就好了許多天。」隨即嘟起嘴。「萬一他不來怎麼辦？豈不白高興一場。」

梁錦昭聳聳肩。「有可能。潘爺爺是名士，做事最是率性不羈。」又低聲說：「連皇上的傳喚，他有時都會找藉口不去。皇上仁慈，知道他恃才傲物，也不跟他計較。」

錢亦繡實在太想請到潘駙馬了，請到他，相當於前世那些商家請到天王巨星一樣，聲名定會大噪。忽然又想到一種可能，若是那樣，小娘親那幅繡品也不枉此行了。

於是，她對梁錦昭道：「我們還有兩瓶天價香露，只有潘駙馬那樣的人才願意出那麼多錢買，也只有他那樣的人才配用。」

梁錦昭和宋懷瑾聞言，有些不喜，嗔怪道：「什麼香露？怎麼小爺就買不起，不配用？」

錢亦繡趕緊解釋：「那種香露只有兩瓶，叫龍磷香露，是我在機緣巧合下得了幾片龍香樹的葉子，製香師傅又取了金蓮蓮蕊，精心調製出來的。那種香味較濃郁，對青年公子而言，不太適合啊。」

兩位公子聽了，這才釋懷。

梁錦昭道：「既然這兩樣東西那麼好，不如妳現在就準備準備，我直接領妳去榮恩伯府讓潘爺爺看看。若是他喜歡，看能不能請他明天去錦繡行捧個場？」

錢亦繡眼珠轉了幾圈，對梁錦昭道：「只拿項鍊去。想買龍香樹製的香露，得明天親自到店裡才行。」

梁錦昭笑著彈她的腦袋。「小鬼頭，就妳精明。」彈完才覺得，人家雖然是孩子，也有十歲了，不由有些紅了臉。

宋懷瑾見狀，衝梁錦昭擠擠眼，又撇了撇嘴。

錢亦繡還處在興奮中，一直傻呵呵地笑，沒感覺自己似乎被男人「輕薄」了。她都把自己當孩子，也想不到那麼多。

於是，幾人匆匆吃過飯後，便回了錦繡行。

進了門，兩位公子在廳裡等著，錢亦繡回臥房換衣裳，拿珍珠項鍊。

想著潘駙馬喜歡雅致，錢亦繡便穿了件雪青比甲外罩、淺綠色中衣，配白色長裙，領口、袖口、裙邊繡著纏枝蘭花。這也是程月喜歡的風格。

漸漸長開的錢亦繡越來越像程月，只不過少了幾分超凡脫俗的仙氣，多了幾分靈巧與親和。

這麼一打扮，她好像自然而然地換了種氣質，走路的步子邁得小，胳膊也不晃起來了。錢亦繡出去，梁錦昭與宋懷瑾看見，瞬間一愣。小丫頭平時給他們的印象就是古靈精怪，甚至精明過頭，還有些風風火火，沒想到竟有如此清新雅致的一面，就像迎面吹來的清風。

宋懷瑾笑道：「小丫頭如此穿著，倒像個小淑女了。」

錢亦繡生氣地說：「什麼話呀，我本來就是個淑女。」

梁錦昭愣愣地看著她。「我怎麼覺得妳長得挺眼熟呢？」

錢亦繡無言了。「傻了不是？難道咱們還是第一次見面嗎？」

接著，幾人說說笑笑上了馬車。路上，兩位公子還囑咐她，看見潘駙馬，記得要叫他「潘先生」，千萬別叫「潘駙馬」，以免惹他不喜。

半個時辰後，馬車來到一座大宅的角門前。

潘駙馬正好在家，下人稟報後，把他們帶去書房。

走過一段抄手遊廊，便來到一座小院子。

這裡的風景真好，鳥語花香，雕紅刻綠，似乎風裡也帶著甜味，連房頂上的飛簷翹角都彰顯著風雅。

他們走進一間開了門的大屋。一進屋，一股清雅的檀香便撲面而來；地上鋪著西域絨毯，正面是紫檀羅漢床，床後牆上掛著一幅氣勢磅礴的風景畫。

左面雕空玲瓏木板中間有道門，進去後，裡面才是真正的書房。

潘駙馬正坐在書案前專心作畫，聽見他們進屋，才把手中的筆放下。他沒抬頭，吹了吹紙上的墨，似乎對剛才畫的作品很滿意。

美男子就是美男子，即使錢亦繡沒完全看清他的長相，還看到他長了一圈鬍子，仍是覺得他優雅無比。那種優雅，不是前世那些小鮮肉能比擬的，那是知識的積累、自信的氣質、歲月的沈澱。

潘駙馬勾了勾嘴角，才抬起頭來，笑道：「昭兒回來了？宋公子也來了。喲，還帶了位小友。快，請坐。」伸手請眾人坐的姿勢也那麼優美，如行雲流水般。

梁錦昭笑著介紹錢亦繡給他認識。「這是我在冀安省交的小友錢姑娘，她有一串從番人手裡買來的珍珠想出售，我就想到潘爺爺，看您喜不喜歡？」

他說完，卻見錢亦繡還愣愣地看著潘子安，便咳嗽兩聲。

錢亦繡正看美男看得發呆，覺得他是前世今生兩輩子加起來見過最俊美的男人，哪怕歲數大了些，哪怕她最不喜歡男人留鬍子，也不得不承認，他上唇邊那道鬍子是那麼那麼有型；還有他頭上戴的嵌珠紫金冠，身上穿的月白色提金錦緞交領長袍，連頸下那顆蓮花紋鑲珠翡翠領扣，都是那麼那麼……

她心裡還沒驚嘆完，便聽到梁錦昭咳了兩聲，不由紅了老臉，想著是不是太久沒看到成熟美男，看呆不說，竟然還覺得他有幾分熟悉感，遂不好意思地扭捏兩下，還皺起小臉。

她的樣子，把潘駙馬逗笑了。潘駙馬討厭女人看他看得發呆，但這個小女娃卻是一點也不令人討厭，相反地，還可愛討喜得很。

他笑道：「錢小姑娘，妳的珍珠真那麼好？我的眼光可挑剔了。」

潘駙馬的好脾氣，讓梁錦昭和宋懷瑾都有些吃驚。

錢亦繡已經完全緩過神來，笑道：「我的珍珠當然好，不然也不敢拿到潘先生面前獻醜了。」說著，把手裡的錦盒拿到案桌上，打開來。

潘駙馬突然有些恍惚，覺得迎面走來的是日夜思念的女兒。再定睛一看，這小姑娘雖然也是杏核眼、櫻桃嘴、肌膚賽雪，但笑意盈盈，渾身都散發著融融暖意，不是他那氣質清冷的女兒。

潘駙馬的眼眶有些發熱，趕緊垂目看向桌上的錦盒。

錦盒底鋪著一塊紫色錦緞，綿緞上放著一串珍珠。珍珠雖然不大，但顆顆潤澤飽滿，正好午後陽光透過窗櫺射進來，照在珍珠上，色澤顯得更加晶瑩。

潘駙馬覺得這些珍珠有些眼熟，伸手把項鍊拿起來，對著陽光看了一陣。

一會兒後，他把項鍊放回錦盒裡，問錢亦繡：「西州府寶吉銀樓裡的那幾顆來自番人的珍珠，也是妳賣的？」

錢亦繡點頭。「是，賣了五顆。」

潘駙馬道：「那就對了。我剛才看，這些珠子和那幾顆珠子像是同個地方出來的。」

錢亦繡由衷地讚嘆道：「潘先生的眼光真毒，連這個都能看出來。」又害怕惹禍，趕緊補充道：「這些都是我爺爺跑鏢時在一個番人手裡買的，那番人說他是從什麼日不落的地方來的，其他的話，我爺爺也聽不懂。」

潘駙馬點點頭，看著項鍊想，那五顆珍珠打了一支五鳳銜珠釵，再加上這串項鍊，只差一對耳環就配齊了。再瞧瞧項鍊的長度，取下兩顆做耳環似乎也行。

想到這裡，他更滿意了，抬頭問道：「我很喜歡這串項鍊，錢小姑娘想賣多少銀子？」

錢亦繡笑道：「我不懂珠寶方面的價錢，這串項鍊值多少，我也不曉得。但我知道有貨賣愛家這一說，既然潘先生喜歡，就看著給吧。這些珍珠能到您手裡，也是它們的福氣。」

潘駙馬看她一副人小鬼大的樣子，起了逗弄之心，道：「讓我給，妳就不怕吃虧？好，我出一百兩銀子，成嗎？」

錢亦繡也不害怕，點頭道：「潘先生的名聲響徹大江南北，不會占我一個小姑娘的便宜的。您說這串項鍊值一百兩，那它肯定就值一百兩。」

潘駙馬看看這張似曾相識的小臉，稚嫩中帶著人情練達，態度討喜又不卑不亢，口齒伶俐又言詞得當，心裡更加喜歡幾分。再想想，她這麼小就出來賣珍珠，還跟世家公子攀上關係，家裡的日子肯定非常不好過吧？遂有了幾分憐惜。

他笑道：「小姑娘倒是會討巧。妳都說了我是大名士，不會占小姑娘的便宜，那我只有多出點銀子嘍。五千兩銀子買這串項鍊，如何？」

這個價錢已遠遠超過這串珍珠的價值，錢亦繡燦然一笑，清脆地說：「多謝潘先生。」

潘駙馬看到小姑娘燦爛的笑容，心情也開懷起來，大笑道：「快，都坐下。怎麼一來就先談起生意，連口茶都沒喝。」

幾人在圈椅上坐定，小廝上茶。潘駙馬起身從書櫃的匣子取出幾張銀票交給錢亦繡。

錢亦繡看看沒錯，便放進荷包裡。

眾人談笑一陣後，錢亦繡說起自家店裡有一瓶龍香樹製的龍磷香露，特別適合潘駙馬這樣的人用。

這果真引起潘駙馬的興趣，嗔怪道：「有那種好東西，為何不一起拿過來？龍香樹製的香露，我只在多年前得過一次，還是從波斯那邊來的。」

梁錦昭趕緊笑道：「錢姑娘家的錦繡行明天開張，想請潘爺爺屈尊移步，去捧個場，正好再看看那瓶香露。」

潘駙馬這才明白過來，人家是想用他，居然毫不惱怒，爽快笑道：「你們這幾個小鬼頭，繞了一個大圈子，原來是想讓我明天去給小姑娘的鋪子捧場。好，為了那瓶龍磷香露，我就去一趟……」

直到幾人出了榮恩伯府，錢亦繡還像作夢一樣。不是說潘駙馬冷情冷心、恃才傲物，最是不好相處嗎？她怎麼覺得他特別親切、特別和藹呢？

她把這疑惑對梁錦昭說了，梁錦昭也有些納悶。「我也奇怪，今天潘爺爺的笑聲好像特別多，比我以前見到的加在一起還多……不會是他有什麼好事，咱們不知道吧？」

天已經有些晚了，梁錦昭請宋懷瑾與錢亦繡在酒樓裡吃了飯，才把錢亦繡送回錦繡行。

至於他們倆，連車都沒下，直接回府。

錢亦繡回了後院，錢華便來稟報，說送了蓮艾妝黛給那些管家，又各送那十幾個護院一盒香脂，跟他們講了明天幾時來、做些什麼事情。

雖然管家等人面上客氣，卻頗不以為然，覺得錦繡行的香脂再好，也不至於調這麼多護院啊，真是殺雞用了牛刀。

錢亦繡能想到那些人心裡肯定不舒坦，能調動他們的，定是梁則重，便說道：「繡屏也只展幾天，這幾天一過，就會收起來，完事後，多給他們銀子就是。以後還會用得上他們，一定要招呼好……」吩咐完，就讓錢華去休息了。

第八十二章

第二天是四月初六，既是錢亦繡的生日，又是錦繡行及蓮艾一方開業的大喜日子。

錢亦繡早早起床，吃了飯和下人特地煮的白煮蛋後便梳妝起來。

雖然開業儀式是錢華主持，但她也有任務，所以打扮得非常隆重。

她上身著淺粉色繡紅楓葉的緞面短襦，下身是大紅色緞面襦裙；包包頭上插著兩根小赤金蓮花珠簪，及兩朵紅色小絹花，還化了淡妝。

兩個小丫頭也穿戴好了，是一樣的海裳紅長比甲與粉色中衣中褲。

幾人來到商鋪，錢亦繡看看大門前的花籃，又看看屋內的插花、紅色地毯都擺好、鋪好，就領著人去了二樓，開箱取出那架屏風，擺放在離窗邊不遠的地方。這裡光線好，陽光又不會直接照到繡品。

她讓人用一塊紅綢把繡屏蓋上，還在周圍牽了一圈線，讓兩個護院站在兩旁保護。管家也來了，他們看到這座屏風，眼睛瞪得老大，終於明白為什麼錢家人如此小心翼翼。這東西實在太好了些，想當成鎮店之寶不賣，即便有衛國公府當後臺，怕是也要傷些腦筋。

巳時初，客人陸陸續續來了。

一陣爆竹響過，錢華在錦繡行門前的臺階上向大家打了招呼，又說稍後潘先生會來，屆時錦繡行還會展出曠世奇作，請大家別忙著離開。接著，兩位管家又代表梁府與宋府，祝賀錦繡行開張大吉。

今天來的客大多數是宋懷瑾和梁錦昭拉來的人。宋懷瑾已經到了，梁錦昭要去接潘駙馬，就拜託梁二公子梁錦炯先過來。

這些青年公子能來這裡，是推不過梁錦昭和宋懷瑾的情面。因為今天上學的上學、當差的當差，為了來捧場，湊個人氣，還特地請假；還有些人是答應下了衙或下課後再來。

那些青年公子起先還踐踐的，覺得自己一個大家公子哥兒，竟告假來給個小商鋪捧場，真是掉了身價。

可一聽潘駙馬要來，他們立刻激動起來，且聽說還要展出曠世奇作，更有了幾分期待。

等他們進了鋪子裡，眼睛都不夠看了。這、這、這香粉鋪子還有這麼擺設的？

他們先圍著櫃檯轉圈，欣賞牆上的畫，再看櫃檯裡的妝黛，開始掏荷包。一問價錢，真不便宜，比艾淑林裡的胭脂水粉還貴。

最便宜的一盒香脂也要二兩銀子，潤白那盒八兩，水柔這盒十八兩；至於碧蓮和珠韻兩種，都是八十八兩銀子。

若特殊訂製，選定包裝盒，比如玉雕、金雕、銀雕的包裝盒，就更高級。這是為那些嫁女兒的人家推出的，價錢面議。

不過，這些人都是豪門公子哥兒，只要東西好，多花錢也不在乎。他們聽了介紹，看了樣品，試一試，果真不錯，給自己買的同時，又幫自家女眷買。

因為要等潘駙馬，還要看那幅曠世奇作，大家也不著急，慢慢看、慢慢買。

接著，又來了一些人，幾乎都是女眷。她們聽說梁府女眷用的妝黛的店家今天開張，特地來買。

眾多進來的人中，還有個特殊的人。他穿著一件藍色圓領綢子長袍，戴著一方灰色頭巾。頭幾乎都是低著的，聽著夥計介紹，看看琳琅滿目的妝黛，也挑幾盒買下來。

此時，錢亦繡坐在二樓的客房裡，聽著外面的動靜，心裡忐忑，不知能不能達到預期效果？

午時初，梁錦昭把潘子安接來了，那些護院終於派上用場，不過錢亦繡認為，叫他們「保安」，似乎比較恰當。

潘子安一進商鋪，也微微愣住。「倒是會標新立異，不過，委實好看。嗯，不錯。」

梁錦昭把他引上二樓，錢亦繡笑著在樓梯口迎接他們。

潘子安率眾參觀一圈後，就被錢亦繡領到繡屏前。

她清了清嗓子，提高聲音道：「潘先生，這是我娘繡的繡屏，名為『盼』。她執意讓我帶到北方來賣，是因為她深信我爹爹還活著，只要看到這架繡屏，就會快馬加鞭地趕回家與她相見。但她哪裡知道，可憐北地松江骨，猶是春閨夢裡人。」說著，眼圈便紅了，聲音也有些哽咽起來。

她深吸幾口氣，穩了穩情緒，面色如常後，才又繼續說。

「可是，這架繡屏，我是不會賣的，因為我捨不得。這幅繡品上，每一針、每一線，每一朵花、每一片葉，都是我娘上千個日日夜夜的辛勞，以及十年如一日對遠方丈夫的思念。我不能忤逆她，又實在想達成她的心願，所以，便千里迢迢帶到這裡展出，讓北方的人看到。現在，小女子有個不情之請，想請潘先生為這架繡屏揭幕。」

潘駙馬聽了，也被感動。雖然他之前沒聽過揭幕這個詞，卻懂了字裡的意思。他鄭重向繡屏鞠躬，道：「能為這架繡屏揭幕，是潘某的榮幸。」說完，便伸手一掀。

繡屏上的紅綢滑落在地，他及一群人都看呆了。

這是架長六尺、高四尺的繡屏。金絲楠木做的架子，最頂端的中間雕刻一個篆體字「盼」，中間嵌著一幅以各色絲線繡成的繡品。

整幅繡品精緻絕美，隱隱有光線流動。

繡品上，最左邊是半座農家院子，門邊倚著一個娉娉婷婷的美人。即使她荊釵布裙，即使看不到她的容顏，卻也能猜到她是如何年輕貌美、如何焦急地翹首以盼，盼著遠方的歸人。

院子外面是遍地花草，中間有條羊腸小路，從門前彎彎曲曲延伸到最右邊，那裡是村中的幾棟房子，只繡出幾堵牆和屋簷，天上還有一輪旭日。

占一大半畫面的，是那些數不清的花朵，萬朵千朵，層層疊疊，奼紫嫣紅，其間還有翩翩蝴蝶在花叢中流連忘返。細看那些花朵，千姿百態，有開得正豔的，有含苞待放的，也有剛吐蕊的。

沐浴在旭日下，似乎每種顏色的花上都浮著一層淡淡紅光，充滿勃勃生機。

美人身後垂下兩串樹葉，仔細看那樹葉，卻另有乾坤。繡花的人利用繡線顏色的深淺及光澤反差，葉子裡竟然顯現出了幾個字。

陌上花又開，歲歲盼君來。

看到這個美麗的背影，人們又想轉過去看她的正面。結果一轉過去，依然是那位美人的背影，依然是一模一樣的輪廓。

竟然是雙面繡！

不過，這一面和那一面並非完全一樣。那一面懸起的是旭日，這一面卻是明月高掛。月光下的花朵，少了幾分鮮豔，卻多了幾分清麗，花兒上還滾著或大或小的露珠，在月光的照耀下，晶瑩生光。

大家看懂了，一面是早晨，一面是晚上，同樣的景致，不一樣的畫面。

潘駙馬和所有人都震驚了，足足一刻鐘後，人們才吁了一口氣，大讚起來。

「天哪，太美了！太意想不到了！」

「怎麼會比畫的還精緻、還逼真！」

畫面美，人美、花美、草美；破院子美、旭日美、明月美，無一不美。

激動過後，潘駙馬指著那位美人問錢亦繡。「她是妳娘？」

錢亦繡當然不會承認，取了巧，搖頭道：「這是所有盼望丈夫歸來的妻子。」

潘駙馬點頭。「說得好。所有盼望丈夫歸來的妻子都是這樣的。」又唸了那兩句詩：

「『陌上花又開，歲歲盼君來。』嗯，好詩！雖然直白，卻把妻子思念丈夫的情感表達得淋漓盡致。」

錢亦繡想到那位已經當了官的錢滿江，有些鼻酸，喃喃道：「我爹爹走的時候跟我娘說，等我家院子外面的花謝了又開，開了又謝，反覆幾次，他就會歸家了。所以，我爹走後，我娘無事便會看門外的花。當最後一朵花謝去，我娘會高興，會盼望那些花兒趕緊再開；當門外的第一朵花開放，我娘也會高興，又盼著那些花兒快點凋謝。

「可是，如此盼望這麼多年，花謝花開那麼多次，依然沒有盼到我爹爹的身影。其實，我家早給我爹爹立了衣冠塚，墳頭上的青草已經過膝，除了我娘堅定地認為我爹還活著，我們全家人已經死心了……」

說到後面，她的聲音哽咽起來，不由抽了抽鼻子，緊緊抿著嘴唇，不讓自己哭出聲來。

看到錢亦繡這樣隱忍，梁錦昭極心疼，真想衝上前去，大聲對她說：「小丫頭，要哭就哭，無須隱忍。」

但他望望周圍，黑壓壓的一片人頭，還是選擇理智，忍住了，沒有去犯傻。

在樓梯口，還有個人選擇了理智，只是他忍得實在太辛苦。

錢滿江的手緊緊握成拳頭，不停地發抖，似乎把一口鋼牙都咬碎了，才能忍住沒有哭出聲、沒有說出口。

原來，這個乖巧漂亮的小女孩真是他的親生閨女；原來，他的小妻子如此癡心不改地盼望著他的歸去。

實在忍不住了，他把握著的拳頭抵在嘴邊，強壓著沒讓嗚咽聲發出來。當眼淚落下的一剎那，疾步低頭跑下樓，向停馬的地方狂奔。

他要去請示上峰，他不能再等了，他要跟自己的女兒相認，他要回去見自己的妻子與父母！

路上的行人躲著他的橫衝直撞，不曉得這個瘋漢怎麼了，又哭又跑的。

還有一個特別激動的人，但他的心情可以外露，就是陸師傅。

當有人問起這個同樣精美絕倫的屏風架時，他就會說著一口不標準的官話，激動地講解一番。

之後的講解工作，就由紫珠和白珠完成，錢亦繡坐到一旁歇息。

剛才那番話不是空話，是她的真實情感。

之前，因為要準備錦繡行的開張，她一直把錢滿江還好端端地活著，並且已經當官的事情強壓在心裡，極力控制自己不去想他。

剛才說了這麼多，便把自己說難過了，偏偏又不能講出小爹爹還活著的事，更替程月難過，替錢三貴和吳氏難過。

那些看繡屏的人，除了潘駙馬，其他人只能在二樓停留半個時辰，在繡屏前面停留兩刻鐘。沒辦法，看繡屏的人實在太多。

這個時候，就顯出有「保安」的好處來了。這些護院出自衛國公府，京城裡，衛國公府可是橫著走的，所以，被他們客氣地「請」下樓的人，只能敢怒不敢言。

那些來捧場的人見自己被「請」下樓，梁錦昭和宋懷瑾也不說話，極不高興，大聲罵道：「不夠義氣，捧場就叫我們來，這時候怎麼不幫著說句話？」

兩人只得抱拳道：「不好意思，實在是人太多了，下次請客賠罪。」

他們身為臨時的「保安」隊長，盡職盡責忙著維持秩序的同時，目光也不停往那座屏風上瞥。

還有霸著繡屏仔細看的潘駙馬，他越看越喜歡，越覺得，這麼美麗的風景，他得去看看才行，不然死都閉不上眼睛。

午時末，潘駙馬和梁錦昭、宋懷瑾、錢亦繡才在下人們的多次催促下，去對面酒樓吃飯。

本來梁錦昭想請酒樓把飯菜送到這裡來吃，錢亦繡堅持不同意。開玩笑，這裡的香味是胭脂水粉及香露的，怎能混進其他味道？

飯後，潘駙馬也不回府，依然跑去錦繡行看屏風。

錢亦繡巴不得。有了活生生的美男子，以及屏風中的美美小娘親，還有這一屋子香氣，店名是不是應該改叫「活色生香」呢？

有了這一屋子的活色生香，來錦繡行的人肯定越來越多，蓮艾妝黛的香風，不出幾天便會颳遍京城的每個角落。

隨著蓮艾的名氣大震，自家以後的生意會越做越大，日子越過越好。

想到這裡，錢亦繡不由笑起來，胸中的那股鬱悶便消了些。

既然那個錢某人不要家，不要父母妻兒，這是他的損失，她沒必要為這個人痛苦下去。雖然為程月不值，但既已成現實，就看開點吧。

收拾起心情，錢亦繡又熱情地招呼客人。

潘駙馬看看那個長得有些像女兒的小女娃，小小的人兒，極其老道地介紹著香脂，希望多賣些出去。

他莫名地覺得有些心酸，又有些暖意，遂向錢亦繡招了招手。「丫頭，龍磷香露呢？呀，怎麼把這個大買賣給忘了？」

錢亦繡趕緊下樓回自己臥房，把那兩瓶香露拿出來。

裝香露的瓶子是從番人手裡高價買的玻璃瓶，樣式極簡單，就是半個巴掌大的扁形小玻璃瓶，金色蓋子。但十多年沒摸過玻璃的錢亦繡，就是覺得它好看得很，還特別有親切感和現代感。

她把潘駙馬請入二樓的包間。這裡不像大廳裡混雜著各種香氣，能更好識別香露的氣味。梁錦昭和宋懷瑾也跟進來。

錢亦繡拿出瓶子，只見瓶裡淡綠色的香露碧光瑩瑩，剛打開瓶蓋，一股清冽香味便飄散開來，壓過屋裡原有的淡淡浮香。慢慢地，那股香氣由濃轉淡，味道也有了些許溫暖和甜意，無可比擬的厚重感和溫暖感隨之顯現出來，越來越濃郁……

這款香露，的確只適合潘駙馬這種有型又多金，還具深度的成熟男人用。

潘駙馬嘴角上揚，滿意地點點頭。「嗯，不錯。只有兩瓶是吧？我都買了。」

梁錦昭忙道：「我也要一瓶。不是我用，是給我爹。這種香露，也適合我爹用。」

兩小瓶天價香露一下便賺進了八百兩銀子。

錢亦繡有些胃疼。若把那根龍香樹樹枝拿出來，豈不是能賺上萬兩？

錢亦繡不知道的是，這種香水不只有厚重感和溫暖感，還有魅惑感。梁宜謙抹了之後，把梁大奶奶迷得不得了，隨手又給錦繡行不少福利。

之後，錢亦繡就不在商鋪裡出面了，畢竟她只是個小姑娘。不過，若潘駙馬來，她還是會親自去陪著。

不光因他是名士、是美男子，還因她對他有種莫名的親近感。

第八十三章

錦繡行的蓮艾妝黛在兩天後就香到了京城每個角落，去看繡屏和買妝黛的人趨之若鶩，最後只得憑號入場。

那架曠世繡屏也隨之傳揚開來，那些只讓下人來買胭脂水粉的大戶人家，如今主子們也親自移步去了錦繡行。

幾天後，得知消息的富商巨賈、豪門公子，甚至朝廷大員，都紛紛去了錦繡行，一睹曠世繡品的風采。隨之而來的，就是一些惱人的聲音——賣不賣？不賣也得賣！

兩個管家，或偶爾會出現在這裡的梁錦昭便出面說明了，錦繡行是衛國公府護著的，想買繡屏，得問問老國公願不願意？這樣，倒也擋了一些人，其中還包括不少世家大族。

錢亦繡這才知道，原來梁家在京城這麼橫。

那些強買的人包括一位姓葉的國舅爺。他想用五百兩銀子買下繡屏，也不聽管家的勸，執意讓下人去抬。結果，他的小廝在他耳邊說了幾句話，他才憤憤地離去。

還有一個急切想買繡屏的人，就是黃萬春。他知道錦繡行有後臺，不敢強買，卻又極想買下，孝敬專管內務府的壽王爺。他出價最高，是三千兩黃金。

那天，又來錦繡行看繡屏的潘駙馬也提出，若錦繡行想賣繡屏，就賣給他，他願意出二萬兩白銀。錢不少，但錢亦繡就是捨不得賣。

如今，錦繡行出名了，蓮艾妝黛打開銷路，小娘親的心願也實現了，錢亦繡便讓人把繡屏收起來。東西太好，惹眼。

繡屏不在，梁家下人不需再守在這裡。錢華給宋管家封了一百兩銀子的辛苦費，那些護院則是一人五兩銀子，亦請他們在酒樓喝了酒，高高興興地把他們送走。

繡屏收起的第二天，也就是四月十二日下午，梁錦昭來找錢亦繡，同來的不是宋懷瑾，而是一位明眸皓齒的漂亮小姑娘。

她穿著淡紫色提花錦緞短襦，海裳紅軟緞長裙，包包頭上插著一支赤金點珠釵，顯得更是肌膚塞雪。

梁錦昭笑道：「這是我妹妹玉姊兒，她早就想來錦繡行看看了。」

錢亦繡知道梁錦昭的胞妹叫梁錦玉，只比她小幾個月。雖然很想跟這個漂亮小姑娘親近一番，但想到兩人身分相差懸殊，不敢貿然行動，遂抿嘴對她笑道：「玉姑娘好。」

梁錦玉極開朗，拉著錢亦繡的手，笑道：「我知道妳比我大一點，我叫妳繡姊姊，妳叫我玉妹妹，可好？」又不好意思地說：「我早就聽我爺爺和大哥說，妳家的猴哥和奔奔通人性……」說著，眼巴巴地看著錢亦繡。

真是討喜的小姑娘。

錢亦繡笑著拉梁錦玉去後院，把正在樹下打盹的奔奔拍醒，又招手將站在房頂上的猴哥招呼下來，給一猴一狗介紹了新朋友。

猴哥喜歡漂亮小姑娘，看見梁錦玉，便高興地給她耍起猴戲。奔奔是好孩子，不管人家漂不漂亮，牠都喜歡。

錢錦玉跟一猴一狗玩得極開懷，特別是猴哥的耍寶，不時逗得她咯咯直笑。

梁錦昭同錢亦繡坐在一旁說話。

明天，梁錦昭就要去京郊的軍營裡了，要二十日休沐才能回來。

錢亦繡問：「都說許多有門路的人家會把孩子安排在宮裡當差，又體面，升官又快，還經常可以回家，你怎麼跑去軍營呢？那得多苦啊。」

梁錦昭道：「我從軍不是為了找個差事，是真想練好本事，上陣殺敵。雖然我跟著師傅學了些功夫和陣法，也跟著我太爺爺和爺爺讀兵書和謀略，但都沒有實踐過，不知到底有多大用處？所以，想去真正的軍營裡歷練一番，把學到的東西運用出來。不論是一個將軍或是元帥，有真本事了，受惠的不只是百姓，還有下屬和自己。」

還挺有理想和抱負。

錢亦繡當然要祝他前程似錦，早日當將軍了。又問道：「昨天把梁府抬出來，那個葉國舅就不敢強買繡屏。難道國舅爺還怕梁府不成？」

梁錦昭悄聲告訴她，這位葉國舅是葉貴妃的弟弟葉林，因為是葉侯爺的老來子，又是葉貴妃唯一的胞弟，嬌慣得不學無術，經常幹些打架鬥毆、強搶民女的事。

六年前，也就是邊關戰事快結束的時候，許多勛貴及武將的子弟都會到前線，說是打仗，其實是趁著戰爭快結束時去撈些戰功，日後升職快。

葉家早想讓葉林收收心，將來謀個好前程，也想歷練他一番，便哄著，讓他也去了邊關。孰料，葉林竟惹出大禍。大白天的跑去欺負邊城裡的民女，雖然最後時刻被人抓住了，但也害得那姑娘上吊。這事激起民憤，成群結隊去找元帥討公道。

元帥本就治軍極嚴，何況戰前擾民乃是大忌，就下令要砍他的頭。

還是葉林所屬軍營的長官趙將軍替他求情，說那姑娘雖然上了吊，卻被救過來。葉林是葉貴妃的胞弟、葉侯爺唯一的嫡子，又是晚來子，直接殺了，跟葉家結怨不說，皇上也會怪罪，不如給他個機會，活得過來就活，活不過來也怪不到別人。

於是，元帥便下令，打葉林一百軍棍。都以為葉林細皮嫩肉，五十棍不到就會被打死，哪承想那葉林福大命大，被打得血肉模糊，懨懨一息，竟然還有一口氣。

古代的刑法，除了死刑，最重的就是充軍，讓他站在最前列當人肉墊子。但此時葉林連爬都爬不起來，不可能去打仗，但若直接放人，又恐眾將士和百姓不服。於是便革了他的軍藉、趕出軍營，直接扔入邊城的牢房，說是再坐五年牢。

當然，梁錦昭沒好意思直接說出「強姦」兩字，是錢亦繡腦補猜出的。

「葉家定是花了不少錢，葉林只坐三年牢，便被提前放出來，說是在牢裡的表現好。」梁錦昭哼了聲，又嗤道：「也不知是如何表現的，依然是白白淨淨、細皮嫩肉，哪裡像坐了幾年牢？分明像是去哪裡享了幾年福。如今，葉侯爺又想趁著太后七十壽誕大赦天下時，重新給他謀個差事，這段時日，他定不敢隨意惹禍上身，當然更不敢惹我們梁家了。」

錢亦繡已經聽說過，乾文帝與先后的感情極好，即使先后去世多年，也未再立后。那麼，皇宮裡就數葉貴妃的分位最高，算得上無冠之后。真是萬幸，好在葉林有前科，這段時日又急於表現，否則那座繡屏定然保不住。接著，她又跟梁錦昭商量。「繡屏能不能暫時放在你府上？也只有放在梁府，那些人才不敢來打主意。」

梁錦昭想想也對。他走了，有許多事這個小丫頭抵擋不了，便點頭同意。

晚上，錢亦繡留梁錦昭兄妹吃了飯，飯後，兄妹倆便帶著裝箱的繡屏走了。

這幾天，特地來看繡屏的人撲了空，失望得不行，卻也不敢要求去衛國公府看。錢亦繡深為自己的英明決策而高興，想著明天上梁府一趟，拜見的同時，再送些禮去。

錢華卻突然急匆匆地從商鋪來後院找錢亦繡。

他急得滿頭大汗，道：「姊兒，鋪子裡來了幾個貴人，奴才看有拿拂塵的內侍跟著，應該是王爺。他們說要看繡屏，奴才回答繡屏在衛國公府裡，他們便沈下臉來，說讓咱們一起跟著去梁府。奴才瞧著，那些人怕是梁府也惹不起。」

錢亦繡心裡一沈。皇親國戚？梁則重確實得罪不起；再說，也不好讓人家為她得罪那樣的貴人，哪怕她救過梁錦昭的命。

早知道，該把繡屏賣給黃萬春或潘駙馬的。賣給黃萬春，可以多賺錢；賣給潘駙馬，能結個善緣。可她就是捨不得，心存幻想，弄到現在，還是保不住繡屏。若那個貴人要強買，他們想出多少錢，她連個價都不敢討，真是虧大了。

錢亦繡沈痛地理理衣裳，跟著錢華去前面的商鋪。

兩人來到廳裡，看見一個男人坐在椅子上，兩個下人站在他身後。坐著的男人錦衣華服，態度倨傲，頗有氣勢。

一個站著的下人問：「這小女娃就是錦繡行的主家？」見錢華點頭，又道：「這是我家壽王爺，聽說你們的繡屏精緻無比，繡藝超凡，想一睹為快。」

壽王爺是乾文帝的弟弟，雖然不同母，但頗得信任，管著內務府。

兩人一聽，趕緊跪下磕頭。「小民參見王爺。」

錢亦繡道：「稟王爺，繡屏如今在衛國公府。」

壽王爺聞言，起了身。「那一起去瞧瞧吧。」

錢亦繡和錢華也起身，跟著他們走出錦繡行，也沒坐自家的車，直接被叫上壽王府的馬車。

來到梁府大門，門房一聽是壽王爺，趕緊進府稟報。

梁則重迎出來，對壽王爺抱拳笑道：「哈哈，王爺大駕光臨，蓬蓽生輝啊。」

壽王爺笑道：「如今老國公可是在家享清福了，羨慕、羨慕啊。」

梁則重又笑。「這都是皇上仁慈，體恤老臣。」眼角餘光看到錢亦繡跟在壽王後面，便有些了然。

他伸手把壽王爺請進廳房，壽王爺上座，梁則重坐在他側面，其他的人都站著。

侍上過茶，壽王爺便說了想看繡屏的話。

梁則重趕緊讓人把繡屏抬來。

壽王爺起身，看了好一會兒，圍著繡屏轉了好幾圈，道：「老國公，這繡屏放在你家，不會是梁府已經買下了吧？怎麼樣，出個價，我實在太喜歡它，想買下來，等到太后生辰時獻給她老人家。不知老國公能否割愛？」

本來梁則重想應是，說梁家已經買下繡屏，到時候多出些銀子，真把繡屏買下來，不讓錢家小姑娘吃虧就是。他老娘、老伴看過繡屏後，都極是喜歡。

但一聽壽王爺說要獻給太后，就不好說自家想買的話了。

梁則重想著，若小丫頭直接把屏風賣給壽王爺，肯定要吃虧。她吃虧，就是自己孫子吃虧，自己孫子吃虧，他當然不願意。

想起黃萬春曾經來府裡相求，他便笑道：「壽王爺說笑了，好東西誰都想買，老臣也不例外。只可惜，主意打晚了，已經被人捷足先登。」

誰敢搶他看上的東西？壽王爺問道：「誰？」

梁則重說：「壽王爺也認識那人，就是黃萬春。」

壽王爺剛想罵人，梁則重便在他耳邊輕聲說了幾句。

壽王爺聞言，面色一喜，但還是嚴肅地說：「那怎麼行？」

梁則重笑道：「皇上一再告誡咱們不許與民爭利，黃萬春既然先買了，咱們也不好跟他相爭不是？」

壽王爺點頭。「這倒是。」

於是，梁則重跟壽王爺在前廳喝茶，錢亦繡被人領去後院拜見梁老太君。

第一次來拜見，卻連禮物都沒帶，穿得也隨意，錢亦繡有些忐忑。

梁府與潘駙馬住的榮恩伯府不同，梁府更有氣勢，榮恩伯府則更講究風雅。走過青石路，來到正房門前，門口的丫頭打起紅色軟簾，對裡面稟報：「錢家姑娘來了。」

幾人進了廳房，看見正前方的紫檀羅漢床上坐著一位華服老太太，老太太慈眉善目，頭髮已經全白了。她的懷裡摟著一個幾歲小男娃，旁邊有個小姑娘，正是梁錦玉。

兩旁圈椅上坐著幾個女人，屋裡又站著幾個，一屋子珠環翠繞，香氣撲鼻。

錢亦繡走上前，已有丫頭在西域絨毯上鋪上蒲團，便跪下磕頭。「民女錢亦繡給老太君磕頭，祝老太君福如東海長流水，壽比南山不老松。」

梁老太君笑道：「好孩子，快起來，過來讓我瞧瞧。」

錢亦繡起身，被一個丫頭牽到梁老太君身邊，梁錦玉笑咪咪地往旁邊挪了挪身子。

梁老太君拉著錢亦繡看了又看，喜歡得不行。「這孩子長得真好。」對身後的丫頭說：「去把我那根玉兔啣仙草的髮簪拿來給這孩子，那簪子還是我小時候戴過的。」又讓丫頭領錢亦繡去認認人。

女眷們都坐在右邊椅子，左邊那排空著的椅子，應該是男人們坐的。

第一個是梁大夫人，丫頭還沒說話，梁大夫人就笑道：「我跟這孩子早認識了，還熟悉得很。」

丫鬟笑著，把錢亦繡領到第二個位置前，椅子上坐著一個四十多歲的婦人，穿著竹葉青的暗花褙子，頭上只戴根銀珠簪，滿臉和氣。這位是寡居的梁二夫人連氏。

連氏下方坐著穿玫瑰紫褙子的美豔婦人，丫頭說：「這位是我家大奶奶。」

這就是梁錦昭的娘崔氏。崔氏三十四歲，在古代屬於中年婦人，但她保養得宜，看著只像二十幾歲。

錢亦繡行了福禮。「繡兒見過梁大奶奶，謝謝大奶奶平日裡對我們的關照。」

梁大奶奶咯咯笑。「好孩子，倒是個記情的。」說完，從頭上取下一根吉祥如意翡翠釵給錢亦繡。梁老太君都賞了那麼好的東西，她得湊個趣。

錢亦繡謝過，因為沒有帶丫鬟，那個幫她介紹的丫鬟便接過去。

大奶奶下首是梁二奶奶，三十歲左右，爽利勁兒有些像武將家的閨女。她送了錢亦繡一根金鑲玉半翅蝴蝶簪。

再下首是梁三奶奶夏氏，二十六、七歲的樣子，送了錢亦繡一根金鑲瑪瑙梅花簪。

最下首的是個九歲小女孩，是梁三爺的庶女梁錦靜，靜姊兒。兩人年齡差不多，相互見了禮。

見完人，丫鬟把錢亦繡領回梁老太君那裡。

梁老太君示意錢亦繡坐上羅漢床，錢亦繡卻有些不好意思，她可不是她老人家的嫡重孫子、重孫女。討了人家家裡人的嫌，這條大粗腿就抱不牢了。

丫鬟極有眼色，端來小錦凳放在踏板上。

錢亦繡坐在小錦凳上，雖然挨著梁老太君，卻沒坐在上首。

她剛坐好，梁老太君懷裡的小男娃就不高興了，糯糯說道：「她們都介紹了，怎麼把小爺漏了呢？」

話音一落，屋裡人哄堂大笑。

梁老太君趕緊推推小男娃，對錢亦繡介紹道：「這是我家六少爺，大名梁錦真。」

錢亦繡又從錦凳上站起來，曲了曲膝。「六少爺。」

梁錦真嗯了聲，又道：「聽玉姊姊說，妳家的猴哥和奔奔特別聰明，又好玩，我也想去妳家跟牠們玩。」

錢亦繡笑著表示歡迎，又說以後她也會領著牠們來這裡玩。

不久，梁則重來了，在左邊第一把椅子上坐下。除了梁老太君，眾人都起身給他行禮。

梁老太君問道：「如何了？」

梁則重喝了口茶，笑道：「總算把壽王爺送走了，不過，那架繡屏沒保住，只得賣給黃萬春。」

接著，他對錢亦繡道：「昨天，黃萬春來府裡找過我，聽說老太妃有收集精美繡品的雅好，想把繡屏買下來送給壽王府。我當時拒了他，說那繡屏是錢家的，又不是梁家的，我們只是借過來欣賞一番，怎麼作得了主？

「可今天壽王爺親自來買，還說想在太后娘娘七十壽誕時獻上，我就擋不了了，只得幫妳作了這個主，但若直接賣給壽王爺，他能出五千兩銀子就不錯了。我想著，不如賣給黃萬春，他出三千兩黃金，這個價也值了，就跟壽王爺說，黃萬春買下繡屏，正是為了送給他，壽王爺聽了才罷。我已經派人去叫黃萬春，今天便讓他來把繡屏抬走。」

梁老太君冷哼道：「說得好聽。老太妃看了，能捨得嗎？」

梁則重笑道：「老太妃保不保得住，就看壽王爺的本事了。」

雖然錢亦繡極其捨不得那架程月傾注了無數心血的屏風，但終究保不住它，這已經是最好的結果。

她起身施禮謝過梁則重，並暗示，那架屏風能賣一千兩黃金就不錯了，剩下的錢，就孝敬國公府了。她不是真正的十歲小丫頭，不敢把三千兩黃金全吞下。

梁則重豪爽地擺手，笑道：「小姑娘年紀不大，心眼不少。難道我還能貪墨妳的辛苦錢？是妳的，都拿去。」

這時，三少爺、四少爺、五少爺放學了，來給梁老太君請安。二少爺梁錦炯沒回來，他在國子監讀書。

接著，梁二爺、梁三爺也下了衙，梁大爺最後一個回來。

一大屋子人，把錢亦繡看得頭暈眼花，丫鬟又領著她，給二爺、三爺、大爺見了禮。

梁宜謙倒是出乎意料的客氣，面帶微笑地跟她說了兩句話，讓她在這裡別客氣，以後多來梁府玩。

梁宜謙長身玉面、器宇軒昂，加上態度和善，錢亦繡又在心裡讚了他一番。

梁老太君和梁則重留錢亦繡在這裡吃晚飯。

他們是在西廂膳廳裡吃的，分了兩桌，男人們一桌，女人跟孩子一桌。

飯剛吃完，下人來報，黃萬春來了，梁則重和梁宜謙起身去了前院。

錢亦繡向梁老太君等人告別後，也跟著去了前院。

此時，天色已經完全暗下來，雖然路上掛著不少燈籠，但單獨處在陌生的環境裡，錢亦繡仍莫名地有些心慌。

來到前院書房，錢亦繡沒出聲，由梁則重父子同黃萬春說話。

黃萬春因能買到這架繡屏而興奮不已。老太妃素喜精美繡品，他把這東西獻給壽王爺，這馬屁可拍對地方了。

黃萬春再三謝過梁家父子後，把銀票拿出來，梁則重沒收，讓他直接給錢亦繡，是六張面額為五百兩金的銀票。

黃萬春走後，錢亦繡取出四張銀票，起身孝敬梁則重。

梁則重再次擺手。「莫客氣，這是妳娘費了那麼多時日繡出來的，老夫沒有替妳保住，已是汗顏，怎能再收妳家的辛苦錢？」

說著，見時辰不早，便讓幾個人送錢亦繡和錢華回錦繡行去。

第八十四章

錢亦繡回錦繡行後，算算手邊的錢，讓錢華去尋個三進院子。錦繡行在這裡開了分行，以後她或許會經常進京；再說錢亦錦以後要走仕途，應該在這裡找個像樣的住處。

見他們回來，已經急壞的猴哥終於逮著表現的機會，拉著錢亦繡又比劃開。牠的意思是，那個高個子男人今天下午又來後門邊轉悠了。

其實，錦繡行開業晚上，猴哥就告訴錢亦繡，那個男人在注意錦繡行。那天人太多，錢亦繡沒看到錢滿江，不知他有沒有上二樓，也不知他有沒有聽到她滿含深情地敘述？

若是他聽到，那真是冥冥之中自有天意，小娘親心心念念讓江哥哥看到繡屏的願望，真的實現了。

不過，錢滿江不顧一家人的死活，離家十一年杳無音訊，別說他來這裡轉轉，就是跑來相認，她也不會認他。若他想回家找程月懺悔，她也要阻止程月原諒他。

什麼東西！

錢亦繡猜測他定是為了榮華富貴、升官發財而另娶，說不定都生了一串孩子，那自家小娘親算什麼？自己一家人又算什麼？

退一萬步說，即便他沒有另娶，卻有一萬個不回家、不顧家的理由，她也不會原諒他。

原因只有一個，就是那一萬個理由抵不上錢家人的命。若她不穿越過來，他真的建功立業，衣錦還鄉，又有什麼用？錢家三房肯定都死絕了，小娘親更是不知會怎樣屈辱地死去。更何況，如今她腰纏萬貫，他若是看中這些錢才跑來認人，就更噁心了。

拿定主意後，錢亦繡才沈沈睡去。

第二天，錢亦繡便領著紫珠、白珠上街逛逛，準備帶回家的禮物。

這次因為有梁府保護，錦繡行的生意才能做得這樣順，沒有人敢來搗亂。且梁則重又幫繡屏賣了這麼個好價錢，若是沒有梁府出手，很可能只給個五百兩，就被那葉林強買走。她欠了梁府一個大人情，得想想怎麼還個禮，把這條大粗腿抱得再牢些。

正走著，前面突然傳來一陣驚叫，行人紛紛向旁邊閃去。錢亦繡等人也趕緊避到街邊，看見幾匹馬和兩輛馬車飛馳而過。

那幫人出了南大門，快馬加鞭趕往南縣。

南縣靠近京城南郊，人口不多，卻極為繁華。主要是交通便利，一面靠著京城、一面是京湘運河的碼頭。

馬車來到縣城裡的一座大宅子前停下，車裡鑽出幾個人來。最前面的那名男子，年約四十幾歲，面白無鬚，著茶色長袍，戴藍帽子，手拿拂塵。

守門的見了，馬上施禮。「小的參見鄧公公。」

鄧公公道：「咱家奉貴妃娘娘之命，前來看望寧王殿下。」說完抬步往裡面走。

要不是有太監來到這裡，人們還以為這宅子是哪位富商的別院。宅子裡綠樹成蔭，瓊花爭豔，湖裡碧波蕩漾，亭臺樓閣皆雕梁畫棟。看著一派富麗堂皇，但除了下人出入，兩年多來，從沒看過主人的身影。

這個院子是被御林軍看守起來的，護院都是御林軍所扮。

這裡住的人，就是寧王一家，寧王的大女兒朱佳倩已經出嫁，所以不住這裡。

寧王朱祥盛，三十五歲，是乾文帝朱至亙的長子，其母是個普通宮女。朱至亙十四歲時，酒後跟她睡了一覺，便有了朱祥盛。朱祥盛生下來後，他的母親即因難產而死。乾文帝登基後，也沒為這個長子長點臉面，為其生母追封封號或分位。

朱祥盛由乳母帶大，住在離冷宮不遠的殿裡，是最被乾文帝忽視的兒子，也是被眾皇子排擠的哥哥。

他雖是個隱形存在，卻不自暴自棄，態度謙和，用功讀書，友愛弟弟，哪怕是欺負他的弟弟。

到了十五歲，朱祥盛作了個決定，終於讓乾文帝對他刮目相看，更讓眾人吃驚不已。

他主動請求，去軍營歷練。

大乾朝為了教育皇子，在皇子十五歲後，每十天會抽四天安排他們去六部學習。至於去哪裡學習、學習什麼，由皇子們自己決定。

也有皇子喜歡領兵作戰，但他們去的都是兵部，或五軍都督府。像朱祥盛這樣直接去最低層軍營的，還是第一個。

乾文帝滿足了朱祥盛的願望，安排他去軍營歷練，同時也比以往多看重他幾分，覺得他不怕吃苦、務實，再加上沒有好的出身，心氣不會太高。這樣的人，好好培養一番，可成為太子的助力。

太子朱祥昌至純至孝，三歲時，生母元后便歿了，是乾文帝親自教養長大的。乾文帝想了很多辦法，或許天性使然，都無法改變太子溫和仁厚的性格。

若大兒子能一心輔佐太子，那麼乾文帝也放心得多。

從此，乾文帝對朱祥盛好許多，也有意讓太子跟他多親近，並在他二十歲時，封他為寧王。

朱祥盛有些真本事，會籠絡人心，也吃得了苦。十年間，便在軍中建立威望，還曾帶領軍隊去邊關打仗，又至嶺南平叛。

大乾朝只有開國皇帝那一代是武將出身，之後的皇家子嗣中便沒出過真正的武將，朱祥盛是例外。

此時，大乾和大金國開戰，寧王被任命為監軍，領兵十萬，開赴前線打仗。

半年後，乾文帝為提高太子的威望，也為了鍛鍊他，派他總督軍隊糧草，押往前線。那時正是兩軍打得最激烈的時候，朱祥盛得到信，怕太子出事，趕緊帶兵去迎接。結果，兄弟會合那天，夜裡出了事，糧草被燒，太子也被暗箭射死⋯⋯

乾文帝大怒，下令徹查，幾個官員熬不過重刑，指認寧王故意拖延，致使大隊人馬不能如期在天亮前趕到軍營。

因此，一些朝臣便彈劾寧王，說他羽翼已豐，為爭大位，設計把信送給敵國，讓敵軍火燒軍糧，並乘機殺害太子。

雖然乾文帝覺得這說法太牽強，但又實在找不到其他證據，況且寧王保護太子不力是真，或許還是故意保護不力。一氣之下，便把寧王和寧王妃發配去北方極寒之地。

幾年前，寧王估計乾文帝的氣應該消些，便開始寫信，不只寫給乾文帝，還寫給太后。先為自己辯解，又說北地極寒，他已經得了老寒腿，一到冬天就疼痛難忍。隨著自己病情加重及年紀增長，越來越愧疚和惶恐，為自己不能承歡於祖母、父親膝下，不能盡孝而深感難過，為此常常從夢中哭醒。

乾文帝的年紀漸漸大了，雖然有八個兒子，但真正成材的沒幾個。除了太子朱祥昌外，只有寧王朱祥盛、三皇子朱祥平、五皇子朱祥安還不錯。其他幾個，不是暴虐，就是平庸，實在不堪大用。

因此，他被大兒子的一片孝心感動，也有些懷念他的能征善戰。再說，大兒子被定罪也不是沒有疑點可尋，若他真是被冤枉的，或許還能……

乾文帝的態度鬆動了，在一些大臣的勸說下，終於把寧王召回，但沒讓他回京，也沒見他，只讓他住在南縣。

鄧公公走進大門，寧王府的長史官趕緊迎上前，拱手笑道：「鄧公公來了，下官有失遠迎，請廳裡坐。」

鄧公公沒理會，直接熟門熟路地向後宅走去，邊走邊說：「貴妃娘娘讓咱家代她老人家來看望寧王殿下。」

正院臥房裡，寧王正臉色灰敗地躺在炕上，留著短鬚，雙目微睜。或許由於焦慮過多，身子不好，皺紋十分明顯，像四十幾歲的人，完全看不出十幾年前曾是馳騁疆場的英俊王爺。寧王妃也臉色蠟黃地站在炕邊服侍他。

鄧公公進了屋，說是來傳貴妃娘娘的口喻，體諒寧王身患重病，讓他躺著聽。大意是，貴妃娘娘甚是掛念寧王，並一直勸慰皇上放下芥蒂，請寧王一定要安心養病、放寬心，等到太后七十壽誕，大赦天下時，他就能解禁回京。

之後，鄧公公又讓隨行御醫為寧王把脈，留下一些藥品和補品，便走了。

把鄧公公送出宅子後，長史官急急回了正院，使個眼色，幾個心腹便在正院各處看守起來。

寧王坐起身，雖然臉色依舊不好，但精神比剛才好多了。

「看來，那些人已經等得不耐煩，想在太后壽誕前弄死本王。」他又對長史官道：「錢將軍急於回鄉看望父母妻兒，是人之常情，若葉家同意，就回去吧。但是，要找好藉口，必須讓他趕在六月初之前回來。」

長史官不贊同地說：「殿下，他一回去，小主子暴露了怎麼辦？再說，那姓李的小子已經有了消息，如果抓到他，就能把葉家拉下馬，錢將軍也能恢復身分，幹什麼這麼急呢？十一年都等了，就不能等這一時？」

「他偷偷去，住個兩天就回來，不會暴露什麼。」寧王道：「若不是他說錦繡行的小姑娘是他閨女，我還不知道他竟是那家失蹤多年的兒子……真是沒有比這更巧的事了。」

寧王妃的眼圈也紅了。「那家真的很可憐，一家子老弱病殘，還能對我兒那麼好。錢將軍的妻子十年如一日地盼著他，我能理解他歸心似箭的心情。王爺，想想辦法吧，讓錢將軍既能回家一趟，又不被葉家懷疑。」

長史官又勸道：「恕屬下多嘴，這麼深的一顆釘子若是不慎暴露，也太可惜了。」

寧王道：「錢將軍心性堅韌，武藝超群，又能靈活變通，這樣的人才不可多得。他為了本王遭受大罪，他的家人更對我兒有大恩，於公於私，本王都不應該傷他的心。若連他的心都傷了，離將士的心就遠了，還說什麼圖謀大業？」

寧王又想了想，道：「讓武成找一天，把我兒及他家裡的事情向他全盤托出。要用他，就要相信他；再給萬家去信交代幾句……」

鄧公公回京後，並沒有立刻回宮，而是去了葉府見葉侯爺。

葉侯爺葉紳，任正一品太師，雖然看似沒有實權，卻權勢滔天，暗中有許多爪牙，葉家許多子弟都被安插在軍中的重要位置上。

葉紳聽了鄧公公的耳語，臉上露出幾絲笑意，點點頭，讓人送鄧公公出去，多給些銀票和珠寶。

鄧公公一走，葉林便笑道：「爹，是不是那朱祥盛命不長了？」

葉紳回答：「御醫給他把了脈，說心脈盡衰，已無回天之力。今年內，這已是第五個御醫診脈。他應該活不過八月，卻還想趁大赦天下時解禁回京，真是作夢。」

葉林笑著說：「爹，您總說兒子做事不牢靠，那錢滿江就是兒子相中的，怎麼樣，不錯吧？兩年間，一點一點地下藥，任大羅神仙也發現不了朱祥盛是中了毒。」

葉紳點頭。「這錢滿江倒是個人才，做事沈穩，又有本事取信於人。如果換成別人，事情一了，就留不得他了，但這樣的人才，死了倒是可惜。」

葉林嚇一跳，忙說：「爹，錢大哥真的不錯。您不是讓我好好做事嗎？獨木不成林，總得有信得過的人聽命於我，您老人家千萬別弄死他。」

葉紳聞言，沈下臉教訓道：「你也不小了，做事要動腦子，看人不能看表相。現在家裡做事不瞞你，就是想讓你多學學、多看看，這個偌大的家業，最後還是要交到你手裡。」

葉林雞啄米似的點頭。「是、是，兒子知道。」又疑惑地說：「爹，那番僧說的話能準嗎？為了那句預言，三皇子和咱們葉家是不是血本下得太大了？」

葉紳哼道：「寧可信其有，不可信其無。那朱祥盛可不是文弱的太子，是匹狼。若等到他羽翼豐滿，就真的『天下歸寧』了。」

錢亦繡連逛三天街，前世今生第一次當了有足夠底氣的購物狂。買的東西不是用包袱拎，也不是用箱子裝，而是用馬車載，整整載了三車，而且，買的大多是高級品，相當於前世的奢侈品牌，有首飾、綢緞、繡品、筆墨紙硯、鐵鍋頭、酒樓的火腿和醬鴨等等。

特別是程月嘴裡的祥雲閣，錢亦繡去好好逛了一圈，買下不少東西。雖然貴得離譜，但她就是豪爽地買了許多，還含蓄地打探老師傅的下落，原來前幾年就已經死了。

同時，她也逛了許多京城著名的名勝古蹟，嚐了許多小吃。

京城有些像前世的老北京，皇宮也有些像故宮，但都不完全像。應該說，這個京城比前世的老北京更加繁榮昌盛，有些像宋、明時的模樣，不過似乎還沒有汴京那麼富裕。

接著，錢亦繡竟然看到波斯人、西域人等許多外國人在這裡做生意，又買了些葡萄酒和那裡出的絨毯、首飾等物。

大乾朝與外國之間，主要走絲綢之路，所以胡人居多，還有大金國、大元國、高麗國的人來這裡經商。

知道前世歷史的錢亦繡對大元國的蒙古人可沒有好印象。他們的破壞力驚人，要不是他們滅了南宋，宋朝或許會比舊名日不落國的英國更早進入市場經濟的資本主義社會。

當今的乾文帝屬於少有的明君，把大乾治理得前所未有的繁華。他聽從首輔的施政綱領，不抑兼併、不抑商，發展手工業和商業，又大力推行科舉制度，廣用寒門子弟。

同時，乾文帝也非常開明，不興文字獄，官員敢諫言，書生敢說話，所以才會出現像潘駙馬那樣踐得不得了的名士。

但是，大乾的船業和水上遠航並不算發達，近年還因為戰爭，實行了海禁。

錢亦繡暗道，乾文帝什麼都英明，但這政策卻不怎麼好啊。

在她的前世，那些大國搶奪海上領土，爭得像鬥雞一樣，下足了血本，乾文帝卻主動放棄這麼重要的戰略通道。若不發展海軍，遲早會被外國欺負。

不過，她只是個小小女娃，加上這裡畢竟是古代封建社會，還是莫要多管國事為好。

第八十五章

這天，東西準備得差不多，錢亦繡便想去報國寺看看弘濟。她快回鄉了，問問他們什麼時候走？

錢亦繡讓魏氏起個大早，蒸了兩食盒金花藕凍。這藕粉可不是用荷風塘長出來的三代金花藕，而是秀湖裡的二代金花藕，去年取一些，磨成藕粉供自家吃，這次來京城時，她就帶了一點。

剛把金黃透明的金花藕凍裝進食盒，家裡就來了兩個客人——一個是潘駙馬，一個是四歲左右的小男孩。

小男孩清秀俊雅，唇紅齒白，梳著兩根小沖天炮，穿紅色繡團花軟緞過膝長衫，黃色腰帶，白色軟緞中褲，漂亮得不像話。

他一看到錢亦繡就問：「妳是錢家姊姊嗎？我爺爺說妳家的猴哥聰明通人性，奔奔威武好看，我想看。」

潘駙馬對錢亦繡笑道：「這是我的孫子劼哥兒。」

錢亦繡喜歡漂亮的小男孩。這孩子的可愛程度不亞於錢亦錦和弘濟，甚至更漂亮。她的心立時軟成一灘水，親近感油然而生，笑得眉眼彎彎，拉著他的手說：「劼哥兒等等，姊姊馬上讓人去把牠們叫過來。」一邊讓紫珠去帶猴哥和奔奔，一邊從食盒裡拿出金蓮凍，招待小客人吃。

不一會兒，猴哥與奔奔來了。這下劼哥兒哪還有心思吃東西，站在猴哥面前，眼都不眨地看著牠。

潘駙馬悠閒地坐在樹下喝茶，看著錢亦繡、劼哥兒逗著一猴一狗玩，歡快的笑聲讓他心中湧起股股暖流。

隨著年紀漸漸增大，潘駙馬無事，也想逗逗孫子了。無奈兒子跟他有隙，弄得孫子跟他也不親近。昨天，他突然想到錦繡行裡那兩隻通人性的牲畜，便悄悄跟劼哥兒說了。

劼哥兒一聽，大感興趣，不顧父親的阻攔，跟潘駙馬來這裡作客。

正玩著，又來了三個客人，是梁府的大姑娘梁錦玉、二姑娘梁錦靜、六少爺梁錦真，他們也是衝著猴哥和奔奔來的。

幾個孩子原本就認識，一來就玩在一起。

猴哥喜歡漂亮姑娘，見來了兩個好看的小女孩，更是上臉，卯足了勁表現，還覺得露著醜屁屁不好看，讓紫珠幫牠穿了衣裳褲子。

孩子們見狀，都快笑瘋了，連一旁的潘子安都笑得直搖頭。

不久，弘濟在兩個青年和尚的護送下，竟然也過來了。

潘駙馬知道他是誰，對他極是有禮。太子在世時，深受文官和學子尊敬，覺得他寬厚仁愛，又博學多才，若將來繼承大統，大乾朝將更昌盛。

弘濟跟猴哥說了兩句，便讓牠陪那些孩子繼續玩，自己和錢亦繡、潘子安坐在樹下說話。

潘子安有心考了弘濟的學問，卻有些不滿意，問道：「小師父的課業，怎麼好像進益不大呀？」

弘濟回道：「貧僧的師父說，貧僧學那麼多四書五經，夠用了，以後要多學習和研究博大精深的佛法。」

潘駙馬聞言一愣，沒再往下說。

這麼多客人，肯定要留他們吃午飯了，但因為有小和尚，不好帶他們去酒樓吃飯。錢亦繡起身去跟魏氏商量中午的吃食，擬出幾道素菜和素點，魏氏便趕緊領人去買食材。

中午時，潘子安一個人坐在小几旁吃飯，其他孩子及猴哥則圍著一張大桌子吃。雖然沒有肉，但花花綠綠擺了一大桌，還有人來瘋的猴哥逗趣，孩子們吃得倒也高興。

對面酒樓的包廂內，錢滿江正和葉林喝酒。

葉林道：「我最近聽說，冀安省轄內的潼縣，有戶人家有兩把古時傳下來的檀香扇，據說是魯大師親自用天竺過來的老檀木雕刻的，雕工精湛、芳香馥郁。錢大哥的老家就是冀安省吧？能不能去潼縣一趟，把那兩把扇子給小爺弄過來？

「太后的壽誕快到了，我爹也弄了些古玩珠寶準備獻上，可他老人家總覺得不夠好，怕被別家比下去。小爺想著，若是尋到那兩把扇子，我爹肯定會高興。」

錢滿江回答：「潼縣嗎？我倒是極熟，當初在鄉下時，還去那裡打過幾次短工。」又為難道：「只是，我現在回去，怕有人認出來……」

葉林聽了，不耐地擺擺手。「錢大哥十幾歲就出來了，過了十幾年，容貌定有變化。再說，天下之大，總有長得相像的人，不承認不就結了？行事謹慎些，沒人會發現的。等你幫小爺尋到這幾把扇子，討了我爹和貴妃娘娘的喜，少不了你的好處。」

說著，他的臉一沈，冷哼道：「若真有人認出你來，又能怎麼樣？有葉家給你撐腰，誰都不用怕。」

接著，他伸出手指頭勾了勾，等錢滿江把耳朵湊上去後，低聲說：「等三皇子當了皇上，小爺替你美言幾句，讓你坐梁宜謙現在的位置。」

錢滿江立刻站起來，抱拳躬身道：「屬下先謝謝三皇子、葉侯爺、葉公子的栽培和厚愛了。」

葉林滿意地點點頭。「過兩天是你當值，對吧？」見錢滿江點頭，又道：「再下最後一次藥，完了，就不用再下。哈哈，別說大羅神仙救不了他，就是如來佛祖都救不了。完事後，你就跟上峰請假去潼縣，我也會託人跟你上峰打招呼，讓他准假的。」

錢滿江點頭答應。

葉林從懷裡拿出一張銀票。「這是二百兩銀子。咱們不好白要百姓家的東西，拿它去買。」再掏出一塊銅鑄的腰牌遞給錢滿江，狠狠地說：「若那家人不識抬舉，想訛人賣高價，這腰牌只有我們葉家子弟和少數幾個門生才有，你就拿著它去找駐兵西州府的將軍。」

錢滿江把腰牌揣進懷裡，把銀票推回去。「葉公子客氣了。屬下蒙葉侯爺和葉公子厚愛，出來後給了不少錢財傍身，軍中俸祿銀子也不少，哪能再收葉公子的錢？葉公子放心，只要潼縣真有這樣的扇子，屬下定會不惜一切代價把扇子弄到手。」

葉林滿意地點點頭。「我那個族妹怎麼樣？你考慮好了嗎？」

錢滿江遺憾地說：「葉姑娘天生麗質，屬下傾慕不已。不過，屬下早有妻子，又甚得我父母的疼愛，他們不會讓屬下休離糟糠之妻，或是停妻另娶。葉姑娘出身高貴，又才貌無雙，屬下實不能委屈她做小，所以，哎，只得辜負葉姑娘的一片芳心了。」

葉林撇嘴皺眉道：「你媳婦再好、再得你父母疼愛，也是鄉下人，能有多大見識？你看看翟樹的老娘，再看看他的鄉下媳婦，那就是個笑話。要不……你偷偷回鄉一趟吧，把你的鄉下媳婦休了，回京後，明媒正娶，娶我族妹。」

錢滿江嚇一跳，提高聲音說：「我要敢這樣做，我爹娘定會被我氣死。把我爹娘氣死，我還掙什麼功名利祿？直接出家當和尚算了！」

葉林聞言，強壓下火氣，誘惑道：「你娶了我族妹，跟我們葉家就是親戚了，將來三皇子繼承大統，你就是皇親國戚。」

錢滿江聽了，眼裡生出熱切，遺憾道：「屬下也知道，只要攀上葉府，這輩子的榮華富貴便享用不完。但屬下怕委屈葉姑娘，本就是屬下高攀，卻不能給她一個好的身分……」

葉林聽錢滿江這麼說，這才滿意地笑了，拍拍他的肩。「這樣吧，你娶我族妹為平妻，跟你鄉下的媳婦兩頭大。鄉下媳婦幫你守著老宅，我族妹幫你打理京城府裡的事。」

兩人酒足飯飽，出了酒樓，就聽見跟在他們後面的小廝高聲道：「喲，十三姑娘也來這裡？真是太巧了。」

一道嬌滴滴的女聲傳來。「是哪，我要去錦繡行買脂粉，便來這裡吃飯。」

葉林聽了，擊掌大笑。「這就是緣分啊。」對錢滿江低聲說：「小爺給錢大哥說的，就是這位十三妹。」再轉過身道：「十三妹也在這裡吃飯？正巧哥哥剛剛吃完。」

錢滿江看見一名長相俏麗的姑娘走上前來，後面跟著兩個丫鬟。

葉姑娘笑著向葉林曲膝。「五哥也在這兒？真是巧。」

葉林對她點點頭，與錢滿江介紹道：「這是我十三妹。」又對葉姑娘說：「這位是錢將軍，我的患難兄弟。」

錢滿江抱拳躬身。「葉姑娘。」

葉林問道：「十三妹妹要去錦繡行買胭脂水粉？」見葉姑娘點頭，便道：「正好，哥哥和錢將軍也沒有別的事，陪著妹妹去逛逛。」

錢滿江聞言，嚇得頭髮都要衝破簪子束縛，立起來了。但看到葉林陰沈的臉，也只得硬著頭皮跟上去，僥倖地想，女兒還是孩子，不會一直待在鋪裡，況且現在正是午歇時辰，她一定正在睡覺。

葉姑娘雀躍地快走兩步，腳下卻踩到小石頭，哎喲一聲，身子一歪，就栽向前去，趕緊伸手拉住錢滿江的衣裳才沒有摔倒，但身子已經斜歪在他身上。

她慌得立刻站直身子，羞得滿臉通紅，含著眼淚對錢滿江說：「對不起，錢將軍，我……」

錢滿江趕緊道：「葉姑娘莫難過，人總有不小心的時候……」

但這一幕，卻被站在錦繡行二樓窗邊的錢亦繡看到了。

剛才送走潘駙馬和眾位小客人後，錢亦繡便領著弘濟參觀錦繡行。他們剛在二樓窗前站定，就看見錢滿江和幾個人在酒樓前面說著話，其中還有三個女人。

走著走著，那個女人怎麼就跟錢滿江抱在一起了？雖然馬上分開，但這也不得了啊。

錢亦繡的肺要氣炸了，這舉動說明他們的關係不一般。錢滿江太可惡了！

晚上，城郊的一個普通農家小院裡，錢滿江和一個中年男人坐在桌前，桌上一碟花生米、一碟醬肉。

那個男人約四十多歲，一身短打，一副莊稼漢子的打扮，但眉宇間透出了幾絲英氣。

他叫武成，總管寧王在外聯絡的事。

錢滿江伸手，把一小包油紙包從桌下遞給武成。武成接了，又拿一個同樣的油紙包，也從桌下遞給錢滿江。

接著，兩人一邊喝酒，一邊低聲聊著天。

武成說：「這次為了你的念想，王妃把祖傳的檀香扇都拿出來了。」

錢滿江感動得眼圈通紅，低聲發誓。「錢某這條命就是寧王爺的了，為了王爺，錢某甘願肝腦塗地，死而後已。」又羞赧地說：「我也是聽了閨女的那番話，心痛難抑，覺得對不起父母、對不起妻子兒女。況且，咱們幹的是在刀口上舔血的事，萬一哪天沒命都說不定。想著再見他們一面，就是死了，也甘心。」

武成笑道：「兒女情長，英雄氣短。錢將軍思念親人也是人之常情。王爺和王妃極是感謝你家人，在那麼艱難困苦的環境下，還能善待小主子，聽說，也把小主子教養得極好。王爺私下曾說過，若小主子跟在他身邊，也不一定會過得這麼愜意。」

錢滿江嘆道：「我也沒想到小主子竟然會落在我家，這事真是太巧了。而且，我妹子還當了萬護衛的兒媳婦。」

武成點點頭。「是啊，這就是緣分。我已經遵王爺的命令，派人給萬大哥送信。你去潼縣後，要在縣城轉一天，第二天再回溪山縣，然後直接去萬家，他們會想辦法讓你回去，又不被外人察覺。只是，咱們幹的事太重大，千萬不要告訴你的家人，也不能暴露小主子和萬家的真實身分……」

錢滿江應下。「這麼重要的事，我一句都不會透露。」接著，又稟報葉林想把族妹嫁給他的事。「我這條命可以不要，但讓我娶葉家的姑娘，無論如何也辦不到。」

武成取笑他。「錢將軍真是想不通，既做了正事，又擁有美人，兩全其美多好。」見錢滿江有些急了，趕緊道：「玩笑話，莫當真。衝著對小主子的養育之恩，我也不會逼你走這條路。放心，你不想娶她，總會有辦法。現在你回鄉看父母，在葉林那裡也過了明路，倒是更好辦了……」

四月二十日，天矇矇亮，錢亦繡就起來了。

今天她要去梁府一趟，感謝梁府的幫忙。三日後，弘濟和悲空大師便要回大慈寺，她會跟他們一起回去。

今天梁錦昭休沐，她去了也能再見他一面。這一別，就不知什麼時候能再見了。

想想還挺奇怪，穿越到封建社會後，她沒交到一個女性朋友，男性朋友倒有好幾個。弘濟、張央、梁錦昭、宋懷瑾，個個都不錯。

尤其是梁錦昭，幫了自家不少忙。現在他在軍裡當差，身不由己，以後難得去冀安，又一直說要去邊關打仗掙前程。那麼，以後她偶爾來京，也不一定能碰上他，這輩子能不能再見都不一定，想想還挺傷感。

錢亦繡想了許久，覺得梁府不差好東西，就做些這個時代沒有的稀罕點心討好梁老太君和孩子們；同時，再把猴哥和奔奔帶去，梁家的男女老少都喜歡牠們。

她決定用雞蛋和鮮奶，做出水果奶油蛋糕。

魏氏當了許久的點心師傅，經過錢亦繡一指導，做出來的蛋糕比她前世做的還好吃。

現在正是櫻桃成熟的季節，小巧紅潤的櫻桃放在雪白的奶油上，漂亮極了。

奶油蛋糕一做出來，猴哥就急得抓耳撓腮，吃了好幾塊。

錢亦繡又想起漂亮得不像話的劼哥兒，讓下人也給榮恩伯府送了一盤蛋糕去。

巳時，錢亦繡帶拎著食盒的紫珠和白珠，還有猴哥、奔奔上了馬車。

到了梁府角門，錢亦繡下車，對看門的僕人說求見大奶奶，並給了兩個一錢的銀角子。

其實，錢亦繡很想說求見梁老太君，但她感覺得到，梁老太君和梁夫人都對她散發出極大善意，可梁大奶奶就不見得了。

但梁大奶奶現在是衛國公夫人，主持梁府中饋，崔掌櫃又是她的人，她最不能得罪的就是她。

僕人掂了掂銀角子，笑得一臉燦爛，讓她等著，又叫了聲。

一個年紀小的門房便跑去二門，讓婆子去正院稟報，說錦繡行的錢家姑娘求見。

婆子答應著，去了正院。

第八十六章

此時，梁大奶奶崔氏正坐在側屋的炕上抹著眼淚訴苦，梁宜謙坐在一旁聽著。

「為了那個孽障，我操碎了心。從知道他得了那個病開始，就睡不好、吃不好，天天擔驚受怕，生怕他有個三長兩短。如今，終於盼到他治好了病，又在軍裡謀得差事，想著他年紀大了，又把丫頭調教好，給他送去。

「可他是怎麼做的？不感念我這個當娘的想得周到，還把我給的丫頭打傷……弟妹更可惡，竟然把事情弄到老太太那裡去，讓老太太當眾說我，害得我沒臉。弟妹動不動就說自己是武將家的女兒，不懂彎彎繞繞，可你看到沒有？她的彎彎腸子比誰都多。」

梁宜謙勸她。「奶奶說得也對，昭兒的病才好，身子骨還不太硬朗，不宜馬上碰女色，總得讓他再養養。至於弟妹，她或許真是無意的，家和萬事興……」

兩口子在屋裡絮絮叨叨，丫鬟根本不敢打擾，更不可能為了一個鄉下小姑娘去觸霉頭，所以沒人進門稟報了。

錢亦繡在門外等了半個多時辰，看到太陽都快到中天了，也沒見有人出來請她進去。

看門的最是勢利眼，但得了錢亦繡的好處，也不好再讓她繼續傻等下去，便客氣道：「錢家姑娘，妳先回去吧，興許我家大奶奶有事，今兒沒空見妳，改天再來吧。」

錢亦繡望望日頭，雖然知道人家在雲裡，自己在泥裡，感覺還是失望又難受。再望望那個朱門高牆，人家是高門望族，她是蓬門蓽戶。朋友？或許是她的一廂情願吧。便謝過門房，轉身往馬車邊走去。

突然，猴哥和奔奔像瘋了一樣，一溜煙跑向角門，門房攔都攔不住。

高牆裡傳出一陣爽朗笑聲，接著是梁錦昭驚喜的聲音。「你們來了？小丫頭呢？」

他腿長步大，抱著猴哥，幾步出了角門，只見錢亦繡紅著眼睛狠狠瞪他一下，也沒理他，一下子鑽上了馬車。

梁錦昭莫名其妙，把猴哥放下，也跟著鑽上馬車，問道：「小丫頭，到了我家門口，怎麼不進來啊？」

錢亦繡可不怕梁錦昭，憋了半個時辰的氣都對他發出來，冷笑道：「你倒會倒打一耙。明明是你們不讓我進去，現在卻說我。你們是高門，我們是小民，上門來巴結，還巴結不上，在門口傻等了半個多時辰，沒人搭理，只好摸摸鼻子回家了。」

梁錦昭通透，想想就明白了，問道：「妳是求見我娘，對吧？」見錢亦繡默認，便笑道：「這就是了。我娘不是生妳的氣，更不是瞧不起妳，她是在跟我嘔氣。或許，因為她在生氣，下人們不敢去稟報也未可知。」

錢亦繡雖然生氣，但好奇心還是佔了上風，好奇地問：「你娘跟你嘔什麼氣？」

梁錦昭的臉一下子紅了，吭吭哧哧地說：「也沒什麼，就是我娘給了我一個……嗯，不懂規矩的丫鬟，是特別不懂規矩那種。我一生氣，就攆她走，她還不走，我更生氣，就給她一腳。沒想到，她那麼不經踹，一腳就把她的肋骨踹斷了，動靜弄得有些大，被人鬧到我奶奶那裡，奶奶罵了我娘……」又不好意思地解釋：「我第一次打女人，也是氣極了……」

雖然梁錦昭嘴裡一直喊錢亦繡為小丫頭，但不知為何，心裡有事，就是想跟她嘮叨兩句。

錢亦繡前世看多了穿越與宅鬥的小說，馬上搞懂那個丫頭是怎麼回事。古代女人真是有病，沒事就愛往兒子屋裡塞女人，看來梁大奶奶也有這種奇怪愛好，遂問：「那個丫鬟是不是你娘給你的通房丫鬟？你就沒有……」睜著賊亮的眼睛看他。

梁錦昭在錢亦繡眼裡，還是個半大小子，再加上跟他說話本就沒有多少顧忌，便直接問出了口。

梁錦昭一聽，急忙否認。「沒有，怎麼可能！」

接著，他的臉紅得像煮熟的蝦子一樣，眼睛都瞪圓了，不可思議地看著錢亦繡。「什麼、什麼通……妳一個小丫頭，怎麼什麼話都好意思說出來呢？小小年紀，那些話是聽誰說的？」

喲，沒看出來，梁錦昭還是個害羞又純潔的好孩子。

看他急成這樣，錢亦繡笑道：「我們村裡有個老婆婆，以前是大戶人家的丫頭，經常愛念叨大戶人家那些破事，我是聽她說的。」

梁錦昭聽了，語重心長地教育她。「能跟小女娃講這些骯髒的事情，想來那個老婆子也不莊重。小丫頭，以後別再聽她說這些話，這樣不好。」還怕錢亦繡不往心裡去，又強調一遍。「記住了，別再跟那樣的人來往，會把好好的小姑娘教壞……」

一陣唐僧似的碎碎唸，讓錢亦繡鬱悶無比。她感興趣的東西沒說多少，反倒被教育了，便打斷他的話，說過兩天，她就會同悲空大師與弘濟回冀安。

梁錦昭一聽，惆悵起來。「你們這一走，不知什麼時候能再見面。師父、妳、小師弟，我真捨不得呀……」

錢亦繡起先有些心跳。這是在表白了？但看看梁錦昭澄澈的眼神，便釋然了。她在他眼裡，只是小丫頭兼哥兒們，或許還是弟弟，就像他在她眼裡，就是個小屁孩一樣。

她笑道：「等你建功立業，當了大將軍，就來個信，讓我們替你高興；要娶媳婦了，也來信，我給你送份大禮。」

這話又把梁錦昭逗樂了。「男子漢大丈夫，當以建功立業為先。再說，我師父說我不宜早婚，娶媳婦的事還早。倒是小丫頭，找人家時，可是要把眼睛睜大……」

兩人正促膝談心，猴哥卻不耐煩地在外面拍起車廂，嘴裡還亂叫起來。

梁錦昭說：「走，跟我進府找我奶奶去。」

「你不是要出去嗎？」錢亦繡問。

「妳來了，我就不出去。」梁錦昭笑道。

於是他們下車，直接進了梁老太君住的萬和堂。

由於梁老太君吃早飯時生了氣，把小輩們都攆走，便在小佛堂裡唸了半天經。

她剛從小佛堂出來，便看到重孫子把錢亦繡領來了，還有傳說中的靈猴和靈狗。她知道錢亦繡是在牠們保護下才把靈藥給孫子尋回來，又聽兒子和重孫子講過牠們的許多趣事，曉得牠們愛吃什麼，趕緊喚人端上。

接著，她招手把錢亦繡叫到跟前，拉著她坐到羅漢床上。錢亦繡讓丫鬟把水果奶油蛋糕拿出來。

梁老太君吃了一塊，覺得異常美味，還好看，馬上一迭連聲地讓下人去叫孩子，也給他們嚐嚐。想想，又道：「把家裡人都叫來吧。男人們稀罕這猴兒與狗兒，讓他們瞧瞧。」

不久，萬和堂廳裡便坐滿了人，梁家人一個不落地來了，還包括宋懷瑾。

猴哥和奔奔是人來瘋，見人一多，便賣力表現，逗得眾人哈哈大笑。

水果奶油蛋糕更是受到前所未有的歡迎，好吃、好看又好聞，老人與女人、孩子最喜歡。

錢亦繡聽梁大奶奶的話，好像不知她上門求見。

梁老太君熱情地留錢亦繡吃午飯。午飯後，見她有些沒精神，才知道她天沒亮就起來做點心，心疼地讓她在自己的暖閣裡歇午覺。

這個殊譽，連梁家的小主子都沒享受過，大家瞧錢家小姑娘的眼神自是不一樣了。

梁大奶奶回去歇午覺時，丫鬟不敢再隱瞞，把錢家小姑娘求見她的事情說了。

梁大奶奶一陣氣怒，罵了丫鬟一頓，扣兩個月的月錢。

下午，梁老太君讓人去正院跟梁大奶奶說一聲，錢家小姑娘要回老家了，讓她準備回禮。梁大夫人也派人來，讓她準備送宋家的禮物。

晚飯後，錢亦繡回去時，又帶了一馬車的回禮和宋家的禮物。

本來梁則重還說，她回去時，梁府會派四個護院護送，怕路上不安全。但聽錢亦繡說會跟悲空大師和弘濟同行，便道：「跟他們同路，我就放心了。」又說：「那天潘先生還跟我說，他喜歡妳家門前那片荒原，邀我同行，說不定不久後，我們就會去妳家叨擾一陣了。」

錢亦繡聽了，笑著應是，這才與他們道別離去。

四月二十一下午，潘駙馬居然領著劼哥兒來送行，不僅送錢亦繡一把他畫的風景摺扇，還說或許以後會去她的家鄉，看看繡品中那美麗的風景。

這次來京城，居然能跟集皇親國戚與國民偶像為一體的第一名士套上關係，這個收穫是錢亦繡作夢都沒有想到的。

而且，潘駙馬哪裡冷了？哪裡怪了？哪裡跩了？明明是成熟暖男嘛，傳言不可信啊！

錢亦繡拿著價值千兩的摺扇，面對風度翩翩的美男子，笑得眉眼彎彎，忙不迭地點頭答應，還說最好五月中到七月初來。那時，不僅她家院門口的荒原最多姿多彩，也是金蓮開得最豔麗的時節，又是溪景山色最濃墨重彩的時候。

小姑娘明媚的笑容、歡快的語調，讓潘駙馬的心酸酸甜甜。若當初他不把對皇家的怨氣出在女兒身上，對她親近些，女兒的笑是不是也會這麼溫暖？

現在老了，許多事情看開，但覆水難收，失去的永遠失去了，想彌補都不行。

劼哥兒也捨不得，主要是捨不得猴哥和奔奔。想到明天牠們就要走了，眼圈都是紅的。聽了潘駙馬的話，也嚷著要去錢家作客看風景。

潘駙馬卻突然傷感起來，道：「爺爺再不敢帶你們出遠門了。」

當年，是公主仙逝滿十年，太后讓他去報國寺茹素一個月。他不願意，又不能公然忤逆太后，也不願意讓世人覺得他薄情，就說他作了個夢，夢見公主在紫霞閣的西窗下悠然品茗。剛好溪頂山是大乾朝著名的茶文化起源地，大慈寺又是大乾朝香火最旺的寺廟之一，若在那裡上香茹素，更能寄託自己對公主的無限哀思。

他是真的夢見紫陽公主在窗下品茗，至於是不是在西窗下，他就有些記不清了。但溪頂山的前山千峰競秀，萬壑崢嶸，而後山則片片茶園堆青疊翠，他年輕時曾經去過。在墨香、茶香、檀香滿山飄的溪頂山上誦經、品茗、畫畫、觀景，還有思念，住再久，他都願意。

太后准了他的請求，潘月聽了，也一定要去為母親燒香茹素，結果，卻出了事。

這是潘駙馬平生最悔恨的事。若非他私心作祟，直接在西山報國寺燒香，那潘月就不會出事。

他覺得這是紫陽公主在懲罰他。她把月兒帶走了，讓他一輩子都在痛苦和懊悔中度過。

劼哥兒見爺爺不答應帶自己去錢家，大哭起來，嚷道：「劼哥兒要去，劼哥兒要去……」

潘駙馬無奈道：「就算爺爺願意帶你去，你去問問爹爹，他答應嗎？」

小孩子果然好哄，劼哥兒掛著淚水說：「好，我去問爹爹，如果爹爹答應，爺爺就要帶我去。」

晚上，宋懷瑾也專程來送行；還有鄰居家的一堆孩子，他們是來送猴哥和奔奔的。特別是胖胖的小少爺，都哭了，來時還拎了猴哥與奔奔最愛吃的招牌菜，及一罈子狀元紅，跟牠們喝了杯告別酒。

他和猴哥是躲著人喝的，喝完就醉倒，嚇得錢華趕緊去請大夫，找他家裡人來。好在小少爺沒有大礙，喝下醒酒湯就好了。

第二天一早，錦繡行後院停了幾輛馬車，是梁府的車隊，梁富奉命帶來的，會把錢亦繡一行送到船上，與悲空大師會合。

錢亦繡領著一行人及一猴一狗上了車。如今陸師傅在京城名聲鵲起，會留下來做活了；錢華則要再留一段時日，將這裡的事情理順，把掌櫃帶出來。以後，錢華會和蔡和輪流來京城的錦繡行當差，蘇大武則常駐。

來京匆匆二十幾天，又要離開了，若非死鬼爹刺激了她，是不是還會再多玩幾天呢？

錢亦繡掀開窗簾看著外面，馬車穿過細長胡同、繁華街道，過了城門、護城河，把熱鬧的京城甩在後面。

突然，她看到一個熟悉的身影佇立在遠處。

朝陽下，梁錦昭騎在馬上，正衝他們招手，笑得一臉燦爛。

穿上戎裝的梁錦昭英武不凡，哪怕穿的是士兵衣裳，也遮掩不住那股豪邁的氣勢。這傢伙，或許以後真的會當元帥。

只見馬蹄翻飛，瞬間工夫，梁錦昭便騎馬來到馬車旁。想了想，只笑著說了一句：「小丫頭保重，一切如意。」

錢亦繡的鼻子有些發酸，也含著眼淚道：「梁大叔也是。一切如意，快樂幸福。」

聽她又叫他大叔，梁錦昭沒有生氣，而是咧著嘴笑起來。他的膚色已經沒有之前的白皙，十幾天的軍人生活，就把他曬成小麥色，顯得牙齒更加潔白如玉。

馬車向前駛去，梁錦昭揮手告別，人影越來越小，直至看不見。

兩個多時辰後，錢亦繡一行人來到南縣碼頭。

無名和尚看見衛國公府的馬車來了，上前對第一輛馬車外的梁富和黃鐵雙手合十道：「阿彌陀佛，悲空大師已經在船上了，請施主們直接過去。」

錢亦繡被無名領上船，弘濟已經在甲板上等他們，老遠就高興地衝他們招手。

下人們把馬車上的東西都搬上船後，梁富來跟錢亦繡道別，領著梁府的下人下船。

弘濟和無名把錢亦繡等人安排到二樓艙房，由於人少，連下人們都住在二樓。

剛把東西放好，船就啟航。

錢亦繡納悶道：「其他客人還沒上來呢，船怎麼就開了呢？」

弘濟笑道：「這條船上只有貧僧、師父、無名師姪，還有幾個報國寺裡的武僧，剩下就是你們了。哦，還有船家。」

「就這麼幾個人，那船家還不虧死啊？」錢亦繡道。

弘濟搖頭。「不會。貧僧的師父說，有人硬讓我們坐，我們就坐，有福不享是傻瓜。」

第八十七章

船娘做素食的手藝不佳，第一頓就吃得悲空大師與弘濟毫無胃口，錢亦繡便讓魏氏做飯，負責他們的一日三餐。

船上的日子是愜意的，儘管大多數時，都是陰雨綿綿。

錢亦繡無事就跟弘濟下下五子棋，或逗逗猴哥和奔奔。弘濟跟著悲空大師誦經時，她就趴在窗邊看風景，看細細的雨絲沒入水中，看煙雨中的山水朦朦朧朧。

他們坐的這條船，速度要比其他的船快些。在大船進了綠春江的第二天，錢亦繡正在窗邊觀景，猴哥突然聳了聳鼻子，跳上小几，擠到窗邊，用手指著前面的船大叫起來。

那條船上有猴哥認識的人！

錢亦繡瞪大了眼睛，往前面看去。

在他們的船超過去時，她終於看到了，原來死鬼爹正在那條船上，此時也在窗邊向外張望。

他到冀安幹什麼？錢亦繡沒想過他會回家。戰爭結束六年了，要回，早就回了。

看到他，錢亦繡的心情又低落下來。

吃飯時，錢亦繡若有所指地問悲空大師。「大師，您說，人為什麼會變呢？原來那麼好，幾年不見，就變得面目全非了。」

悲空大師放下筷子，雙手合十。「阿彌陀佛。世間本無圓滑，有的只是自性。善念圓滑則萬事功成圓滿，惡念圓滑則萬事虛偽淫邪。」

錢亦繡翻了下白眼。「我學問差，不講直白了聽不懂。」

悲空大師裝作沒聽見，又拿起筷子，低頭吃起齋飯。

悲空大師太氣人，該有高僧樣子的時候，一點都沒有；想請他透個底時，卻賣弄起高深來。

弘濟見錢亦繡嘟嘴生氣，也不吃飯，笑道：「貧僧師父的意思是，世間只有圓滑，沒有圓滿。小施主應隨興、隨意，凡事切莫強求。」

這下，錢亦繡更混亂了，大聲道：「大師明明說世間本無圓滑的，小師父怎麼說大師的意思是世間只有圓滑呢？」

悲空大師見狀，與弘濟一起搖搖頭，也放下筷子，雙手合十道：「阿彌陀佛，善哉，善哉。」

錢亦繡氣得放下筷子，回船艙睡覺了。

五月九日晚上，船至溫縣，一行人在客棧住了一宿，第二天一早坐車上路。

悲空大師沒有多少東西，只租了輛馬車；錢亦繡的東西就多了，租了六輛馬車，一輛裝著梁府送宋府的東西，由蘇三武送去西州府，剩下的往溪山縣趕去。

中午，眾人便到了溪山縣城，歸心似箭，沒下車吃飯，只有榮師傅拿著自己的東西下了車，又租輛驢車往自家趕去。

馬車穿過縣城，到了溪頂山下，錢亦繡跟弘濟他們告別，繼續向西而去。她回到花溪村時，正是午歇時辰，行人很少，連趴在路邊的狗都無精打采。

在村北賣肉的謝虎子正倚在小茅草棚子下打盹，面前吊的幾條豬肉被太陽曬得乾乾的，還往下滴油。

謝虎子被一陣馬蹄聲驚醒，看到坐在最前面那輛車上的黃鐵，知道錢亦繡回來了，站起身高聲招呼。「繡兒回來了？」

錢亦繡從窗口伸出頭笑。「是哪，我給謝大伯家帶了好些東西，回頭讓人給你們送去。」

謝虎子道：「哎喲，謝謝繡兒了，出趟遠門還惦記著我們。」邊說邊走到錢亦繡坐的馬車邊，低聲說：「舉頭三尺有神明，那唐氏缺德事幹得多，前兩天出個門就把腿摔斷，林大夫說她的腿骨摔碎，這輩子都要當瘸子了。」

「怎麼回事？」錢亦繡問道。

謝虎子說：「那唐氏發瘋了，硬說錦娃不是妳家的親生兒子。誰都知道她為什麼這麼說，就是看上了妳家有錢，又見錦繡行開去京城，眼熱，想分妳家的產業……」

錢亦繡嚇一跳。那件事那麼隱密，怎麼會透露出去呢？

唐氏翻不起大浪，錢亦繡怕的是錢老頭跟著鬧，把錢三貴氣著，忙問：「我爺爺呢？他沒出什麼事吧？」

謝虎子搖頭。「繡兒放心，錢三叔沒什麼大事，只是前些日子有些不好，縣城保和堂的小張神醫來瞧過後，便無礙了。

「後來，錢爺爺和錢奶奶還想住去你們家，說是以後就跟著三房過日子。前天讓人拿著東西，剛出大房，妳太爺爺就摔了一跤，把腿給扭傷。保和堂的大夫來看過，說最少要在床上躺三個月。結果，妳太爺爺和太奶奶就不願意去三房住了。」

錢亦繡聽完，趕緊讓人快馬加鞭往歸園趕去。

馬車剛出了村西頭，進入那條小路，猴哥和奔奔就跳下馬車，向歸園狂奔而去。車子到了前院大門口，吳氏、錢亦錦都跑出來迎接，見到錢亦繡雖然高興，但吳氏神情憔悴，錢亦錦的情緒也不大好。

錢亦繡讓下人把東西搬到院子裡，付了車錢，剛進前院，就見程月從月亮門裡走出來。她的臉色蒼白，小臉瘦得尖尖的，眼睛通紅，原來合身的衣裳，如今穿著卻異常寬大。

錢亦繡心疼壞了，上前拉著她。「娘，繡兒才離開兩個月，您怎麼瘦成這樣了？」

程月摟著錢亦繡哭道：「繡兒，娘好想妳，妳怎麼現在才回來，家裡出大事了……怎麼辦，娘闖禍了……錦娃是娘和江哥哥的親兒子，是繡兒的親哥哥，可他們卻胡說，說錦娃不是娘的親兒子……」

她這麼一說，錢亦錦的眼圈就紅了，也拉著程月。「娘莫難過，他們胡說的，他們想占咱們家的產業才編出這些話。兒子是娘的親兒子，是繡兒的親哥哥。」

三人相攙著進了正房，錢三貴正斜倚在羅漢床上，還蓋了床薄被子，臉色蠟黃，眼窩深陷，好不容易養起來的肉又沒了。

錢亦繡過去拉著他，難過地說：「爺，不管遇到什麼事，您都不能倒下，您是咱們家的主心骨。」

錢三貴笑起來，虛弱地說：「好。爺爺不會這麼快死的，不會如他們的願。」

丫鬟拿了面盆進來，錢亦繡洗漱完，一邊吃飯，一邊聽他們講了事情經過。

上個月底，懷孕的錢滿蝶從縣城回娘家玩，吃完午飯後，又帶著禮物來三房送禮。正巧錢滿霞也在娘家，兩個孕婦講著育兒經，說著生孩子如何痛，如何在閻王跟前走一圈。

當時程月也在，道：「我生繡兒時有些痛，生錦娃時，卻一點都不痛，是我睡著了生的。」

程月的反應慢，自顧自地說，吳氏和錢滿霞攔都沒攔住。

錢滿蝶笑道：「嫂子開玩笑呢，睡著了，怎麼可能生孩子呢？」

吳氏趕緊起身拉程月出去。「娘想起有個針線活只有月兒能做，快跟娘出去。」

程月轉頭，還在跟錢滿蝶說：「月兒沒撒謊，是真的，娘這麼說的……」話沒說完，就被吳氏拉了出去。

錢滿霞當了小媳婦，現在又是準娘親，已經慢慢曉得了一些事，對錢亦錦的身世，也有了些猜測，雖然心驚不已，但她牢記吳氏和萬大中的囑咐，把這個秘密深埋在心底，不敢透露一個字。

她見程月被吳氏拉出去，便對錢滿蝶笑道：「我嫂子有時候會犯糊塗，假的也說得跟真的一樣。她生錦娃時，我也在屋外，聽見我娘先接下錦娃，後接繡兒。」還囑咐錢滿蝶不要說出去，不然人家又該笑話她嫂子是傻子了。

錢滿蝶也沒在意，想著程月腦袋不太清醒，說話做事犯糊塗也有可能。

回家後，她便把這話當笑話學給汪氏聽了，還囑咐汪氏莫跟旁人說。說者無心，聽者有意。

孰料，汪氏一聽，就琢磨開了。仔細想想，錢亦錦長得的確不像錢家人，都說程月懷孕時肚子特別小，那麼小的肚子，怎麼可能懷雙胎？

她暗嗤不已。都說三房忠厚，原來最狡猾的就是他們，這事瞞得死死的，騙過了所有人。

她把錢滿蝶送走後，先去上房跟老倆口說了這個笑話，又去二房跟唐氏說了，末了，都補充一句：「滿江媳婦的腦子還是有些不清楚，這話怎麼能亂說呢？咱們是親戚，自然知道這是她的糊塗話，但讓外人聽見，對錦娃的名聲就不好了。」

於是，這個笑話在大房、二房炸開了，眾人分了三種態度。

錢老太堅定地認為這話是個笑話，她一看錦娃就心疼，不是親的，怎麼可能有這種感受？

錢老頭和唐氏堅定地認為錦娃肯定不是錢滿江的親兒子，原因跟汪氏分析的一樣。

唐氏敞著嗓門說：「爹，這事您可不能不管。咱們錢家的家業，怎麼能傳給野種……」

錢滿河聽了，氣得吼她。「娘，您胡說八道什麼！」

錢老太更是一楞杖敲下去，她使足了勁，把唐氏打得趔趄，啐道：「缺德的婆娘，該讓我兒把妳休了！」

錢老頭也罵唐氏。「說這些話，也不怕遭報應。再怎麼說，錦娃也是三房養大的，給我滿江孫子披麻戴孝，三房的產業，應該有他的一份。」又傷心地說：「我得去問問三貴，我們錢家這麼多血脈相連的兒孫，他怎麼會想到讓外人來給我滿江孫子披麻戴孝、傳宗接代？他這麼做，不怕死後去見咱們錢家的列祖列宗，不怕愧對我滿江孫子？」

剩下的人都持懷疑態度。錢滿河還勸大家：「不管錦娃是不是三叔的親孫子，既然三叔要把他當親孫子，讓他給滿江哥披麻戴孝、傳宗接代，那咱們聽三叔的就是了。」

錢老頭不聽，氣沖沖地起身去三房。一看後面，除了唐氏，誰都不敢跟，便回過身來，把錢大貴、錢二貴罵著一起去，其他人都推說有事急急地溜了，包括汪氏。

錢老頭來了歸園，指著錢三貴一頓斥責，唐氏也跟著添油加醋，冷嘲熱諷。

程月說漏嘴後，錢三貴、吳氏、錢滿霞也商量了對策，就是三個人定要死死咬住錢亦錦就是程月生的。反正程月生孩子時，只有他們三個人在，她腦子不清醒，也是人人知道的。

對於錢老頭的指責，錢三貴和吳氏當然不承認，就說錢亦錦是程月生的，還是吳氏親手接生的。

錢老頭還想讓程月出來說清楚。錢三貴道：「爹，滿江媳婦腦子有病，這件事就是鬧到縣太爺那裡，他也只會聽我們三個人的話，不會聽她的。您老人家實在不信，就去衙裡告吧，請官老爺來評評理。」

錢三貴咬死不鬆口，錢老頭也有些動搖了，或許錢亦錦真是滿江的親兒子？遂想著，不管是不是，他和錢老太都搬來三房住。三兒的身子不好，若他真有個好歹，自己好主持大局。

到時，產業給錢亦錦一份，錢家其他子孫也有份。這樣，不管錢亦錦是不是錢家親孫子，錢家的血汗錢便不會全落入外人手裡。

他們回村後，唐氏還不甘心，大著嗓門到處亂說，結果把腿摔斷；錢老頭搬家時，又把腿扭了。聽著村裡人的議論，他有些怕，暫時不敢搬去三房住了。

那天他們在屋裡大聲吵架，程月聽到了。程月只是失憶，反應慢，有些事情還是清楚，知道自己闖禍，給公爹和兒子惹了麻煩，天天哭，任誰勸解都不行。

錢亦繡聽完後，先拿帕子幫嗚嗚哭著的程月擦眼淚，笑道：「娘莫難過，既然娘知道他們是胡說，還難過什麼呢？如今繡兒回來了，咱們一家人在一起，任誰也欺負不了。」

女兒是程月的主心骨，聽了這話，才收住眼淚。

錢亦繡先說了這次賣繡屏賺多少錢，錦繡行又賺多少，並提出，賣繡屏的錢是小娘親掙的，全給小娘親，當作她的嫁妝。

程月沒關心錢，聽到女兒把繡屏賣了，燦然一笑。「江哥哥看到繡屏，定會回來看月兒的，他回來了，誰都不敢欺負咱們。」

看到小娘親澄澈的眼神、如花的笑靨，錢亦繡的心猛地痛了一下。

小娘親的癡心錯付了。

死鬼爹在京城活得好好的，當了官，身邊還有了女人，甚至，知道她是他的女兒，來錦繡行轉了好幾次，卻不敢進去跟她相認。

這些事不能說，只能深深埋在她心底。

把三千兩黃金給程月當嫁妝的提議，得到錢三貴和吳氏的贊同，這樣任誰都搶不去，將來還是錢亦錦兄妹的。

錢亦繡把銀票拿出來給程月，程月沒接，道：「繡兒和錦娃幫娘收著，你們喜歡什麼就買。」

錢亦錦聽了，又說：「妹妹喜歡保管錢，給妹妹收著。」

錢亦繡便收了起來。

接著，她把錢三貴給的二千兩銀子退給他，賣項鍊的五千兩銀子，就自己留著。又把錦繡行的帳本交給錢三貴和錢亦錦，讓他們無事看看。

接下來，就是分配禮物了。

錢亦繡已經先分出自家的和余先生的禮物，再把給錢滿霞的、張家的、錢香的東西整理出來，到時候送給他們。又挑出給錢老太買的金簪子、金耳環、金戒指、嵌瑪瑙的抹額、一疋軟緞、一根虎頭洋漆雕花枴杖，明天專程給她送去。最後再選些東西給關係好的人家。

至於錢老頭、大房、二房，什麼都沒有。

吳氏看到光給她一個人的，就有這麼多綾羅綢緞跟金銀珠寶，心疼得要命，又念叨開來。「我都老了，要這些東西幹麼？都留著，以後給繡兒當嫁妝。」

錢三貴道：「家裡的錢不少了，還那麼節省做什麼？難道要省下來，便宜那些想占咱們家產的人？」

吳氏一聽這話，趕緊點頭。「當家的說得對，我再不省吃儉用了，想開點。唐氏那個死婆娘，借著咱們的光，穿金戴銀的，比我穿得還光鮮，卻說出那些戳心窩子的話，恨不得咱們馬上把錦娃攆出門去，把她的孫子塞進來。真是黑心爛腸子的玩意兒。」

錢亦錦恨恨道：「這次的事，看著好像是太爺爺和唐氏鬧得歡，其實，最壞的是汪氏，挑事的就是她。」

吳氏也咬牙罵道：「是，汪氏那婆娘把事情挑出來了，就像王八一樣，脖子一縮，看起熱鬧來。有好處就上，若出了事，還要跳出來裝好人。」

錢亦繡對錢三貴道：「爺爺，貪慾是縱出來的。這些人拿爺爺的東西拿慣了，爺爺有什麼，就要想辦法弄去，汪氏還以為自己做得神不知、鬼不覺呢。咱們再繼續姑息這些人，再不給些教訓，他們還要鬧事，而且會越來越過分。」

錢三貴難過地說：「枉我平時那麼敬重汪氏，覺得她雖然有私心，但為人尚可，最起碼不敗德喪行，比唐氏強許多。卻沒想到，她會得隴望蜀，跟著咱們過上好日子，還鼓動妳太爺爺來鬧著分咱們三房的產業。」

錢亦繡冷笑。「爺，大利當前見人心。之前是小利，汪氏或許覺得不值得跟咱們翻臉，如今有大利了，又認為有謀奪的機會，便把持不住了。那汪氏豈止是得隴望蜀，她的心腸歹毒著呢，知道爺爺的身子弱，還挑著太爺爺和唐氏來鬧事。

「除了太奶奶，我不知道其他人是不是都有這種想法，但汪氏和唐氏肯定有，巴望著快些把爺爺氣死。只要爺爺沒命，咱們家的孤兒寡婦就由著他們搓揉了。別說產業是他們的，以後我們吃口飯，都要看她們的臉色……」

錢亦錦跟著點頭。「是啊，我也看出來了。太爺爺來鬧時，唐氏說的那些話，明顯就是故意氣爺爺的。」

錢三貴心裡也隱隱這麼認為，但不敢多想，只要這個心思一冒頭，馬上壓下去，還反覆說服自己，不會的，他們是他的親爹、親哥哥跟親嫂子。如今被孫女直言不諱地說出來，還是難過得紅了眼圈。

吳氏氣得又罵。「喪良心啊！咱們對他們掏心窩子，不說他們兩家跟著咱們過上好日子，連蝶兒都是靠著咱們幫忙才嫁進于家，過著少奶奶的日子，還跟錦繡行做些生意賺錢，他們怎麼就不記情呢？這麼缺德的事都做得出來。還有公爹，當家的有多孝順，他應該心裡有數，怎能那麼狠心，不顧你的身子來鬧騰？」

錢亦繡冷哼。「不管哪個世道，都是強者為尊，咱們家卻是反了。都是爺爺之前太縱著他們，是時候讓他們清醒清醒了……」

第八十八章

晚上，小兄妹讓人去把萬大中父子和錢滿霞請過來吃晚飯。結果，只有萬大中和錢滿霞來了，說萬二牛去縣城賣皮子，順便要在好友家玩兩天。

錢滿霞的肚子已經顯懷了，人豐腴不少，看到錢亦繡，眼圈紅紅地說：「那些人太過分，把爹的病又氣犯了。」

幾人吃飯時，商量了對付大房、二房的法子。

首先要掐掉大房、二房的財源，讓他們知道，誰是他們的衣食父母。

告訴崔掌櫃，霧溪茶行不要再跟老兄弟點心鋪合作，改用霞霞香餅屋的點心，開頭三個月只收七成價。現在三房最多的就是錢，這個窟窿他們補。

再來，派人暗示錢四貴，若他想繼續過好日子，就設法讓省城的老兄弟點心鋪虧本。錢四貴精明，又跟錢三貴的感情好，這種既得實惠又幫人的事，他知道該怎麼做。

接著，這事是汪氏起的頭，她必須得到沈痛的教訓，這事就由吳氏領著能說會道的魏氏去辦。

錢亦繡把原本準備送給大房、二房的禮物理出來分配。這家半包點心、那家半包糖或幾朵絹花，總能送完整個村子。除了幾家關係實在不好的沒份，其他家家有。京城裡的東西，這些人稀罕著呢，讓吳氏和魏氏拿著東西上門，好好跟這些人說說，一圈下來，整個花溪村便會知道汪氏的德行了。她不是喜歡裝好人扮賢慧嗎？就是要把她的虛偽面紗撕下來。

除此之外，錦繡行停止跟于家的一切生意往來，並暗示他們，汪氏缺德，想謀財害命，于家是被牽連的。不管錢滿蝶是不是有心把話遞給汪氏，但她必須要承擔她引起的後果，同時也讓汪氏看得更清楚，是誰讓錢滿蝶過上好日子？

最後，讓錢老頭知道，要是他敢帶著人把錢三貴氣死，三房就是拚著不孝，也不會讓這些害人的人得到一個子兒，而且，他們會付出更慘痛的代價。這個好辦些，請高管事藉衛國公府、宋家、縣太爺的勢，對他嚇唬敲打一番。高管事最擅長做這些事，事成後，給他的禮加厚幾分即可。

這些主意大多是錢亦錦和錢亦繡出的，萬大中不好意思摻和。錢三貴精力不濟，剩下三個女人不頂事，只好由他們發話了。

錢三貴有些不忍。「這樣做，他們會不會更恨咱們？」

錢亦錦道：「爺爺，之前他們不恨咱們，不照樣往死裡整咱們？」

萬大中欣慰地看了看錢亦錦。行，小主子夠聰明，做事不拖泥帶水，像寧王爺。

錢三貴聞言，咬咬牙。「也罷，他們是該得些教訓。大不了，以後我多給爹娘養老銀子。他們不是想整死我嗎？看最後倒楣的到底是誰！」

飯後，錢亦繡左手被程月牽著，右手被錢亦錦牽著，幾人一起回了望江樓。

正跟猴哥牽手玩的猴妹看見錢亦繡回來，甩開猴哥的手，撲進錢亦繡的懷裡。

錢亦繡一隻手抱著牠，一隻手打打牠的小屁股，呵呵笑道：「我回來這麼久，妳也不去正院看看我。我幫妳帶了禮物，回頭就給妳。」

娘兒幾個上二樓說了一陣話，程月紅著眼圈訴說相思之情，連錢亦錦都肉麻地說：「別說娘親想妹妹想得哭了，就是哥哥都想得要命。以後，妹妹不管去哪裡，都要哥哥陪在身邊才行。」

除了吃飯，錢亦錦的手一直都是拉著錢亦繡的，拉得她一手汗。

錢亦繡試圖甩掉，看到錢亦錦不高興的眼神，也只得由他拉著。

娘兒幾個絮叨到很晚，才把錢亦錦勸回去，又讓他把給大山和跳跳的禮物一起帶回院子。

第二天上午，錢三貴跟黃鐵如此這般吩咐了一番，讓他去縣城辦完事後，再去省城一趟。

錢亦繡穿得漂漂亮亮，跟同樣打扮得精精神神的錢亦錦，帶著揹背簍的曉雷和紫珠去了錢家大院。

此時，錢香正在大房裡勸著錢老頭。昨天得到錢老頭扭傷腿的消息，她今天一大早就趕來這裡。

錢香聽了老倆口的說詞，氣得直喘粗氣。她了解幾個嫂子的個性，知道自家老爹和唐氏又著了汪氏的道。她本是豪爽性子，加上氣憤，竟數落起錢老頭來。

「爹，您怎麼又跟著起鬨？三哥是怎麼得罪了您老人家，就恨不得整死他？」

錢老頭氣得不得了。「放屁，三貴是老子最心疼的兒子，我怎麼會整死他？」

錢香道：「三哥是什麼身子骨，您不知道？風大了都能吹出毛病，禁得住您和唐氏這番鬧騰？哼，真把三哥折騰死了，您的日子就能比現在好過？」

錢老太一聽就哭了，歪嘴道：「我可憐的三兒，從小吃的苦最多，日子剛好過起來，就被那兩個婆娘惦記上了，偏老頭子還犯糊塗，跟著她們一起折騰。我的錦娃那麼乖，他們竟然說他是野種，還想把他趕出去。我知道她們打的什麼主意，就是想把錦娃趕走，好搶三房的產業……」

汪氏一直在門外聽著，覺得錢老太說得過火了，不高興地推門進來。

「婆婆，您怎麼能這樣說我呢？唐氏有沒有那個心思我不知道，反正我沒有。我一直說，那是滿江媳婦犯糊塗說的玩笑話，是公爹和唐氏聽進去了，要跑去三房鬧，現在怎麼把事情推到我身上？」

錢香冷笑。「大嫂，我爹糊塗，我可不糊塗。如果妳真認為那是玩笑話，還會特地跑到爹面前說，又跑去二房說？不要以為別人都是傻子。」

汪氏的心思被她戳破，臉上下不來，紅著眼圈對錢老頭道：「公爹，您可要給我作證，我是不是再三說，那是滿江媳婦說的玩笑話，不能到處亂傳，不然錦娃的名聲就不好了？」

錢老頭瞪著眼睛，說不出話來，汪氏的確是這麼說過。

錢香見狀，嘲諷道：「可這玩笑話就是從妳嘴裡傳出來的，若妳不到處亂說，爹和唐氏怎麼會知道，唐氏怎麼會敞著大嘴，說得滿村皆知？別跟我說妳不知道唐氏的德行，那個蠢貨，跟我爹一樣，被妳利用了還不自知。」

幾人正鬧著，錢亦錦兄妹到了，沒理在院子裡玩的錢亦多，直接向錢老頭和錢老太住的上房走去，剛好聽見他們吵架的聲音。

汪氏紅著眼圈，想再對錢老頭訴苦，見錢亦錦兄妹來了，應該還聽見他們的鬧騰，趕緊解釋：「錦娃、繡兒，大奶奶不是有意的……」

錢亦錦打斷她的話，大聲道：「大奶奶，我小時候到妳家玩時，曾聽見妳和大爺爺吵架，你們吵得很凶，聲音也很大，妳說大爺爺藏私房錢，是為了跟村頭的白寡婦去浪。即便當時我只是個小兒，也曉得那是你們吵架的氣話，不能拿出去亂說，一旦傳出去，大爺爺和白寡婦就說不清了。妳這麼大的人，還不知道哪些話能說、哪些話不能說嗎？」

錢老太一聽這話就來氣，也跟著幫腔。「是有這回事，我想起來了。」又用柺杖指著汪氏罵：「死摳的婆娘，生怕我大兒存私房錢給我花，無事就罵我大兒藏私，不敢說我這老婆子，就說我大兒藏錢跟白寡婦去浪……」

吵架聲把錢大貴引來，聽了錢老太的話，老臉都羞紅了，喝道：「娘，又翻出那些破事做什麼？這麼多娃子在，也不給兒子留點面子。」

錢老太聽了，撇撇嘴，顯得嘴更歪了。「你跟老娘發什麼脾氣？我知道，你不敢教訓你那貪心的婆娘，由著她到處亂傳瞎話，竟說錦娃不是錢家的親孫子，這話多缺德啊！你這怕媳婦的軟蛋……」說著就哭了起來。

錢亦錦瞧見，趕緊用帕子幫她擦眼淚，錢大貴也安慰著錢老太。

汪氏又氣又愧，道：「我這麼大的人，被你們這樣說嘴，還有什麼臉面？我進錢家門後……」又把幾十年辛苦歷程數了一遍。

錢老頭不傻，也想通他是著了大兒媳婦的道，氣汪氏心機深沈的同時，卻沒後悔他做的舉動。血脈子嗣是大事，他當然要慎重，但他也有錯的地方，不該說那些渾話，更不該讓唐氏滿嘴噴糞，差點沒把三兒子氣死。

之前，他一直覺得錢亦錦不像錢家的孩子，跟錢家人沒有一點相像的地方。

剛才，他趁著他們吵架時，細看了錢亦錦兄妹，覺得還是有兩分相像。難道，錢亦錦真是錢家的種，只不過完全承了舅家的長相？滿江媳婦的確是犯了糊塗，說的是玩笑話？

也有這種可能。

看來，還是應該多分一些產業給錢亦錦，萬一他真是錢滿江的兒子，他死後才有臉去那邊見錢滿江。

想到這裡，錢老頭對錢亦錦的猜忌少了些，心情也好許多，話鋒一轉，笑咪咪地問錢亦繡。「繡兒回來了？妳娘那個繡屏賣了多少銀子啊？」

錢亦繡道：「自然賣了不少。我爺爺說，那錢全是我娘掙的，都給我娘，當她的嫁妝銀子，省得別人眼紅惦記。」

這話噎得錢老頭又想罵人，錢香卻呵呵笑起來。「繡兒回來就好。以後多勸勸妳爺爺，讓他想開些，別鑽牛角尖，把身子氣垮。」

錢亦繡紅著眼圈點頭。「嗯，我知道。昨天回去，看到爺爺好不容易長起來的一點肉又沒了，精神也極差，心裡好疼。對了，我在京城給姑婆家買了些禮物，下午姑婆來拿，順道再勸勸我爺爺。」

說著，她讓錢曉雷和紫珠把背簍放下，把給錢老太的禮物一一拿出來。這些東西都好，首飾金光閃閃、軟緞銀光閃閃，特別是那個嵌瑪瑙的抹額，寶石又紅又亮，花了在場所有人的眼睛。

錢老太第一次有了這麼多好東西，還是京城的，伸手擺弄著，嘴笑得更歪了。「謝謝繡兒，太奶奶記妳的情了。」

錢亦繡說：「我們三房都知道太奶奶是記情的人。」轉頭看到不知何時進來的錢亦多，正眼巴巴看著她，又從背簍裡拿出三包糖果，給錢老頭與多多姊弟各一包。「這是京城的糖果，跟你們鋪子裡做的不一樣，極好吃。」

這下連傻瓜都看明白了，除了錢老太和錢香，他們把三房徹底得罪了。

錢老頭把糖果往桌上一摺，氣怒地說：「回去告訴妳爺爺，太爺爺沒有私心，所做一切都是為了錢家大局著想，等妳爺爺百年之後，也會感激太爺爺的。」

錢亦錦紅著眼圈說：「太爺爺，您這麼做，不是為錢家大局著想，是在縱容一些人的貪慾和不勞而獲，教壞錢家下一代。弟弟們還這麼小，大人們應該做好榜樣，告訴他們如何靠雙手為自己掙下前程，為家人打下基業，而不是打著歪主意，把別人家的東西據為己有。」

錢老頭氣得臉通紅，提高聲音罵道：「放屁！你這小兔崽子，竟敢教訓我！」說著便想起身打人，但左腿不能站立，又坐了回去。

錢老太看錢老頭想打錢亦錦，拄著枴杖過去，擋在寶貝重孫前面。

「你幹什麼呀！錦娃說得對，你不能再聽這兩個敗家婆娘的挑唆，去謀奪三房的產業了！」

這話被錢老太明明白白地說出來，錢老頭、錢大貴、汪氏都脹紅了臉。

汪氏還要辯解。「婆婆，您怎麼能這麼說呢……」

錢亦錦和錢亦繡見狀，不想再待，便施禮回家。

走到門口，錢亦錦轉過身，把剛才的話說完。

「我家那些產業，有些人眼紅得緊，但我並沒有看在眼裡。因為，我以後會像我爺爺一樣，憑著自己的雙手打下更大的家業，還會為太奶奶、我奶奶、我娘掙誥命，為我姑姑、我妹妹撐腰。」接著，便牽起錢亦繡，昂首闊步地離開。

這話，讓錢老頭等人更羞愧。

兩兄妹一出院門，錢大貴便指著汪氏道：「妳看妳做的好事……」又氣又愧地回了自己屋裡。

第二天一早，村北頭的苗家媳婦就來找汪氏，說自己閨女重新找了個全福人，成親時不煩勞她了。

汪氏問她為什麼，苗氏說：「我得讓我閨女給她下一代積福。」然後，忙不迭地走了。

這話讓汪氏氣得差點吐血。一出門，又覺得不對勁，怎麼許多人都離她遠遠地議論什麼呢？等她湊過去，大家就乾笑著躲了開。

其中，花大娘子一邊走，一邊跟別人說：「唐氏一肚子壞水，但人家不裝。不像有些人，比唐氏還壞，卻裝得比誰都賢慧，人家幫了她那麼多，不僅不記情，還要謀奪人家的產業。我呸！」

汪氏氣得要命，還得自持身分，不願像潑婦一樣去吵架，而且也不敢跟花大娘子吵。花大娘子脾氣不好，吵不過可是會打人的。

下午，高管事突然來了錢家大房，把錢大貴樂得不得了，一迭連聲地往裡面請。「哎喲喲，貴客，貴客啊！」

高管事皮笑肉不笑地說：「我是來找你家老爺子聊聊天。」

高管事和錢老頭在屋裡聊了小半個時辰。

高管事走後，錢老頭就蔫了，反覆念叨。「我的心，他怎麼就不明白呢？我幫了他們那麼多，怎能找個外人來威脅我？若錦娃真的不是……我怎麼對得起列祖列宗啊？哎，罷了、罷了，兒孫自有兒孫福，莫為兒孫做馬牛……」

晚上，錢滿川和錢滿河陰沈著臉從縣裡回來，兩房人聚在大房商討對策。

今天，霧溪茶行突然斷了跟老兄弟點心鋪的合作；而且，鋪子裡的點心也沒賣出去多少，聽說是霞霞香餅屋為了恭賀太后娘娘的七十壽誕，從今天開始，一直到八月太后娘娘過完生辰，點心都只算八成價，幾乎所有人都去那邊買點心了。

小楊氏驚道：「八成？那他們還掙什麼錢呀？」

錢滿河無奈。「妳還沒看出來？咱們把人家得罪死了，手指一動，就能把咱們手裡的碗給砸了。咱們不是吃著自己碗裡，還看著人家的鍋裡嗎？想這麼做，也得看看自己有沒有這個本事？這還是第一步，若以後連咱們藕塘裡的藕也不管，讓咱們自己找銷路，不僅要勞累得多，也不會賣到那麼好的價。」

唐氏一聽，就嚎開了。「喪良心啊，三房怎麼會這麼缺德！」

錢老頭本就心慌得不知該如何是好，聽唐氏一鬧，便將所有氣都發在她身上，狠狠啐了一口，罵道：「都是妳這個婆娘缺德，還罵人家。要不是妳敞著大嘴，差點把三貴氣死，人家會這麼對我們嗎？」

唐氏不依了，嚷嚷道：「怎麼都怨上我了呢？那次去三房，還不是你讓我們跟著去的。再說，那事是大嫂跟我說的呀，不然我怎麼知道。」

一聽她說汪氏，錢老頭又有了出氣的地方，指著汪氏道：「都是妳這黑心的婆娘，占便宜占多了，事事都要強。錦娃說得對，妳是故意跟我們說的！」

汪氏冷笑。「公爹，鬧騰得最凶的，是您老人家吧，若您沒那個心，我還能押著您去鬧？都隔了房，錦娃是不是錢家血脈，關我什麼事？大不了，我守著我這房的錢家子孫喝湯嚥菜就是。」

錢老頭被她一說，又有些氣錢三貴。「枉我原來那麼疼他，錦娃到底是不是錢家種，他竟是不跟我說一句老實話。」

錢老太聽了，怒道：「三兒都跟你說錦娃是親生的了，難道要逼三兒說錦娃不是親的，你才覺得他說的是實話？」又罵汪氏：「家裡都被你們挑成這樣了，還在生事！老娘活了一輩子，還聽不出妳話裡的機鋒？老頭子要上當，老婆子可清醒得很，妳再敢拿錦娃的血脈說嘴，就給我滾出錢家去！」再對錢大貴道：「管管你婆娘的嘴，她再亂說，就給我休了！」

錢老太雖然說得慢，但該表達的都表達出來了。她拿出婆婆的氣勢，沒給汪氏一點情面，自覺沒臉的汪氏哭著回了自己房裡。

錢大貴和錢二貴想請錢老頭去三房說句軟話，興許這風波就消停了。

錢老頭不肯。他是長輩，憑什麼要他先低頭？還是覺得錢三貴會心軟，說不定整他們幾天就會收手。

不說大房、二房淒淒慘慘，三房過得倒是歡歡喜喜。錢亦繡和程月天天膩在一起，錢亦錦放了學，也跑過來一起膩。

錢亦繡回來的第四天晚上，萬大中突然來了歸園，偷偷跟錢三貴在屋子談了一刻鐘的話後，又匆匆離開。

之後，錢三貴把吳氏、錢亦錦、錢亦繡叫去前院正房說話，蘇四武守在門外房簷下，一邊逗著猴妹和跳跳、一邊看門；猴哥則同大山、奔奔又一起進山了。

錢三貴的眼睛通紅，激動得身子微微顫抖，見人到齊了，低聲道：「家裡有一件喜事，你們聽了，一定要鎮定，不要嚷出來，更不能讓其他人知道，否則，我們一家都活不了，聽見了嗎？」

大家見他如此鄭重，都認真地點點頭。

錢三貴呵呵笑起來，接著眼淚又流下來，壓著聲音說：「我的滿江還活著！我的滿江回來了！」說完，摀著嘴巴嗚嗚哭起來。

吳氏一驚。「你說什麼？滿江沒有死？」由於太激動，嗓門不知不覺大起來。

錢三貴趕緊低聲提醒她。「別吵，兒子還活著的事，不能讓別人知道。」

錢亦錦也吃驚地問：「爹爹活著，為什麼不能讓別人知道？」

錢三貴解釋：「你爹爹幫人頂缸坐牢，出來後卻被朝廷說是為國捐軀，還給咱們發了賠償銀子，還免了稅，如果他活著的事情傳出來，他和咱們一家就犯了欺君大罪，是要被砍頭的。」

錢亦錦聽了，難過地說：「要是這樣，爹爹豈不是一輩子都見不得光？」

錢三貴擺手。「不會，滿江頂替的人是大官子弟，說他兩年後就能恢復身分。如今滿江已經當了官，還是個五品。」

此時，吳氏已經泣不成聲，錢亦錦也流出激動的眼淚，只有錢亦繡的嘴抿成一條縫，臉色發白。怪不得升了那麼大的官，原來替人頂缸坐牢去了。

其他幾個人太激動，誰都沒注意錢亦繡的反常。

錢三貴頓了頓，又開口：「因為咱們家下人太多，滿江不敢先回家，就去女婿家。等等讓老蔡把前院的人都支開，這事只能我們家裡人，還有蔡老頭、四武、曉雨知道。過會兒，女婿趕馬車把滿江帶回來，錦娃在前院接到你爹後，直接帶去望江樓。

「繡兒，妳趕緊去跟妳娘說說，讓她有個準備，咱們一家就在那裡團聚。妳娘的嘴不牢靠，妳爹走之前，都不能讓她出門。」

那個死鬼爹竟然回來了！

錢亦繡雖然極其抗拒，但不能不聽從錢三貴的指揮，把他深深地藏幾天。若真如他們所說，這事鬧出來，全家人都會沒命，她也怕死啊。

她心裡罵著死鬼爹。那麼麻煩，還回來幹什麼？卻只得認命地回去跟程月說清楚了。

——未完，待續，請看文創風544《錦繡榮門》4

灩灩清泉／兩心相悅　琴瑟和鳴

＋ 7/18陸續出版 ＋

文創風 541-546《錦繡榮門》全套六冊

穿成貧戶又怎樣，翻身靠的是實力，
有家人疼、有銀子賺，她相信未來會越來越好的！
看小小農女如何逆轉命運，帶領家人邁向錦繡錢程——

唉唉，要說最倒楣的穿越女主角，非她錢亦繡莫屬！
因為被勾錯魂而小命休矣，居然還得等六年才能投胎到大乾朝，
她只好晝伏夜出，用阿飄的身分在未來家門附近徘徊兼打探，
孰料看了簡直讓她欲哭無淚，這錢家三房的遭遇也太悲慘——
爺爺病弱、爹爹失蹤、娘親癡傻，全靠奶奶和姑姑撐起家計，撫養孫子孫女，
一家雖感情和睦，但人窮被人欺，可憐的小孫女竟被村民欺負致死……
既然重活一次是犧牲一條珍貴性命換來的，她絕不能辜負！
闖下大禍的勾魂使者提點過，她家後山有寶貝，還說出大乾國運的驚天秘密，
六年鬼魂不是當假的，藏寶處早已被她摸透透，加上前世的多才多藝，
誰說小農家沒未來啊，看她大顯身手，帶家人把黑暗農途走成光明錢途～～

書展限定 **新書優惠75折**，精采不打折！

❤ **文創風大回饋特賣！** 001~053 **單本50元**（數量不多，售完為止）

2017年6月出版

逆襲成宰相

文創風 528～530

他足智多謀，有不同於常人的傲骨；
她善良聰敏，有不該身處底層的學識，
仰天不會只看得見黑夜，明珠也不會永遠蒙塵……

今朝再起為紅顏，一世璧人終無悔／趙眠眠

趙大玲前世是個能幹的理工女，穿越後卻成了御史府的灑掃丫鬟，
父親老早就過世，母親在外院廚房當廚娘，
弟弟尚小不經事，自家沒靠山也沒銀兩，
前世的滿身才幹無用武之地，還要對其他丫鬟的戲弄忍氣吞聲，
雖日子過得無趣得緊，可為了生存，明哲保身才是正理！
直到一個全身是傷的俊美小廝出現在面前——
他滿腹珠璣，揀菜像在寫毛筆，還寫得一副好對聯，
其他小廝愛在嘴上占她便宜，他卻說男女授受不親，
當他們家被欺負而孤立無援時，是他找來幫手助她一臂之力，
他隱姓埋名，雖為官奴，可一身的氣度風華在在說明了他有秘密……

錦繡榮門 3

國家圖書館出版品預行編目資料

錦繡榮門 / 灩灩清泉著. --
初版. -- 臺北市 : 狗屋, 2017.07-
冊 ; 公分. --（文創風）
ISBN 978-986-328-752-0（第3冊：平裝）. --

857.7　　106007792

著作者　灩灩清泉
編輯　安愉
校對　黃薇霓　簡郁珊
發行所　狗屋出版社有限公司
地址　台北市104中山區龍江路71巷15號1樓
電話　02-2776-5889～0
發行字號　局版台業字845號
法律顧問　蕭雄淋律師
總經銷　知遠文化事業有限公司
電話　02-2664-8800
初版　2017年7月
國際書碼　ISBN-13　978-986-328-752-0

本著作物由起點中文網（www.qidian.com）授權出版

定價250元
狗屋劃撥帳號：19001626
網址：love.doghouse.com.tw　E-mail：love@doghouse.com.tw